三民叢刊 116

狂歡與破碎

——邊陲人生與顛覆書寫

林幸謙著

三民書局印行

邊陲人的自白（代序）

白先勇

中國人基本上是一個大陸性的民族，我們祖先的血液裡似乎含有過多的「土性」。中國人對土地的執著，對故鄉的依戀，使得中國人的個性中有一種幾乎超穩定的保守固執，封閉自足的特徵。離鄉背井，遠渡重洋到異國闖天下的冒險精神，畢竟只屬於少數邊陲沿海居民。但中國在歷史上也曾因為政治、經濟各種原因，有過幾次大規模的移民潮，明末清初發生過一次，四九年國共政權轉換又是一次。政治流亡只是一時的、突發性的，而明清以還，不絕如縷。福建廣東這些沿海省分，卻總有一些不甘老死於貧瘠土地上的炎黃子孫，毅然離開了他們的故鄉，到海外去另謀生涯。南洋，便是他們當年的黃金夢土。幾個世紀以來，這些閩粵子弟，前仆後繼，遠赴南洋，胼手胝足，終於建造成今天東南亞華僑社會的恢宏局面。這一厚冊海外華裔披荊斬棘開拓南洋的史詩裡，想必也蘊藏不少無名英雄可歌可泣淚血斑斑的墾荒偉蹟。林幸謙的祖父，便是在本世紀初，由福建永春遠渡到馬來半島的一位拓荒者。

林幸謙本人於八九年卻從吉隆坡來到了臺灣，進入政治大學中文研究所。他在〈溯河魚的傳統〉這篇文章中，曾經極動情的描述了自然生物界一大奇蹟：鮭魚在海洋裡成長後，竟然會在特定時刻，成群結隊，溯河洄游，憑著牠們天生異稟的嗅覺，不顧一切艱辛崎嶇，逆流追溯回到牠們生命開始的河流源頭，產下魚卵，莊嚴的開始一個新的生命輪迴。溯河魚甘冒生命危險尋找出生地的悲壯歷程當然是林幸謙隱喻海外華裔對中華文化母體一往情深的孺慕及回歸。此文成於一九八八年，未料到翌年林幸謙自己也投入了溯河尋根的行列。其實早在六、七十年代，已有不少從馬來西亞越洋過海飄移過來的文學種籽像李永平、王潤華、淡瑩，他們的作品在臺灣的土壤上開花結果，而後散佈到世界各地的華人社會。林幸謙的散文，在臺灣數度得獎，更證實了大馬的一些華裔作家與臺灣文壇延綿不斷的血緣關係。

辛亥革命成功，華僑貢獻不小，因有「革命之母」的尊稱。海外華人，身居異國，種族歧視，政治壓迫，感受必深。二十世紀的民族主義在現代中國奮然崛起，對華僑的強力號召，可想而知。抗日期間，華僑子弟投效國軍，四九年中華人民共和國成立，海外華裔知識分子紛紛回歸建設祖國，而臺灣早期，每年雙十國慶，華僑返國熱烈慶祝的盛況，令人動容。民族感情，對華僑而言，的確是一份強烈的親和力。然而曾幾何時，返歸大陸的華僑便遭罹了文革的重創鉅災。而當林幸謙來到臺灣，卻遲到一步，臺灣已經進入了後現代的價值混淆時期，兩岸開放了，臺灣富有了，華僑的政治與經濟的籌碼也就相對減輕。王潤華那一代帶回大馬淳樸的「臺灣印象」，已經變成了一則遙遠的神話。在九十年代的臺灣，從海外歸來，懷著文化尋根熱情的華僑子弟，恐怕不可避免會感到不同程度的幻滅。林幸謙的散文集《狂歡與破碎——邊陲人生與顛覆書寫》，多篇文章都在描寫大馬華人世代以來篳路藍縷，備嚐艱辛的開拓史，他寫到他的祖父如何深入叢林墾植出一片橡膠園，也寫到外祖父如何喪生於馬共的亂槍之下。他對祖先們的艱苦事業滿懷敬意，因此他下筆激動，熱情洋溢。而當他寫到海外華裔對中華文化母體那一份惓惓之情，情深處，所受到的創痛，又不禁哀怨俱生。林幸謙在這部散文集裡，真摯的記載了華僑海外開拓史部分的辛酸與輝煌。

林幸謙終於識透了民族主義被利用為政治號召的虛妄，而把他的關注轉回到人的本身。文集的第二輯：「神話重墜——赤道人生與狂歡墓園」中，林幸謙畫下了幾幅極動人的人像。他的時報得獎作〈繁華的圖騰〉描寫的是智障者的特殊世界。林幸謙的大弟自幼弱智，因此他的內心世界是個未經成人世俗污染的童真世界。林幸謙哀矜他手足的不幸，用充滿愛憐的筆觸替他的大弟，以及所有的智障者，編織了一則牧歌式的童話，雖然這則童話蘊含著無限的悲憫。林幸謙的散文風格，沈鬱悲切，激越淒楚。寫到情真處，如狂風暴雨一發不能自已。家中有一位手足天生殘障，已是人間悲劇，偏偏天地不仁，林幸謙的小弟竟也患有先天性的癲癇疾病。

林幸謙的近著：〈癲癇——反模擬的書寫模式〉，把他「歇斯底里」（林幸謙語）近乎痙攣的語言發揮得淋漓盡致。林幸謙進入到他小弟一位癲癇患者的內心，用第一人稱將他那顛倒、狂亂、恐怖而又完全孤絕的處境，向上天控訴，向人間告解。這是林幸謙替他另一位殘障弟弟書寫的一封欲哭無淚的告白書。這兩篇文章林幸謙寫得用情最深，亦是全集的佳作。手足的遭遇，使得林幸謙深切的體驗到人世的悲苦，而他對大弟小弟以及所有弱者的同情，正是構成一個優秀作家的基本賦性。

都從故國夢中出發
——林幸謙的散文（代序）

陳慧樺

林幸謙的散文都從故國夢中出發，企圖經由祖父／外祖父的遷徙飄遊建構邊緣人的性格與神話，由於他有這種企圖，因此，他一直把自己投入、植入到題材中，使自己變形以戴上更為廣大並且普遍的面具。他的散文都跟夢有關——夢幻、夢魘、綺夢、夢想，甚至中華民族的大夢；但是，他的夢跟一個純粹植根於本土的人所能孕育出來的已不可能一樣，因為他已是移民的第二代，他的意識／無意識中已植入熱帶雨林的記憶、植入太多多元種族社會的矛盾、狐疑、猜忌和衝突。更恰切地說，他已能深切感受到真正的邊緣性的悲壯與荒謬、邊緣性中的慾望和壓抑。故國本土的人只能設想，他卻是邊緣性的化身；他要用他的邊緣性書寫來突顯其中所扯牽到的龐雜問題。他的散文是熱帶雨林與故國綺夢的結晶品，可是這樣說未免又會平面化他文字綿延不絕中所呈現出來的雄渾氣概與悲壯美，以及他的表達策略和過程，故我也就取了個更能表達過程的題目，用以彰顯他散文中的開放性。

林幸謙是有雄心壯志的，他的雄心壯志是讀出／書寫出邊緣性的文本，並經由這種精神的紓解、療撫，逐漸達到解構原鄉神話的目的（他在〈狂歡與破碎〉一文所說的「我如今的書寫則出自原鄉喪失後的釋然」），這些讀者都可以在他早期的〈火樹之幻〉和〈故園與憂鬱的深林〉到近期寫成的〈盛年的慶典〉和〈狂歡與破碎〉等等篇章看到其逐漸形成與具體化。對二次世界大戰之後所釋放出來的民族主義、這頭千頭萬臂的怪獸，對許多國家的土著在被殖民後變成為殖民者所宣泄出來的狂暴與狂歡、肆虐，他都想有所窺視和表達——而且用的是巴赫汀所謳歌的嘉年華狂歡形式。他的書寫幾乎就是一種儀式，一種進入煉獄醫療、捨我其誰的過程。他在〈狂歡與破碎〉一文中曾這樣說：「我的書寫，總是一再從故國夢中出發，進入內心自我的地獄，在狂歡與破碎的世界中千迴百轉。」這些話是頗能道出其創作意圖的。在同一篇文章中，他更剖陳：

在我對鄉愁的書寫中，我傾向於把自我隱藏掉，突顯普遍性的心理……。我在書寫中力圖尋找海外中國人的某種集體潛意識，以期把自己融入整體幻想之中。……我試圖揭開隱密的自我，卻一再受挫於繁瑣的壓抑體制中。

這裡所揭／洩露的不僅僅是其書寫策略，更多的可能還是其人格密碼的揭示，並揭示其書寫文本都是自剖性的(confessional)，並期望由此獲致某種慰療？

三年多以前我在給林幸謙的〈隔世靈魂〉這篇散文作評介時就說：

> 林幸謙的文字是綿綿地不絕，他綿綿地在書寫、詮釋命運和歷史的重量；其實，他在書寫的同時即在做著解構的努力，因為我如果只說他是在發洩或紓解他靈魂遭受到的壓力都不足以說明其努力了。
>
> （《幼獅文藝》第四四九期，頁四一）

我那時候只拜讀到他這麼一篇散文，對於他創作的進展、文字特色的演進以及主題的關注等等都沒有一個透視。雖然如此，我已非常直覺地看出他經營文字的用心、文字的雄渾特色。他這種狂暴的、異質性的、戴奧尼斯式的雄渾、悲壯文體，是在積極經營下形成的，而他尤其跟他人不一樣的是，他的雄渾是西方的、現代意義的：他的文字肌理同時暴露了慾望和壓抑（個人的、歷史的、民族的）。也就是說，我們可以從他的篇章讀出文本與許多次文本的相互糾結。他的文字確實蘊藏了尼采所宣示的超人的狂暴和紆迴特色。

散文作為一種書寫文類，本來就是開放性的（open-ended）；中國現代散文一般都採敘事兼抒情兼描繪，少有間雜大段大段的議論，而幸謙卻企圖把這些特質都揉雜起來，有些篇章像〈盤古氏的傷口〉和〈黃河是中國的隱喻〉等都以議論和思索（reflection）為主，可能叫一些只習慣於閱讀柔性、含蓄為主的散文的人感到狐疑。關於這一點，幸謙在接受曾慶方的專訪時即說：「我的文風是比較不容易被人接受的那一類。」楊牧最近出版的那本《凝神》即有類似的企圖，當然也有不少人無法認同他的做法。開拓者的道路從來就不是平坦的。

任何想給幸謙的散文做建構／解構詮釋的人一定可以從其篇章中抽繹出底下這些符具：夢幻、迷惘、無助、徬徨、孤寂、匱乏、殘缺、鄉愁、憂患、差異、虛幻、分裂、異化、痛苦、解構、狂歡和悲慘不堪等等，異鄉人／邊緣人的形象即由這些怵目驚心的符具所建構出來的。由作者對祖父／外祖父的認同開始，他要訴說的、書寫的即是弱勢族群的符旨——邊緣性，這種邊緣性是悲壯的，卻也是荒謬的。幸謙這本《狂歡與破碎》雖然一共分成三輯三十篇，可這些篇什大都環繞著「邊陲」這個主軸或大敘述而變異，或正面書寫，或側面引申，要皆有所陳述或深化對主題的探討。在一本散文集裡這樣對同一個主題的不斷探討尚不多見，難道作者的文本真的是那麼有限的嗎？還是林幸謙目前情有所鍾，要對「邊緣性」此一主題徹底探討？

除了受到作者龐沛的氣勢所震懾之外，讀者諸君一定還會感受到他散文中濃厚的詩意：綿密的意象、徐緩起伏的節奏感和象徵的應用。在當今馬華文壇，鍾怡雯的散文詩意化是一特色，像林幸謙這樣議論化並兼詩化又是一特色。他在〈狂歡與破碎〉一文裡曾這樣寫道：

> 我對原鄉與鄉愁的書寫，一開始就迴避了虛構的敘述。我的筆根植於原鄉神話之中，狂歡的酒神為我引路，追求一種詩的語言，一度有過歇斯底里的情境，話語中佈滿壓抑的墨水。我在思索與書寫中，體悟到中國的歷史場景中有閱讀不盡的隱喻。我開始試圖解構鄉愁：一面訴說個人的受挫與民族的寓言，一面分不清自身與民族的命運。

他企圖詩意化散文、他的議論（也因此解構了抒情散文的範疇）及主旨等都在此清楚道出。我讀幸謙的散文一直有一個感覺，他的文本都常非常清晰地托出，讀者真正需要讀的恐怕應是他的許多次文本（也即他在這裡所提及的「歇斯底里的情境」以及「壓抑的墨水」部分），以及這些次文本跟文本之間形成怎麼樣的辯證。他的散文篇章大都予人一種強烈的救贖感覺。

即使在上引這樣一段議論性文字中仍舊徐緩貫穿著一種節奏感。我們再引錄一兩段文字來說明幸謙散文的肌理。一九八八年發表在《南洋文藝》上的〈火樹之幻〉寫的是他唸大學時暑假到古都馬六甲旅遊的感觸，其中有許多片段都極富詩意，像底下這麼一個片段，我相信任誰讀了都會感懷身受的：

整個假期，我們如悠閒的神靈閒蕩在古紅的畫裡。古老的馬六甲河畔，紅色的古鐘塔立在身後看我們望著破落的木屋磚樓沿河岸層疊排列而下。歪歪斜斜的一列後巷微帶憂傷的古典情調，似乎還忘不了逝去好久的繁華年代。一位身穿雪白汗衫的老華人坐在破河堤上，遠遠隔著古大陸的海岸，把他蒼白的頭顱靠在一棵鳳凰樹下的破石碑上。在炎熱的季節裡，鳳凰花開滿了一樹，血紅的火，是它為這婆娑世界所繪下的詩句。

馬六甲市區遺留的三寶井、古砲臺和葡萄牙紅色樓房等頗能見證早期這個通商港口的繁華，此外最能見證這個古城舊日的繁華的、應是河畔的木屋磚樓，以及市區狹窄的街道兩旁那些歷史都在五、六十年甚至百年的磚砌店鋪了。意象繁複是這段文字的特色，「古鐘塔」、「破落的木屋磚樓」、「後巷」、「穿雪白汗衫的老華人」、「破河堤」、「古大陸」、「蒼白的頭顱」、「鳳凰樹」和「破石碑」等意象都有所象徵，惟這段文字所呈露的節奏感還沒有作者兩三年後所寫的篇章那樣顯著。讓我們再看看幸謙一九九二年發表的〈候鳥情結〉中這一段：

無數風無數雨來了又去，去了又來。留學他鄉的賭徒，靈魂佈滿宇宙的微塵和飄絮。黏黏膩膩的夏夜，在某些人才開始輾轉入眠，另一些人掙扎起床的凌晨，狂雨，落在東京，落在臺北，令人動容地落在我們的心頭。那種滋味如痴如狂、如泣如語，打痛了東方候鳥的靈魂。我們在東方故土上，各自追尋各自的想望，若有所得若有所失。山川的寂寥滲透不了世間的喧囂。我們冷眼面對東方的命運，眼看東方靈魂仍在尋找理想和現實的平衡界，知道了東方的荒涼。

除了一貫的意象繁複之外，我們發覺他開始注意到節奏的應用，這兩者合在一起當然更能有效地表達出強烈的抒情性來。

自一九八九年秋季赴臺灣政大中研所留學開始，敏感的幸謙開始驚覺身分的曖昧。早年在多元種族社會裡所感受到的身分認同危機，此刻表面上雖從支流回歸主流，卻驟然之間發覺自己又墜落到另一種邊緣性裡——故土中的異鄉裡。這樣的複雜情懷，作者多少已在〈候鳥情結〉（一九九二年初發表）一文裡給我們提供了。一九九三年秋天到香江之後，他寫出了「一種海外人的自我論述」（〈諸神的黃昏〉的副標題；又此文發表於一九九四年元月），把「所有離開了中國大陸的中國人」都提昇為「飄泊的諸神」，然後說：「處在顛覆與重構的時代裡，我允許自我在中國社會的核心外被疏離、被邊陲化，絲毫沒有任何怨言。」在此我們可以這麼說：林幸謙遠赴海外留學開啟了他心靈的追尋、視野的提昇，寂寞、空虛以及不斷反省促使他寫下了〈狂歡與破碎——原鄉神話、我及其他〉和〈盛年的慶典——邊陲的書寫與詮釋〉這樣非常深刻雋永的文章。我在這裡略為追索一下作者「邊陲性」這個大文本形成的背景，無非在回應我這篇序文的第一個句子。其實，林幸謙的追索應算現在才真正開始，他應該去深化它，而不應該過早就感到「釋然」的。

一九九五、二、十二、新港公園路104號

異客之書(自序)

林幸謙

我為一本盼望已久的書寫下她的墓誌銘：她的誕生，意味作者的死亡。誕生之後，她就將告別我，告別隱匿的母體。一如所有的佚書一樣，被亡佚的母體所放逐、任其飄零。

我在這裡為讀者提供某種閱讀場所的同時，也為自己尋求某種類型的書寫舞臺，在轉移中追求某種能和讀者共享的、「主觀模式」的經驗、語言和悲歡。

本書的語言並不屬於溫柔敦厚的類型，而是近於鬱抑危悚，狂態略露。作為文本的意義，她的內心世界充滿了符號的幻象，紆迴複雜：是異客的典志，也是文史的佚書；是作者的正文，異客的旁白，又可能僅是讀者的隱喻的人生注腳。我希望身處的歷史與現實世界，能在某種程度上，在其中找到自己的倒影，把世間的隱匿者重現出來。

在此，我嘗試突顯雙重意義的邊陲主題，勾勒出邊緣化人生的矛盾，正喻錯綜：狂歡、破碎、失序；形式不同，本質相通。各種真實與虛假的神話，卑微與莊嚴都在逐年累積的歲月裡幻滅；即使狂歡，也是彷若身在墓野。遙遠的記憶、前世的故鄉、今生的愛情，都落在文本中；自我與現實，經驗與想像，都落在隱匿的語言裡。而自己，最終也迷失於潛意識與集體歷史的象徵秩序之中，自身也成為一種象徵、一種語言符碼。

隱匿在繁華盛世中的墓野，生的歷程就是這樣令我們認識自己。墓野、歷史、幻象以及真實的生活，浮現在錯落的城市景觀，融入日子。現實和書寫中的自我，構成我的經驗世界。不論在荒野旅遊、在鬧城工作、在異地求學，還是在故鄉故國終老，那些富於多重內涵的邊緣人物，如我，如異鄉人、原鄉人、故土的異客、異國的故人、癲癇患者、弱智者、南洋人、海外人，內心都佈滿了破碎的個體神話，不堪盡訴。神話墜落中，自有破裂的邊陲情結。

至於我這樣的書寫風格，基本上源於我對散文文體及其體質的不滿，其中包括了我對語言的反省與實踐。既重視外在現實歷史，亦要重現內在影像和心理意識。意象、意義、歷史、往事，在語言和主體之間置換、延伸。藉助敘述者和敘述視角的置換，試圖打破靜態、狹義的散文傳統，納入詩、小說和論述的語言，在前人的基礎上為（個人）散文體帶來更豐富的空間。從自我到他者，從鄉間到都市，從古典到現代，從個體到群體，行遊於雙重世界之間。如今，我走到這裡。我並不低估一般讀者的閱讀能力和欣賞水平，著墨繁複外，並通過語言符碼凝聚匯合了內外在世界的意涵，盡力去打破知性（霸權的理性）與感性（脆弱的抒情）兩極化的觀念；把「斷裂」引入更為深廣的書寫舞臺；讓文本自我展現，講述各自的內外在意蘊——指涉的對象和範疇，皆非作者所能主宰。

這也正是我在創作上佹得佹失的一種心情。我相信自有意會者可以領略此中情境。近世紀以來，語言愈發被視為一種神殿——提供了所有話語的一種原型神殿。然而，我卻是一個「異教徒」。我渴望自來自往，懼怕約束。在星辰砌成的大道，我進入世界的幻宮，把塵緣塵劫，如候雨的水勢倒灌在諸神諸眾手中一只殘破發霉的塵甑裡。

這僅是我為此生所做的一種施捨，為自己多過為他人，說不上積德積言。倘若可以如此自喻，一度我曾經自嘲是葬於文本中的殉俑；但如今，我更確知自己是一個異客。滿紙風雲，遂有「異客之書」之慨。

在此亦要一提，書中某些舊稿，赴臺前已在大馬報刊發表，在臺期間由於忙於學業，無暇他顧，我遂把舊稿修正重投。又由於篇幅問題，把一些舊稿一分為二，把以前沒有言盡、不便明言，或因某些政治敏感因素而被編者刪去的部分重新添補改寫，連篇名也往往重新另題了。

最後，我要向白師先勇和陳師慧樺表達我的敬意與感激之心，感謝他們的愛戴和支持，百忙中為拙著寫序。此外，也要感謝三民書局編輯部對於此書能夠付梓所做出的努力。

一九九五年　香港

狂歡與破碎

■邊陲人生與顛覆書寫

目次

輯二 神話重墜

輯三 破碎之秋

輯一

邊陲話語

飄泊的諸神

盛年的慶典

■邊陲的書寫與詮釋

生之尋：詮釋與書寫的限度

在中國的邊界書寫，特別感到歷史和命運自有自身的秩序。中國的隱喻是無止境的。在作家無止境的書寫和詮釋中，書寫和詮釋本身也是毫無止境可言。猶如似曾相識的異性的眼神，在陌生與暗示之間，投出永無止境的訊息。這種心理奧祕，牽動潛意識中的某些遙遠的慾望：任何企圖詮釋和書寫的慾望都永無終點。在邊界，那些年華漸逝的海外邊緣人，正是懷著一種永無止境的心理，期望在文化鄉愁的奧祕中，找到自身所能理解的寓言。

邊界的黃昏，藍花檻照舊開在斜陽裡，許多心事，已經開始面臨老來的寂寞。邊界的路上，一星在天，宇宙飽經滄桑。初瀉的月光灑在故國邊疆的夜晚，落在海外人的心頭，落在中國的近代史上，微微散發一種歷史的芳香和腐味。我們生活在世紀末的現代都市裡，地上的燈火比天上的星光更加輝煌燦爛，而命運的十字路，仍舊對我們敞開，所有作客他鄉的人仍在尋找人生的歸宿。我們的命運、慾望與歷史，永遠飄飄渺渺。我們沿著童年的道路，迎接迎面而來的盛年。在生命的走廊上，思索老來的告別之詞。

這些年來，我的追思充滿了異域感和歷史感，體驗著介於夢幻和存在處境的歡樂與疏離。如千歲的老鯨在溫暖乍寒的深海中翱遊，仰息夕陽和新月的光輝。

歲月如海水蕩漾。我們活到一把年紀，才驚覺自己失落了靈魂、陽光、和歲月：自己原來沒有內在世界。在一種接近告別的年紀，悲歡總是有的，難免令人懷著啟蒙的心情去思索民族的命運和私人的慾望。偶爾，在上下班的人潮中，思及自身存在的意義，難免有種孤獨的心情。詭異的歷史和命運，安排了我們今後的道路。不論歸鄉或離鄉、結婚或離婚，這一生總要面對心理的地獄。我的書寫，就是試圖把地獄化為天堂。

在書寫中，我試圖解構被自己放逐的靈魂，以及人生過程中所衍生的各種慾望。在亂夢如絲的盛年，寫下我身為一個心靈盲者的匱乏。視覺盲者在黑暗中需要夠長的手杖，而在邊陲區域，歷史和夢幻都成了我的手杖；雖能為我帶路，卻無法指引我的心靈。我擠身在天、地、人與神的「四方場所」中，力圖認清邊疆的世界。我試圖詮釋世界，世界也詮釋我。不論是喋喋不休、或無聲的詮釋，都是一種追思生命的方式。

我們的追思，因而有種無法清晰的迷惘性，特別在我出生的地方和年代。異域感隨年紀的增長被客觀因素所強化了，最後，我終於離開生長的國度。我回到中國人組成的社會，彷彿前世曾經來過，卻又極其生疏，赫然發現自己竟是一個身在故國的他者。完全沒料到，在中國人的社會裡，我的異域感竟有增無減。我所信仰的中國屬性，原來僅是一廂情願的想法。就在年近三十的那年，我質疑了民族主義的信仰。

我努力走出民族，走向世界，同時走入自我。民族的意象已經損毀，其所象徵的意義也已殘破不堪。我的追尋，亦從民族轉向了生命本體。我從家鄉的小河起步，走向有海灣的方向。南中國海的南岸，綿長的海岸線無限旎人。我沿著靠海的城市走出海岸，沿著民族主義的思維走出民族神話的迷思。如此走過了少年。海水的波動，記載著我初次暗戀的心情，也記載了我追思的鄉愁。年少、愛情、歷史、文化、血統，統統在追尋中匯納進鼎盛年華的視野中。如今，我的基本信仰保持不變，卻已解構了民族主義的迷思，一反出海的紅鮭魚，不再執迷海洋，不再把民族主義看成一座神殿，藉此也解構了生之尋的迷思。我的書寫，開始有了移轉的餘地。

經過這些年，中國的滋味和人生滲混成秋天的雨水。秋天和中國，為何仍舊如此蒼涼？那些受挫的民族和他們走過的歷史，化成了無數詩人的詩句，然後，重新又打回原形，流落在世界各個供人狂歡的角落。

中國的歷史轉到世紀末的今天，這時候，海外中國人的後裔已經逐漸歸於沈默。沈默是新一代人的心理障礙，一種安於命運的表徵。我在偽裝的歷史中看出一絲破綻。從此和原鄉就是神話的意象展開漫長的追逐。我開始詮釋中國的隱喻，在書寫中，也在遺忘；在遺忘中，也在追思。

在無止境的追思中，我認清了所謂海外邊緣人的沈默，其實就是孤離處境的表白。邊陲的人生，對於流浪的民族是一種生活方式；對於一些心懷舊夢的流亡者，則是一場沒有結局的默劇。那些在流亡中默默接受命運嘲弄的人，也就只有自我嘲弄了。

既是流亡，就不再是一種無法言喻的滋味。

在這裡，香江的星月河嶽、燈火樓影之間掩映不住香港人的矛盾情結。盛華當頭，人生多少有點弔詭，迷思也無所不在。在大海的沈靜中，暗潮在他人的內心湧動。內在的空虛，有待外在的歷史來填補。上一代的人，已經走過他們後殖民時期和種族歧視的歷史。日本帝國的大東亞共榮圈的惡夢，使海內外的中國人，包括我的祖父母，度過他們一生中最悲慘的歲月。當我們再次回到歷史情境，那一段受蹂躪的歲月，從各種學術論文、回憶錄和歷史史料中傾湧而出。殺戮政策下的強姦、戮殺、羞辱，在今日經濟效益的神話中輕易被修飾過來。這樣的結局，可能也是好的。

人生走到盛年，了解到命運具有自身人性的特徵，主宰了人生的選擇，也宰割了中國的歷史。邊陲，黃昏再度降臨，神奇的城市迎接回家的人潮，燦爛的陽光消散無蹤。我們終會在追尋中找到各自的宮殿，而我們就是皇太子。來自世界各地的人們，就在自己的宮殿中尋歡作樂；或者在自己的地獄內，做著豪華的宴席之夢。

人生本身，就像個美麗妖豔的陌生女人，不斷迷惑著充滿慾望的靈魂，任誰也不願意背叛自己。在如此快樂崇拜的社會裡，縱使盡情書寫，所能詮釋的也極其有限。教人捉摸不清的歷史、人生、夢境和慾望，都難以詮釋、難以徹底書寫。就某種意義而言，所有的詮釋和體悟都有其文化局限與心理障礙。往往，我們就生活在偽裝和虛假的詮釋術語中，無法自拔。

禁忌的夢：邊陲的異客

生命的過程，說起來，就是我們對命運奧祕的探索，一種對於真相的追尋。

人生走到盛年，慾望與夢幻開始以新的模式出現，而生活的模式也在轉變中：對某些人或許一成不變，對另一些人則改變得面目全非。

平靜的春末黃昏，平靜的花葉一朵朵落下，墜姿如禁忌的夢，絲毫沒有任何的誇張。落在邊陲的種子，長成了巨木，從樹上飄下的落花，充滿了凋零的寂寞，祕密地安撫異客的心靈。初凋的花，如細細的初雨，就算凋亡，也只有那麼一次：第一次也是最後的一次。那種平靜，令人彷若墜入一種重生的處境，感覺到花凋其實就是一種自我解體。

季節從微寒的東北風，轉為暖和的東風，紫荊花和杜鵑花謝了一地，狼藉不堪。彷彿一場盛宴之後，獨留下你一人收拾殘局。繁盛的人生場景，只剩下一絲苦澀寂寞的滋味；再繁華鼎盛的城市，一旦落在邊陲，都將成為禁忌，任何犯觸，都使我們痛苦不堪。

在原鄉的邊陲，我們的人生最好扮演一個客人，在盛裝下赴一場場的盛宴，乘心情還好的時候，沿著明月下的萬盞燈火回家。不要等到花凋狼藉的時候，才在殘花叢前想盡人生的無奈。

活在邊陲的城裡，我們深切體會到老之將來的憂傷。盛年的慶典即將結束，冬天總是雨霧飄揚。我們的一生，有如一場被禁忌的夢，在各種場合和儀式中演繹，聲嘶力竭之後往往獨自消翳。

照常，每日有人醒來，有人死去。每天，我們在閱讀中面對各家各派的思索者，他們的一生往往充滿啟示錄的意味。花前顧影，粼粼水中人；水面殘花，片片繞人身，這是古人的一種心情。而在世紀末的今天，許多人的心情大概早已失去歌頌民族大義的衝動。那些分裂與統一的言論、不定的人生訊息、無數繁瑣的人事、以及似幻似真的國際動態，都墜入某種禁忌之中。

醒在盛華之年，知道了人的完美就完成於人的缺陷之中；而缺陷的歷史，或將創造完整的命運。我們都在自己的家鄉中成了異客，慾望難以圓滿；而生命不被詛咒，已屬大幸。

如今，我樂於把年華視為慶典。在盛年的慶典中，中國的命運如海水滾動，如少女對情人傾吐心意、誓言廝守，使人不禁說出一些追思的話語。

走到盛年，人生該有一點慶祝的意味了。每天，都來一點小小的慶典，讓沈默的說話，讓慾望完成自我，讓死者重生。畢竟，我們夢幻無數的一生，不斷遭受各種形式的迫害；心事無數，傾訴的途徑，卻只有一種。

到頭來，無論是悼亡，還是慶生，所有在慾望中摸索的人，將繼續摸索，褻瀆的繼續褻瀆，頗感我們的人生充滿了卑尊難分的處境。

不管我們的靈魂是真誠或是虛假，現實生活和夢幻世界都是慾望與靈魂的一種複合體，已難再分清主體與客體的尊卑。在神與獸之間，人心都變得脆弱不堪。不論如何選擇，我們的一生都可能介於真實與虛假、禁忌與解忌之間，同樣都難以承擔、難以書寫和詮釋。

去年的冬天，維多利亞港的堤岸上，港島的燈色如夢。從小伴我長大的獵戶星，隨我來到維多利亞港口的上空。童年時代的獵人，還在黑黯的宇宙遊獵，匕首卻已遺失在燦爛的燈色裡。微霧，自海上飄來，飄到天涯。親友隔著大海，星群隔著銀河，從前生到來世。浮生若夢，萬物一般。

邊陲的暮夜，輝煌的都市有如輝煌的迷宮。後現代都市如此變化多端，連月光都富於後現代的反諷症候。在迷宮似的邊緣地帶，縱然在自己的家鄉，人們亦往往無法確定故鄉的位置。我們猶同故國邊陲的客人，在自己的家鄉被貶為他者，並在後殖民的論述中喪失了主體性。飄泊的人生，逝去的春天，陳舊的集體記憶都浮上心頭，才驚覺，我們都是同在邊陲的異客，在焦慮與騷動之間，等待命運的轉變；而那些禁忌的夢，構成了我們的一生。

對於生於邊陲的人們，原鄉神話無非是一種弔詭，給人一種支離破碎的感慨。春天的深夜，我在賀年卡上寫賀辭，感到人生像一場飄緲支離的夢。此種支離破碎的人生真相，如果不是顯而易見，就是隱而晦澀。

回想那些追索與尋思的年少歲月，很多心事都是在特有的歷史背景下發生與結束。我們一步步走入民族主義的迷宮。一些普遍的現象，難免在民族主義的心理迷宮中被誇大、扭曲。在個體和民族雙棲的生命迷宮中，歌德說過「世界就像一座瘋人院」，虛幻與荒謬都是日常的見習而已。

面對未來的命運和過去的歷史，我們不難感到生命歷程充滿了複雜的心理，磨難重重。在此邊境，即將轉變的命運如陌生的潮水，帶著禁忌的預兆湧來；就算我們活到百歲，只怕也別無選擇的餘地。

從一個他鄉到另一個他鄉，從家鄉的異客到異鄉的他者，我們始終處於邊陲。邊陲的人生，不僅指原鄉的失落，也說出了身分的曖昧性。為了紓解禁忌的威脅，我們拼命地從社會邊緣往中心力溯，內心稍感過度的負荷，壓抑中自有不想啟口的感觸。個體和民族的壓抑，提早促成我們隸屬歷史感的寂寞。擴大的歷史的寂寞，成了盛年的一種心情、一種象徵、一種壓抑。這是世紀末普遍擴散的一種悲情，豐富而狂野。那些寄居他鄉的邊緣人或故國的異客，尤其能夠感受這種充滿言外之意和隱喻的悲情。

在這裡，我把我在邊陲的這種書寫，當作一種告別——一種重逢在即的告別。在各種告別儀式中，我們的世界仍將在自身的慶典中完成自身的秩序。雖然我們害怕面對禁忌的夢，還是得要面對同樣的命運。在九七的臨界點上，我們仍要不斷的進行思索，找尋自己生存的意義。在匱乏的慾望中，給自己的一生找到滿足的解釋。

我們的選擇，也必將要求我們不斷修正自己、回答自己、顛覆自己。

香港市政局一九九四年度中文創作獎散文組冠軍。承蒙轉載，謹此致謝！

■一九九四年度香港市政局中文創作文學獎第一名：〈盛年的慶典〉得獎感言

哀悼・慶典背後

邊界地帶的燈火，雨水穿過，我們走過。

我常和中文系的同學在夜色裡離去，強大的社會機制把我們內化殖民；而這樣的書寫，正好反證了荒謬難堪的內宇。正是邊陲情結，使我們成為中文系的異客，也成了自己國土中的他者。

美麗的海岸線被現代化之後，九七的大主題又把難言的心態引到舞臺表面。我們也無須忌諱。

在學院內外，我們的時間是借來的，用盛年的青春和青春的痛苦，在強借而來的夜色中書寫，飄動的星光離我們遠去，神話般輝煌碧麗的星座消失於邊界，在內化的夜裡。整體內在空間和外在生活都落在渴求慶典的匱乏之中：不斷承受時間分割自我的痛苦，體驗到錯綜複雜的另一種求學模式。

這種壓抑處境，令我深感寫與不寫、說與不說，在某種程度上都是一種反抗，同時也是對於自身處境的一種哀悼。推演到最後，我訝異於生與死，竟也是一種叛逆和哀悼滲雜的生存模式——也正是這種自我顛覆的生命形式，令我繼續走在這道路上；也很高興在這文學的道路上，有機會參與香港文壇盛事，從邊緣融入香江的歷史。

歲月：燦爛的幻象

秋雨燦爛

六百萬人口的臨海都市，點起了內心紛亂的燈火。荒寒的風，在秋天的深夜告別，淒涼地吹走自己。

晚風如夢，歲月馳，天隕霜，蝴蝶去。生命的流程，在虛榮與榮譽、慾望的殘破與叢生中把我帶到中年，把另一些人帶入墓床。卑渺的軀體化為珍貴的塵土，珍貴的森林則化為廉價的能源。古老的雨林在我們身旁破毀，我們則毀了自己純樸的心靈。權力牽扯的生活，使我們已無能重返純樸。一旦死去，就永遠死去；就算輪迴再生，再生的靈魂也無法安息。

憂鬱的華麗世界，分秒都有葬禮在進行。送行的人群，看到了遺落的憂傷；破落的荒塚，收藏了屍骨所遺棄的寂寞。死了，就是死了。末日的審判來了，重生的寂寞也來了，喬哀斯偷偷把自己的靈魂和五臟七竅安置妥當，藉以逃避生生世世的慾望。世俗的死者，靈魂與肉體同生共滅，追悼一個亙古不變而又幻變無常的世界。大澤大荒，所有的記憶，都成了歲月的另一種形式：晶瑩剔透，此生的神話在璀璨中逐年破碎，狂歡，掉淚。

年華暗換，我的命盤也邁入另一個大限，而我也已做好準備迎接紫微星的運作，面對盛年的挑戰。

一生的幻象，即使失掉現實也無法清除。慾望的世界，把我當成投射的主體。我體驗到早年閱讀《西蒙・波娃回憶錄》中的話：生命是一個有限的現實，充滿熟悉的疑惑，遙遠而生疏。有限的現實標誌了我的宿命，在貧瘠中大肆慶祝。

轉眼，又是秋天，陽光和雨水都燦爛逼人。日子紛飛，戰後數十年的異鄉歲月，被擠出政治核心的老將軍感到邊緣處境的空虛。遙遠的歲月被帶到眼前，名利幻滅了，世界隨時都將崩潰。這是告別的時候了。照常是璀麗的秋林秋雨，記憶充滿了歷史的痕跡，豐盛的黃金歲月，對老去的將軍來說已毫無意義。早晚走過年年如故的秋，蕭瑟中一片瀲瀲灩灩，只缺漫天肅穆的雪花。晚年喪偶的老將軍突然想起戰時的歲月，輝煌瑰麗然近於幻滅的、那一年深秋的冷雨。

海島的秋意像平靜的南海，空曠曠，繽紛錦爛中空洞得逼人靜思反省。身為凡庸俗眾，我們都不免沾染了穢污的氣息。我們對此中的蔑視心理，就是對自我的失望程度。

在月全食發生之後的幾年裡，我繼續捕捉此生所附帶的訊息與幻象。萬物帶著相同的生命訊息，與我們共享生與死的奧祕。億萬年的悲歡訊息，都收藏在狡猾的基因之中，把我們拋擲在天地萬物之間，在生殖的衝動中體驗到性愛的歡愉與淒謬。自小到大，無窮的夢幻幻滅與重生，靈魂在飄忽之間搾乾了自己。

單純的生命，竟是如此盤錯複雜。死別，故人入夢；生別，逐客飄渺。撩亂的邊愁和生之幻象伴我成長，恣肆之極。待我老去的時候，我將背負著罪犯與受害者的雙重身分，在猥褻的現實裡追憶錯縱斑駁的往事。昔日巷口的斜陽，橋邊的野草，道出金陵的荒廢。葬於廢墟下的屍骨，匱乏的死亡大概是無可避免的結局。

短促的人生憂鬱難免。此生的珍貴，往往不是命運所賦予的歡笑，那肆無忌憚的淚，反而教人更彌足珍惜；在狂放無羈的秋雨中補償了歡愉和快感的膚淺浮華，把濫情的精液反襯得格外的廉價、無恥。

正是哀寂的淒美使生命的體驗顯得可貴。短暫的一生隱喻急促的一陣秋雨，珍貴、華麗、而且纏綿，有限包含無限，既瑣碎，又盛富：歡欣的花叢飄浮著苦難之根。

燦爛的秋雨，年年宛如淚水一般滴入我的體內，構成絲絲細細的歲月，歡鬱交熾，展現了生的淒美。我實在也無須對自己的邊緣處境頻感不堪。那些睡在街邊的流浪漢、衣衫襤褸的老乞者、賣藝的藝術家和出賣靈肉的妓女，都和我有著同樣珍貴的憂鬱。任何的恥辱，都無法徹底污褻我們卑微的命運，我們站在自己世界的中心，藉卑微的生活確立自己的主體。

陳舊的樓群，腐敗的異味從破落的街道傳出，瀰漫著年華不再的破爛景觀。晚風，淒涼地吹著偶然路過的老人。生生死死，歲月迴流，再瑰麗華美的雨，都淋不溼我的眼睛。然而，一旦我再看不到秋雨的璀璨晶瑩，我將已老去，將失去燦爛的年華和歷史，失去整個的世界。

幻象：在歷史邊緣

一度被我視為單純的人生，在歷史的邊緣教導我認清了它的複雜真相。

我將和中國的歷史一同面對巨大莫測的變遷。懸浮的紅樓迷宮，我和老去的上一代人一起老去。在擺搖不定的世紀末，一起從各種幻象中活過來，如同煙花在自身的粉碎中完成自己。

分裂的歷史，已成為內心的一部分。神龕橫死，現實的荒寒滲入內在靈魂：夢幻故鄉、南國北方的山水、破落斑駁的木積城堡，填補了記憶的空隙，都堆積在殘破的現實裡。

今夏的雨水豐沛，卻很快就結束了。赤裸的秋花，開在不知名的老樹上，那種卑微的花姿，大概連自己的身分和歷史都無法確知，逕自在樹的邊緣對宇宙說話：細小脆弱的花瓣表達了巨大的意志，使身處中心的宇宙格外顯得空曠虛無。

海灣的邊緣，我在山上讀書研究，想起自身的邊緣處境，有和百花同歸的痴想。由於世界是縱慾與壓抑的一種形式，倘若我們向世界屈服，世界則為我們服務。然而，再美麗的新世界景觀圖，我們未必都能真正的快樂。失序的濁世間，許多人照舊卑微的活著。污染的山川，頹廢的心和墮落的主題，都來到生活的中心，想要擺脫，又談何容易。

垂死的文明和歷史的循環，把我帶入解體的危機。這是治療內宇創傷的時候了。我如此生活在哀傷的城市，鄙視一切的預言，卻又抵抗不住預言的魅力。人們對歷史的不滿，以及社會潮流的荒誕頹廢，都被我視為宇宙老化的結果；此中的現實歷史，始終是一種岩石，我們都生活在岩石的陰影之下。

今夏，正逢六月四日，我偕同內人從星洲返港。六四以後流亡至今的人，嘗到天涯的虛幻。歷史，並沒有在自己的追思中找回自己的尊嚴。一九八九年的秋天，病態的幻覺詛咒著狂躁的歷史。我初次赴臺深造，隱約感受到民運人士流放異邦、那種一去難返的心情。

五年後，沸騰的歲月失去了自己的語言。天安門廣場上曾有的悲烈已經清除乾淨；替代的是共和國四十五週年國慶的歡騰盛景：夢幻般的煙火有如天堂中華麗的秋雨，看得人心事紛擾。紛繁密集的煙花，萬種瑰麗華燦，在蕭瑟的時空中修飾了中國的悲慘記憶。搖晃的陽光，疏疏落落，散佈著神祕的幻象與歷史事件。中年的靈魂，就這樣敗壞在不清不楚的歷史現實中。

六四事件第五個週年過後不久，缺席的人潮在歡騰的國慶夜裡重回廣場，卻難以保證都懷著歡慶的心。繁華照眼，幾番廢興，歡騰的煙花隱匿著歷史的創傷。

古中國，有全世界最龐大的歷史記錄，再也沒有其他任何民族保有如此龐大的歷史記錄體系。其中，自有價值連城的啟示意義，然而，歷史的焦慮中有一種自焚的危機，在困頓中化為詩詞戲曲，拋擲給旁觀的人潮。四海浮生的中國人，從世紀交替的十九世紀末邁入二十世紀末，至今仍未擺脫矛盾的社會情結。我們的終極歸宿愈辯愈困頓。歷史的奧祕、魔咒的神祕滲揉了私人的慾望從天而降，加深了中國的心事。天神拉起巨弓，我們提起筆來，和內心世界的野獸交戰：天神成了觀眾，心靈成了戰場，歷史則成了我們的人生。

我們所經歷的，必將寫入歷史。午後，灰黯的秋日即將結束。西風落，黃蝶翻飛，歷史的幻象擺盪在生活裡。

疏影淒切中，俗眾求生的願望強大而凶猛。世界各地的學者，照常用迂迴的交際手腕和動人的語言爭權奪利。黑暗的校園政治和人事糾紛，為我揭示了另一種人世的紛擾猥瑣。大半生飄泊在外的劉紹銘就曾說過，今日玩票的學者教授何其多。而幾時，詩人作家竟也成了玩票作樂的行業。

理想的人生不再是高尚的象徵和想望，而是荒唐的一種追尋。我們在各種權力機構的宰割下，何來代表世界的能力，甚至不再是世界的一部分，宇宙內外，世界只是某種幻象的反映，並以此詮釋出其中的病態。

焦慮的幻象是此中宇宙的真相。度過膨脹的社會，各個階層都有各自的遊戲規則，良知與道德在這裡受到最大的考驗。各人玩弄著各自的遊戲規則，墮落自取。歷史的進程是如此浩大無情，許多人保持沈默，少數人則以內在瘋顛的方式自虐，用虐待來寬待自己。

邊緣的人生，求生是不可避免的歷程，永遠是我們追求榮譽的代名詞。我在臨海的城邊生活，看著人們四處尋歡作樂。漸濃的暮色，海灣被毀了，垃圾四處丟棄，許多遠離家鄉的人還在都市邊緣飄泊。一生，竟教歷史與幻象分割了，心靈崩折之間，生存顯得模稜兩可。

告別歲月

華麗璀璨的歲月，永不給我重塑的機會。

在他鄉老去的長者，帶我墜入告別的深淵。告別的歲月，歲月向我告別。被歲月寵壞的魔鬼，化著千種身分佔據了我，把脆弱的肉體當成慾望的舞臺，藉著各種類型的幻象喬裝我，日夜催我老去。

人活到某種年紀，心境突然加倍複雜，變得弔詭，不再是搜索者，也不再是理想主義者，什麼都是，什麼也都不是。沃野千里，慾望與匱乏的心仍舊沒有疆界。有限的，是我們豐盛的人生。這種邊緣處境，不但很難坐視世界如恆沙，反倒令我們心生狂肆，在異鄉的寂寞中，老去。

青春守護神的鈴聲搖過即逝。叮叮噹噹，泛起無數記憶的鈴聲，消逝在足以令生命潰爛的日子。三分之二世紀的歲月已經停駐在父母的臉上。滿頭的白髮橫貫記憶的長廊，曾經有過的失望和想望都轉化成石，冰冷堅實。在紛擾的歷史中，這記憶之石蘊藏著幻象與現實的種子。

歲月的幻象如盤，給身處故國邊緣的人帶來逐年懈怠的心情。日夜失眠的天色，破爛的寰宇，並沒有帶來任何的啟示。浮華世界的馥郁，只給活在後現代社會的人們一些短暫的歡愉。人們對歡愉的追求，最終變為對浮華庸俗的追尋，並在其中領略生活的苦處。

秋天，年年照常到來。秋山熠燿，我絲毫沒有古人悲秋之心，如流過荒原的河水，如夢中被酸雨淋過的森林，失去森林的蝴蝶，死在荒漠的寰宇中，絲毫沒有留戀的跡象。逝者已逝，戰爭和愛情的故事背道而馳，一切真情與心靈的膿瘡，最後都反映到我們的身上。

歲華搖落處，晚秋就要過盡。逐年失常的季節，又在歷史中遽變。我在異地的迷宮邊緣，開始第二年的研究生活，早已習慣了異鄉人的心情。城裡臨海的一角，轉涼的陽光和海風令我臥病在床，我隨著馬奎斯的文本進入他的異鄉客世界，在靠窗的床上走過作家的旅歐歲月。

在巴黎十年來的第一場大雪中，一個喪偶的異鄉貴族在街頭壓抑著痛哭的衝動，渴望有人用鏈條打破他的頭顱，讓流出的腦漿為自身的悲憤復仇。在馬奎斯筆下，異鄉人的故事落得如此下場。巴黎的塞納河，巴塞隆納，日內瓦，羅馬和充滿陽光的加勒比海沿岸，異鄉人在華麗而瘋狂的城市裡冒險，以流亡之名去抵擋命運的擺佈。一切的榮耀權位都成為虛浮的往事，剩下的，是死的歲月。我感到作家老來的心情，在深夜聽見群犬吠海的寂寞：

> 他實在很難相信時間不但毀了他的一生，也把世界破壞到這種地步。

當年，自我放逐的海明威也曾在秋天的巴黎旅行寫作。在秋冬的雨景中捕捉到整個巴黎的悲傷：生蛆的酒廳，酒醉的女人，潮溼的街道，雨中的屋頂和無煙的煙囪，都成為作家挖掘和表達生命的場所。海明威相信，在異地可以把故鄉寫得更為透徹。鄉愁使作家變得更加多情。

這種心境，提早落在我的年少時期。在故鄉，我就已經開始書寫家鄉的憂悒。用初經人世的筆，描摹我在邊緣處境的成長年華。在那裡，到處都是哀傷之城。

折磨人心的日子，如今都已消聲匿跡，在幻象中化為烏有。正是哀傷的歲月留住了我，但是終有一天我會遺棄所有的幻象，讓純潔的肉體遠離哀傷。

冬天的誕生，秋天的結束，海明威把他在異地的寫作稱為放逐中的自我移植，把自己深深移植在文字叢中，用異鄉人的筆調，敘述著被掏空了慾望的人生，最後用柔情的獵槍獵殺了歲月的幻象。

作家死後的歲月，許多作家跟著出生、死去。黃蟬盛放的季節，塵寰仍舊繁華璀爛，我們都將在歲月裡化為烏有。大荒大澤，這種極大的原始創傷如同巫師的詛咒，一生追隨左右。原來僅存的童心，早被自己撕裂掉，並把自己擠出幻想的歷史空間，置身於世俗行列。日日夜夜，人生的真義嘲弄了一代接一代的人們：青春年少一去不返，幻象的世界華豔依舊，年華的殘缺則預告了我們的死亡。紛繁蒼駁的幻象，四海盤桓，被我提早埋在，內心的墓園。

《中華日報》，一九九五、五、二十一

盤古氏的傷口

東方未明

八十年代結束前的最後一個月，我在濡溼的歲暮中度過亞熱帶的第一個寒冬。城與天，天與雨，雨與人，指南山下一座林子旁，我的情緒有種荒蕪的迷亂。

冬天，我看見一陣陣細雨靜靜落上指南群峰。晚風晚雨如舊的日子，學院裡一列列微枯的槭樹等待著雨季的結束，我看見雙翅形的槭葉在雨中飛不起來，反而落入流亡的風中。

在那些黃昏時候逐漸清冷的日子，我曾擁有一座林子，在晚燈亮起時，我便讓繁密的碧葉落盡，我喜歡那種葉落如雨的感覺，喜歡雨落如狂的心情。在指南群山的雨景裡，我的林子有種從未有過的蕭疏情境。好幾個清晨，我穿過木新路，冒著冷雨趕到國聯酒店和來臺訪問的大陸民運分子見面。冬日的雨，細微、寒冷、深情。這是我在北緯二十五度淋過的第一季冬雨，冷漠，而且虛無。

在下雨的城裡，我和祝家華走訪了民運領袖蘇曉康、胡平、萬潤南、小說家祖慰和年輕詩人老木。聽他們說起大陸那段所謂解放的年代，一些醜惡與酸痛的往事重新擊打人們的心瓣，黃河兩岸的荒蕪景色向我泅泳而來。流來的民主如浴火的大海：

民主潮流　浩浩蕩蕩
順之則昌　逆之則亡

——嚴家其語

恕與悲，無慾與慾，山千脈，水一帶，憂鬱的中國知識分子在星光斂昏的大地上試探宇宙的真偽。今天，他們知道了宇宙的真偽與醜惡，也驚覺宇宙的淒涼。夢醒了，故鄉也遠了。天宇穹蒼，人們淋著孤獨的雨走入大寂寞，風捲如故如狂、如葉如雨。在曠野的天宇下，淋打過魯迅的雨仍舊落個不停，我感到黃河影孤，東方未明。

近半個世紀的盼望，開天闢地的盤古氏後裔仍痴立在水邊林影中，在黃河的哀潮中思索中國斷裂的命運。陽清為天，陰濁為地，芻狗為人。那些從共和國出走流亡的人，從一場被修飾的夢魘中醒來，走在離鄉的路上。放逐的歲月，開始了。異鄉的道路，引導他們開始另一場宇宙真偽的試探。

赤色的命運線

這不是中國精神的重生，也不是炎黃子孫哀悼的悲劇靈魂或英雄，蒼涼的共和國，化作十二億雙掌上斷裂的命運線。共和國是一場夢，地獄也是場夢。我們的歷史，都是壓抑的現象，佈滿父親的權威。

我們可以在壓抑的歷史中，找到巨大的創傷。憂患的世紀末，溫暖的月光下，天安門的地平線曾經一夜之間嘲弄了地球最古老的良心。善感的黃河在黎明時分奔湧，沿著天安門野外的地平線奔流，潮聲裡隱藏著不可思議的悲憤。

歷史的壓抑，往往找不到解除與昇華的出口。天安門廣場北側地下道的牆上，貼著這樣的詩句：「太陽突然發狂，我已無路可走。」在共和國的命運線上，命運的星宿慈悲地護航。盤古氏的淚水傾盆墜落夢幻似的水面。在溫暖而教人心酸的夜色中，黃河仍舊對著十二億人訴說自由與民族的神話。

年代交替的歲月裡，已到了解體的時候。民族神話的圖騰在六月的廣場上再次粉碎。東方未明，黃河未清，兩岸變色的山脈、草原、江湖和古城，依舊是人性善惡的競獸劇場。

中國人的身影愈加悲寂。暴裂的命運線上，有十二億人的靈魂，人生的滋味被醃成血紅。中國的宇宙被真理的真偽所困惑。閉關鎖國的大地，人性混淆，偉大和神聖的心靈已毫無價值。天安門事件再度證實了共產專政的哲學：

> 任何人對我談起智慧，我就拿出槍把。

六四天安門事件後，被困在大陸的方勵之在肯尼迪人權頒獎典禮中，用書面致詞向全世界宣告他內心的吶喊，這聲吶喊喊出了十二億人的夢魘，人類的尊嚴在他生長的大地上一再遭受新的蹂躪，人性變得赤身裸體，變得瘋狂——「嚴酷的現象總是一次又一次地撕碎我們心中美好的幻象……」。

男男女女唱起三皇五帝的祭曲。赤色的命運線上，東方未明，中國人的身影愈加孤寂起來。看來半個世紀的掙扎和貧窮始終沒有使中共體悟到意識形態的虛無，用西方的唯物理論想來試鍊中國人的淚水的熱度。半個世紀的歲月原應足夠建設起繁華富貴的人間天堂，然而，這裡的知識分子卻被逼上流亡的命運，面臨空洞的毀滅。盤古氏的另一段黃金時代，夜以繼日地襲擊心房，歷史的淚水，湧上了中國的靈魂。一種荒唐的執著心理，一種過分的極端理想，使共和國和她的無產階級注定要細細品嚐毀滅的痛苦。

一場歷時半個世紀的「意識形態社會工程」，在原已傾圮的遺址上點燃一把烈火，歷史已經向時代表示，一個專制的政體將無法建立理性的思辨系統進行理性的革命。那些浪漫而極權的狂熱政治分子，毀滅了無數的生命和夢想。至於無產階級的理想世界，卻依舊面對不堪的扭曲。

意識形態的千面英雄佔據了歷史的劇場，生靈被棄於歷史。那些過著內在流亡的人，拼著命解構神話英雄的話語。半世紀來經歷過諷喻性極濃的歷史歷程。虛幻的意識形態和哀傷的自行車隊打從北平城的大道上流過，每到冬季，便化成雪雨落在盤古氏的傷口上。

在被割據了的命運線上，中共體制所培育的第一代知識分子，不是在民主、自由和現代化的誘惑中迷失，就是在窒息的哀傷中逐漸麻木，隨波逐流。不管是受困於大陸，還是流亡海外的知識分子，那些想做自己靈魂的主人的人，他們赤色的命運卻往往佈滿無形的菌類和病毒，靈魂已被烙上紅色的魔咒，解無可解。就正是這種時季，紫禁城的黃昏荒涼到了極點。

烏托邦的薄暮

中國將在自己設計的烏托邦中，把自己埋葬。背著宇宙的深淵，中國人的尊嚴和智慧在黃河黃土間迂迴，朝地獄與天堂的面向深陷，對著人類唯一肉眼望得見的太陽發出驚人的、悲愴之極的訊息。

中國人的智慧曾幫助中國推翻封建帝國和不合人類理性的封建制度，卻也幫助中國建立另一種違背人類理性的帝國。智慧對於文明的作用具有正反神魔的弔詭，在毀滅與創建、現實和烏托邦之間，扮演祝福和詛咒的巫師。

智慧所賦於人類的想像力，讓中國人懂得幻想的偉大，這項能力在中國人追求烏托邦的過程中，被發揮得淋漓盡致。在共產主義烏托邦的幻想的鼓勵下，經過列寧、史達林、毛澤東以令人驚駭的方式加以實踐，結果竟促成人類最慘烈的一場惡夢。

秋宇物化，四顧蕭條，天安門廣場的民主女神舉起沈重的民主之火，燃燒自己。黃河兩岸的宇宙，烙印著盤古氏曲盤蚪扭的眼神，烏托邦的薄暮落在街上，再智慧堅毅的民族，也有痛哭失聲的時候。

龍之圖騰，翻舞在中國人的夢中。中國的守護神，往往也是詛咒故鄉的火龍。黃土中原，本來就是在巨龍陰影下掙扎求生的古老國度，火龍在古代已是殘暴的象徵。直到今天，仍為中國人帶來巨大的歷史夢魇。火龍，在中國乃象徵著東方專制主義的因子，和西方的馬列主義中的狐狸和刺蝟結合成為中國近代史上的文化孽種。

東方和西方的專制在黃河流域完成一次完美的交歡，把中國鑄成火龍和狐狸的國度。神州成為染血的雕像。階級仇恨代替了仁義禮智的靈魂，在蛆蟲體內蠕動。

中國的烏托邦理想，始終是一場無法圓滿的夢幻，悲壯慘烈地在黃土上崩碎。民族的雄心理想也在這場患難中毀滅。民族理想的幻滅，似乎也就是民族精神的滅亡。

赤紅的薄暮，廣場上的民主殿堂還沒建構完成。東歐和蘇聯的解體並沒有使赤紅的薄暮從大陸消失。而海峽此岸，人人迎接繁華盛世，歌酒狂歡。海峽對岸所有被禁錮的群眾，在驚心動魄的一場槍聲中紛紛驚醒。正如蘇曉康在訪談中所說的「我不再是共產主義者！共產主義是一種理想，對於我們來說根本是烏托邦，是一種空想。」

馬克斯晚年時候，有感於共產理論被獨裁者所扭曲而自我申明：「我所確定的一件事，就是我不是一個馬克斯主義者！」蘇曉康這群知識分子對共產主義的省思，無疑是一種精神上的重生狀態。重生，必有壯麗的憧憬，夢幻想必也都充滿感人的迴音。

重生的誘惑

命運的變遷，往往就是極為驚險而悲痛的歷史。

中國文明曾是人類史上最尊貴的人類經驗。這文明的衰落並非偶然。重生的掙扎和陣痛，對中國人而言，是世紀末最悲寂的心事。人類理性智慧的取得本來就和人類的各種知識和藝術經驗一樣艱辛。中國人的理性意識在春秋戰國時代，已經發展出中國人的第一個黃金時代。承續北京猿人的智慧啟蒙，正式邁入人類的哲學時代。到了共產唯物史觀的政治體系下，這珍貴的文化遺產曾一度在文革危機裡面臨毀滅的命運。

在煉獄的轉化過程中，不是滅亡，便是重生。

重生的挑戰及其蘊藏的危機，對於這一代的中國人而言，無疑是一種痛苦與歡欣交加的試鍊，充滿了誘惑。在自由和民主之神的召喚下，尋根和重生的滋味，令海內外無數中國人落下眼淚。

重生，對於逃離大陸的這些人來說，是一種圖騰，象徵自由和希望，一種靈魂的追尋，生存的依據。換句話說是一種根，靈魂的根，肉體的根，民族的根，這根的滋味曾被千千萬萬的中國人追尋過，卻未曾好好盡情地品嚐一下。

做一個自由的新生者，對中國人並不容易，尤其是在大陸。一九五五年十二月初，法國一個冬天的夜晚，卡謬向前哥倫比亞總統——一個被獨裁者驅逐出境的流亡者，所發表的歡迎演說中表示：

要做一個自由人不是一般人想像中的容易。有些人只有當自由符合他們的特權和利益時，才歡迎自由；有些人只在檢查制度妨礙或威脅他們的利益時，才呼喊自由！……二十世紀的人們熱衷於走向奴隸。這是一個痛苦的標誌。對於那些犧牲者，以及如你這般鼓動我們生存的模範者，這無疑是一種無理性的現象。我看到自由的活力不斷減少，言論自由受到壓迫，許多人遭受迫害和死亡，獨裁者志得意滿的狂吠其虛偽的各種藉口。那些利用藉口的暴君，都知道他們自己的謊言。

自由不會在新生中孤獨而死。流亡的英雄為芻狗，亦不曾孤獨而死。只是在分化瓦解之中，有一種虛弱，一種陰陽交熾之感。

南半球燦爛的花季，對於北半球的中國人有一種虛幻的美。刻骨銘心的往事歷史，從鴉片戰爭到辛亥革命，從五四覺醒運動到六四慘劇，千神在我心中升起、重生。

這段中國人追求民族理想的生命歷程，不足與外人道。千神在中國人的心中期盼中國的花季。千神都成了小花，自成花海，隨風飄盪，在放逐的季候風中哀悼自己。

光明，曾是小花的故鄉。我們都曾在故鄉和異邦期待光明的永駐不逝。我們都是光明的兒子，對流亡的花族來說，尤其如此。

在中國邊界流亡的金觀濤曾說，中國人一向嚮往光明，渴望有朝一日成為人類的理想。這期盼到今天還是非常的堅定：我們用自己的心靈和生命，感受著中國的當代史。無論歡樂或痛苦，我們注定要把那偉大的變遷作為我們的人生，注定要把思考和探索作為我們的生命。

《青年日報》，一九九二、六、五

飄泊的諸神

■北臺灣的邊緣歲月

飄泊的迷思

在臺灣的歲月，人們體驗到回歸是一種無可實現的神話。上一代的海外中國人曾經對著中國吶喊：流放是一種傷！到了我這一代，我希望傷口已經不再疼痛。

流放情境，曾經使海外人失去了他們的身分，渴望著回歸主流。在中國模式的歷史情境中，海外人最沈痛的記憶不外是這種流離的文化情感。由於歷史文化的牽引，加上個人的選擇，我也走上了尋找回家的路。

在世界的圖版上，海外人根本無從逃開飄泊的情境，一生都在個體選擇和大歷史敘述中扮演悲劇中的英雄角色。他們在尋找主體的心路歷程上佈滿了飄泊的疏離感，一如諸神那般拒絕了歷史的認定，孤獨地在人類情懷和社會文化中摸索人生的意義。

自我放逐的鄉愁，被我設置在民族整體的精神活動中，形成靈魂的一種特質，暗中支撐我的人生，也壓抑著我的生命。思鄉和忘鄉的語言與我形影不分。一水相隔的海外人，就曾經迷失於這兩種語言之中，唯恐自己的話語無法言說自己的身世與身分。曾經，那是我的幻象，也是他者的哀情。

在追尋中，我發現人類原本就沒有家鄉，鄉園只是一種無可理喻的幻影；人生原就注定了飄泊，本體論的流放就是這樣一種無法逃離的宿命。每個人原是一座孤島，我們注定無家可歸。早在舊石器時代，當人類開始建構和追尋家園的那一刻起，這致命的夢想就已經把我們的祖先釘在無家可歸的十字架上。

流放處境，對於廣大的海外人來說，自然並不陌生。中國人、猶太人、黑人，以及僑居臺灣、香港和世界各地的各色人種，都走在回家的路上。自從祖先離鄉背井，他們就往回家的路上走，而不是往離鄉的路上走，卻永遠也回不了家，愈走愈遠，終其一生，恐怕都回不到故國。

事實上，僑居地的土著視海外人為外來者，其實並不可悲；悲哀的是祖國已不再承認回國的原鄉人。海外人被拒絕於故鄉的記憶之外，在身分上成為異鄉客。更不堪的，海外中國人竟被海峽兩岸的政權當成貢品來祭祀，淪為政治霸權爭奪和經濟發展下的籌碼，壯烈犧牲了，卻無名無姓。

無家可歸正是被祭者的痛苦處境：主客觀的歷史和文化認同不斷在現實人生裡扭曲他們，嘲弄他們；逼使他們體認到事實的真相：認清自身的歷史位置和文化角色，走出中國的迷惘，不再為海外人的命運自憐自傷。與其視故鄉為一種文化精神的意想，不如視之為現實人生與現實世界的一種象徵，從而解構了鄉愁，也擺脫了飄泊的迷思，安然走在回家的路上。

北臺灣的歲月

下著細雨的異鄉舞臺上，雨季修飾了人們的心情。

我選擇扮演一個沒有臉孔的角色，安於身分的曖昧，在光禿禿的枝頭上孤零零做著木棉花的初春夢，自得其樂。春天去了又來，沒有人為此歡欣。天地無色，海外人的處境就猶如魯迅筆下那些極細小的、廢弛的慘白色小花；在冷清的地獄邊緣瑟縮地做夢，夢見春的到來，夢見秋的逝去，群蝶亂飛，烽火連天。秋後是春，春後又是秋，海外人思量著自己繁瑣的心事，閱讀著魯迅筆下紛亂荒謬的歷史文本，感到那代人飽含哀愁的民族大夢就在我們內心、或人間地獄中禁錮了。這種中國人的歷史哀傷，至今仍深烙人心。

對於我，或許還有其他人，臺灣是支離破碎的劇場，破碎成千點萬點，千絲萬縷，一如島上的雨季。

臺北的歲月，在支離破碎的印象中被我輕易拋擲了，日子留下深淺各異的滋味；縱然有過美好的夜晚，也已被帶到歲月長廊的盡頭，只剩下幻影和煙雨來慰藉靈魂的憂傷。心事在歲月裡累積，累積成一座龐大的迷宮——別人無法走入，而自己卻無法走出的死城。

近四年的留學生涯，我喻之為中華的歲月，支離破碎，百感交集；讓我更進一步認清了海外中國人的處境。繁華的孤島，飄浮在太平洋和南中國海的邊緣，不想言語，卻又不吐不快。人們在臺北的歲月是一種生命的疏離現象，鄉愁成為一種修辭，一種隱喻，蘊藏著豐富的疏離情緒和無法言表的意象。天地無色，人間無情，倘若有情也是空虛飄渺；民族之情恐怕亦是如此。各種權力鬥爭，在民族大義的外衣下於焉開展。那些日子裡，我亦提不起勁來和別人交往，對於師友，縱然有求於人也是冷淡的態度。

臺北三年餘，我慶幸擺脫了民族主義的束縛，納入以人為主體、以歷史——社會和民族——文化為客體的思考模式。自從掙脫民族主義的信仰，我亦脫離了神話思維的世界，用玩笑和淚水證實了自我的存在，回絕了世界的墮落，體會到身為海外人的後裔，飄泊的命運只是一齣渺小的野臺戲，悲壯也罷，淒涼也罷，注定被失根和尋根的弔詭所滲透，一生充滿了衝突與矛盾、追尋與失落、希望與痛苦。

藍色的亞熱帶，海的幻想一掠即滅。命運的魔毯帶我離開了南中國海。從赤道到慾望紛繁的臺北，而今如願來到香江——另一座在歷史變局中未知的城市。我滿懷喜悅地離開臺北，一如當初滿懷喜悅地去到臺北一樣，當年的喜悅是一種虛幻的憧憬，而今天的喜悅出自一種認清真相的釋然。臺北四年，已經足夠。走在中文大學的校園裡，燈火繁星，依山傍水；在精神上，似乎再沒有寄人籬下的悲哀。

臺灣是一個夢想的終結，香港則是另一種命運的開端。每次我向命運深處窺探，或向歷史的來處回溯，總是一再陷入二律背反的困境中：在精神上是故鄉裡的異客，在現實裡卻也無法成為自己的主人。世界落得破碎支離，人間也模糊不清。

《中華日報》，一九九四、六、十二

溯河魚的傳統

思鄉的雨

那年夏季，在赤道線上改變風向的季候風越過蘇門答臘島，豪雨順著西南候風的路程，像是有著什麼驚人哀鬱和憤怒，在一座年輕、野心勃勃的首府裡到處狂飄輕灑。淒溼的歷史舞臺上，一些探索者在雨季裡觀看社會的走向。

晚來，夜雨驟寒，常使我以為漫長的雨季才要開始。子夜的冷雨，我暗忖，會那麼一直連綿不斷的落到東海岸去，淅淅瀝瀝，點點滴滴在南中國海岸上我家的庭院。

彷彿從四月以來，首都的風雨便頻頻欲狂。單在校園內，馬來亞大學理事會就曾經一度決定禁止所有中文系系外學生選修中文系的課程。全馬華人社會一時驚慌不已，擔心大專層次的華文教育將再度遭受毀滅性的挫折。備忘錄和反對聲浪熔入狂放的暴風雨中。早來的西南季候風雨，憑添了一份戲劇性的憂傷。整個風雨季，我都特別想家。

那天，校園巴士停在馬大書城前，我來到藍色的車站，聽到沙沙颯颯的一陣超語言的細語，原來是風帶著滿懷思鄉的細葉子越過車頂，在靠右的窗外撒下片片黃色的鳳凰花葉。窗外是一片草地，早晨的陽光從一棵壯偉的合歡樹後直射過來，那景色像一幀飛花圖，美而淒瑟。

那是丙寅年一個週末清早，校園裡有一種殖民時期的冷清景象，遙遠而神祕。上完鄭師良樹的書法課後，和班上漂亮的女鋼琴手到學生廣場用茶點。在古舊的歷史系和文學院大講堂之間的草地上，有三、四棵不知名的樹木正飄下無數長著透明雙飛翼的花實，群群若蝶兒在風中採花播種。彷彿才那麼一轉眼間，花葉便又再度凋墜，另一個起風的季節再次匆促重臨。

這清清長假，文學院裡沒有幾個人影，藍天群閒閒幾朵遊雲，景色有些難言的孤寂，有點秋意，澹澹景致表現出應有的抒情風格，小風宛轉。而昨夜紛亂的雨，昂昂千里，也頗有這類相當思鄉的抒情意境。

溯河魚的傳統

隨著一個下坡的弧彎，車子一轉，景色為之一變。一個四面環山的低谷，一排小房子，一塘塘水池依谷勢而設。藍色群峰往後退去，一條河，在橋底下的亂石間奔墜，向著雨霧和野煙處嘩嘩激滾，以一種拓荒者的精神滾動起林野的暮曲，在野岩亂木間尋的出山的方向，便毫不猶豫的往南中國海洋的方向前進——這一去，恐怕都不能回返大陸了。

十月底，我從東海岸出發，在家園度過一段短暫的假期之後，再一次打從東西大道上那座微微彎曲的大石橋馳過。

故鄉十月，多雨霧的季節，撲簌簌大滴大滴的雨珠如絲如泣。潮溼的故鄉十月，我追憶起幾個少年時代的夜晚。年少的心事就像是深邃無底的雨後藍空，懸掛了無數格外晶瑩而又微微蒼涼的星辰，遙遠，而且孤獨。年少的雨季容易令人感傷。那時候，正是自我和外部世界及種族關係摩擦最為激烈緊張的時期，一些毀滅主義的積怨和傾向於理想性質的意識形態，都在那些記不得是狂烈還是疏淡的雨季中草草埋葬了。

越過石橋，座落在蒂蒂旺莎山脈背後的吉隆坡不久即可在望。我匆匆觀望橋下的流水，懷疑這股繁星似的流水能否流入大海。這回乘了一輛有空調的巴士，窗戶無法自由開啟。只見橋下的潤水靜靜地滾動流淌，心頭油然湧起北美洲的某種模糊景象，感到大地的萬物便是這樣在水裡岸上自生自滅。

大自然裡，海洋生態中的溯河魚有各自的洄游季節。鮭魚在海洋裡成熟壯大到某種程度時，便會在生理時鐘的引導下開始牠們的溯河洄游。在鮭魚的一生中，和其他各種溯河魚或降河魚一樣，這種季節洄游是牠們一生最重要、最富於美學的生活型態：充分表現生物界對於故鄉的迷戀、嚮往和忠於朝拜的傳統。牠們依照地球磁力的引導、穿過海裡隱形的山谷，靠著天賦的嗅覺感官，或者海面上的星辰和月亮的圓缺，尋找十餘年前牠們離開河源故鄉的歸鄉圖。當年卵化成魚後的鮭魚從河裡游向海洋，直到那一天的到來，鮭魚憑靠當初離開河源故鄉的記憶，激勵著牠們回到了河川盡頭的故鄉。一大群一大群的鮭魚，情願冒著生命的危險，都不願成為溫暖海洋中的異鄉客。

這種溯河魚在季節洄游時奔淌在新舊大陸的許多大河川裡，是一種「令人肅然起敬的生命型態」。每當神祕而神聖的洄游季節的來臨，通常在冷冬降臨以前，大群大群的溯河魚會突然覺悟似地記起遙遠的故鄉，然後便開始了異常艱辛的溯河洄游，捨棄了海洋的遼闊溫暖，勇敢洄溯，逆族旋湍，朝著世世代代族群發源的故鄉奔赴，一心一意要執行族系傳遞的偉大任務：交配、產卵、死亡。

如果說鮭魚懂得尋覓祖先發源地的神聖意義；那麼，追尋及保護祖先文化傳統的責任，便是人類最根本的義務了。

憤懣的年代

那一年，我為了選修華文而從理科轉入文科，來到吉隆坡的拉曼學院。在一個因為各種主客觀因素困擾而對華文教育採取壓制取向的教育政策和社會制度裡，我和一群同樣離鄉而來的年輕朋友，在拉曼學院的松樹影下，感受尤其深刻。

在專橫而富於嘲弄性質的現實空間裡，我常在學院裡的一排松樹下獨處。面對大馬高級教育文憑考試的挑戰，在高等教育的種族固打（quota）制度下，我們這一代都非常清楚：從一九七〇年代開始，每一年幾乎都有成千的先修班華裔學生，雖考取優良的高級劍橋文憑或者後來改制的大馬高級教育文憑成績，卻由於種族的關係而無法進入大學深造。

每一年，更有上萬的白衣少年和我一樣徘徊在配額制的魔鬼門外。這種抑鬱，不是局外人所能想像忍受的。我看見憤懣的白衣少年開始對矛盾、複雜和專橫的社會發表懷疑言論，以一此荒誕而消極的行為來表現他們內在不為人知的無助感。平等與不平等的條約和政治承諾，有關新經濟政策的偏差與傳聞，早已經成為大馬知識分子的焦慮中心點。

赤道的歲月，情緒的沸騰度和溫度一樣，每天都往上昇高一點。夜色瀰漫著不安的星光。每年，依舊有成千上萬的白衣少年徘徊在大專配額制的魔鬼道上。這種挫折，在我們心中留下不為人知的時代的痛苦。

後來，在馬來亞大學中文系裡，我又和另一群來自全馬各地的年輕學生，繼續咀嚼這種屬於精神性的苦澀滋味，如大地忍受著日夜被火山暴洪沖刷焚燒的痛苦。

在壓抑性的文化危機裡，許多年輕人遭受到政治無力感的挫折處境。憤懣的新一代華裔子弟，對政治和教育前景充滿焦慮、憂心和失望的體驗。這一代，正處在政治分化及種族與文化裂縫的臨界點上，接受了歷史命運的雙重諷刺與嘲弄。

在這裡，巫裔群眾的憂心，大概不下於華裔子弟的哀痛。一些政治野心勃勃的激進青年，妄想從這種以民族大義為名目的政治體制中獲得個人的榮華富貴，也就不足為奇了。

世紀末的暮色

在狡獪而又柔情的世紀末，我這一代將用深沈的憂鬱，來補償我們所失去的歡樂、信心、和平等。

當年拉曼學院的黃昏，我獨坐在一列瘦弱的松木樹下，在松針亂刺斜墜的殘陽中，獨看三五弱小的蝙蝠在二十世紀末的荒謬暮色中急遽鼓翼。在一些樹影和魂魅間胡亂撲飛，穿不過夜神萊托娜的藍裙，久久也不願從我的視野裡消失。

霧幔般汩汩生輝的藍色紗群，被萊托娜女神穿穿脫脫了多少世紀了呢？經歷過多少世紀的戰爭、妥協、扭曲、不平等條約，以及形形式式的囚困與放逐的體驗後，人類文明的發展仍然受困於種族沙文思想的迷惑裡。一日人類不能停止剝奪其他種族以滿足本民族榮華富貴的欲求，世紀末的暮色中就無法停止流下蒼啞的淚水。

在一個天色幾乎完全暗透的向晚天，我回到寢室裡獨自扭開馬來西亞翡翠廣播電臺，一個中國老歌手用富於旋律美的音符語言，瘖啞而纏綿地，緊緊撥弄起我那許久不曾暢淌的清淚，其中滲透了幾許少年的心事和民族的哀傷。擔負不起民族興亡的心靈，在世紀末的深暮中任憑慷慨。

原刊《南洋商報・南風》，一九八八、七、三十一
《臺灣日報》，一九九二、十二、十九

群雨低溼的海岸

荒野的候鳥

在人類聽到自己痛哭的顫抖聲時，他並不一定以為那就是生命的聲音。生命的聲音，有時候像一株株閃爍的雨樹，在人類飄泊他鄉的路上，蒼蒼莽莽沿著心頭的海岸線，長成鄉愁的原森林。

世紀末的離鄉人，偶爾在夜色佔據半邊地球的晚上，謝絕生命的吶喊。失眠的迷思，最容易教飄泊的靈魂墜入遙不可及的太極。原始的乾坤，陰陽，如天地，如生死，如離巢候鳥飛過荒野，帶著原鄉人甩不開的鄉愁，端詳人間。

初抵臺北的那季雨秋，心緒早已遠離童年的夢幻。靜夜裡，我來到了失落童年情懷的故鄉海岸，哲學地放逐失眠的靈魂，帶著蒼白的心事成為鄉愁的搜索者。靈魂，在白晝扮演虛偽的人文主義英雄，夜晚則是畸形的理想主義詩人。這樣的靈魂極為陌生而又熟悉，有如印度聖典《奧義書》的覺語：

你的靈魂，就是這個世界。

這個世界，卻往往和我們的靈魂相隔著醜陋的巨大深淵。這種無從辨認的荒誕情緒，穿越秋日湧動的浪頭，帶著嘲弄的力量，快意地拍擊亞熱帶晚秋的肉體與靈魂。

離開粗獷的赤道地帶之前，我曾對著毫無深度的冷月嘗試褻瀆自己年輕的靈魂和肉體。年輕的世界荒謬無比；有時候，年輕就是蒼涼的荒原，詭譎的時空除了喧囂的繁華情節，什麼都失落了。

世紀末，我愈是拒絕投入詭譎的時空，愈是陷得深沈；在光影變幻不定的命運中，八九年秋天，我和祝家華隨著成群成群的候鳥飛離馬來半島，成為大馬獨立以來，首兩位以大馬學士身分進入臺灣研究所的青年。這是否具有歷史的意義？

焚燒的雨樹

似乎只有離開鄉土以後，生命之樹才會忘情地燃燒。個體和鄉國的距離拋擲得越遠，燃燒的思念就越有深度。

失眠之夜，瀟瀟群雨以小提琴夜曲的情調潸潸淋遍心頭的海岸和雨林。細微的雨，在思念成熟時刻輕輕撞擊寂靜的夜，如泣如訴，聲響細微如靈魂的呻吟。失眠的心事，就貯藏在千千萬萬片葉子的凹窪處。水滴，翻飛如記憶的秋，以感性或知性的方程式，從繁密的葉片滴到天明，橫斜落得我心頭淋漓盡致，有種荒謬的美感擱淺岸邊，並且不斷撫弄我生命中第一個亞熱帶的冬季，那泥濘的歲暮。

冬夜，以潑辣的冷冽對異鄉人宣泄了人間的憤懣，向我表現只有思鄉人才能深切感動的生命美學，引伸到蒼白的臺北市，遍城哀怨的晚燈、城景和人群，皆有種說不出的荒謬感覺。這種魔幻寫實的日子，以幸福為終極目標的生命憧憬，逐漸變得稀稀疏疏，反而顯得沈重。

遠離溫暖而教人眷戀的赤道雨林，我遊走在北城八線車道旁的紅磚路上，或在晴朗的暮色中回到溪畔的男研舍，常對於自己留學臺灣的心路歷程，做多角度的思索與追尋。依據人類和蟲魚鳥獸所共有的鄉愁，去拓展新視野和心中宇宙的疆界。

細雨簌簌，到處有失落的痛苦。我努力往內心尋找自己，無視於半透明的小雨日夜落上湖泊、海洋和城市。不安於思索的靈魂，彷彿聽到遠方傳來奧祕的召喚，我於是冒雨走出宿舍，穿過芒草翻舞的斜坡，來到社資中心翻閱東南亞華人留學海外的資料。發現出生於檳城的辜鴻銘，在一八七七年即考取了愛丁堡大學的英國文學碩士。

候風，吹過迤邐的海岸和峻拔的岩壑，聲響縹緲如百年的呼喚。當年辜氏就在這樣的候風中返航檳城，像我一般地年輕，未幾竟蓄髮易服，買舟航向人生的另一段行程——陌生的中國大陸，成為日後備受爭議的北大舊人。辜氏對中國傳統追求過度，反而矯枉過正；然而在北京翰林院中，辜氏對於中國牛津運動的影響，也算是一位舉足輕重的人物，為中國傳統文化的衰敗與革新留下殘碎飄零的歷史注腳。

古中國那片充滿苦難和困惑的東方大地，曾令多少海外華人魂牽夢繫。莫非，是人性的荒謬情結，使人類盼望回到祖先生老病死的土地，就像渴望回到子宮一樣富有神祕的象徵意義。又莫非人類的悲劇情愫和鄉愁意識，原是與生俱來、類似靈魂的脈搏，像肉體中激情奔騰而不自知的血液，只有在自己見血液斑駁時，才感到痛楚。

百年來，落花豈只千姿，在生命無止境的追尋中，人類依舊以各種具有韻美的情態來到人間，繼續追索生命裡千峰萬岳的意義。

如果血是靈魂的故鄉，祖國便是人類心理上的文化故鄉。追尋祖先的故鄉，和追尋生命的夢幻一樣，都是人類理性與感性、天性與人性的綜合活動——一種洗滌、解剖，進而解禁靈魂的生命美學。

扮演過悲劇角色的猶太人，至今還保有復國主義思想。他們對文化故鄉的迷思，是那些不曾飄泊四海的民族所能理解的。文化故鄉的幻影，有著絕對豐盛而冷峻的生命力，如海峽兩岸隔絕四十年後，臺灣大陸政策的解禁，記憶中細膩而淒涼的往事讓多少外省人流下淚水。而繼臺灣之後，大馬大陸政策的全面開放，多少禁忌和哀情，也皆盡化作溫馨動人的思念。

華文的滋味

每年，數千萬顆流星在地球外緣交錯而過。太陽系在距離本銀河中心兩萬八千光年的邊緣浮游，為生命的延續而運作，狂放的宇宙無限詭異；自以為生命價值卓越的人種，在地球各立故鄉，從此難忘故鄉的滋味。

失落文化故鄉，對一些人是部分世界的死亡；對另一些人是整個心靈的枯萎。直到人生記憶荒蕪以後，這些思鄉的靈魂將依舊泅泳在文化故鄉中面對自己痛哭。故鄉，有許多各色木門，和美學風格的山河；門前的花林開滿清寂的花，小朵小朵。不管高貴或卑微的人們，在這裡都無所謂衝突與和諧、善惡與賞罰，整個宇宙任人主宰。

冬季，飛翔的鳥類看不見自己的影子。

學院的山色，像一片斑駁的故鄉往事，暮色中一群鬼蝙蝠撲打著夢遊的前肢，橫竄過指南山脈，一切寂靜得像空曠的古墳場，聽得到心中靈魂呼喚的輕嘆。十二月的北城，紛亂的雨水和潮溼的陽光，在臺北人扭曲而焦慮的眼神中羽化。這時季，東北季候風雨撲打上東海岸的鄉園，經歷過北回歸線上風力十二級的颱風盛夏，我在海岸線上淋著日夜不息的群雨，往返奔走。

冬日的海岸，景致迷人，卻令人心碎。這種異於熱帶的冬夜，令我更自覺到自己僑生的身分，使我常想起大馬華文教育的環境和人事。

十二月十八日，五年前的初冬，大馬華人曾經歷一場共同的哀傷。在林連玉先生逝世五週年的歲暮，純粹哀傷的痕跡並未真正的消逝。他那「橫揮鐵腕披龍甲，怒奮空拳搏虎頭」的吶喊，仍教知音人心動。十二月，不只是年代在這月份面臨死亡，往往人類也在這時候面臨哀悼的悲慟。從生命的哀悼情緒到時代深沈的思索，南洋近於失根的新生代，對生命、社會、時代和文化的反思，都需要鼓足比林氏更堅誠的勇氣。

一生猖狂的精神領袖，林氏的英烈風範以悲壯模式作為原基型態，海外華人的沮鬱情結在明暗顯隱中透露出時代與生命的悲劇。唯有正視時代的危機，才能解脫生命的悲劇，因此林氏堅誠地宣讀了那時的宣言：多采多姿，共存共榮的人類信念。然而，生命與時代的悲劇和危機，往往和荒謬有著異曲同工的詭譎性，如以今日理性的觀點冷靜透視歷史，我們看見林氏及其時代的理想世界曾數度被經驗世界所割裂，從他領導教總反對教育白皮書到最後被褫奪公民權為止，每個階段都烙印著時代的苦澀心事。

在時代和生命的痛苦、矛盾與危機之間，只有真理的雨水依舊千年墜落，落上林氏的心頭，也淋濡了辜氏和文西雅都拉的靈魂。

真理的雨聲淋漓，在黑暗與光明交替的縫隙間正視生命，發出生命與時代的千般嘲弄。無數有價值與無意義的幻象在歷史海岸上翻騰、低泣，接著竟幻滅了。

南洋扭曲的年代，每人心頭都有一片任你狂喊的文化海岸。

崢嶸千年的文化情緒，神聖而不可褻瀆。輕煙，緩緩飄過林氏數度嬗遞的鬱結歲月，有種憤怒的風景搖晃在曲線完美的海灣上，向大海訴說被隔絕的孤獨。直到晚年，林氏仍在人類唯一熟悉的太陽系裡思索共枯榮的社會意義。理想幻滅後的文化海岸，一代師者，靈魂化作十八世紀硬闖赤道無風帶的風帆，默默靜泊數十載。

過世後，林氏墳頭上的一抹微笑，帶著一點幽憤，一種嘲弄，和慈悲的眼神形成一種圖騰，象徵永不屈服卻被扭曲的一代族魂。悲愴的民族圖騰看在掃墓人眼裡，展現著真理和正義、光明和坦蕩大度的雙向風華。

人間如夢。過世之後被大馬華人社群封為族魂的師者，他的靈魂早已杳絕人間煙火，軀體再度化作原子狀態，無怨無悔，遍佈大地故鄉。死後的靈魂，紛紛遠離人世憂患，謝絕了民族的困惑，也擺脫掉肉體所共認的文化特徵。每當斜月在林，在極樂世界裡人類隨意將靈魂置於天地陰陽之間，感到陽光的溫暖。陽光，傳來故鄉的聲音，這種溫暖的聲音也許是人間最古老的思念；一聲呼喚，足以穿透宇宙，如海浪擁抱故鄉的港岸。

世紀末，易於流淚和吶喊的靈魂，掉入颯颯秋聲冬色中沈入冥思，以雨的心事訴說民族的憂傷。

戀根的民族，注定要在遞變的命運中尋證生命的真理。立在後工業世紀的陽光中回顧人間血淋淋的歷史注腳，和平主義的人子，對於瘋狂的政治權力運動感到可怖。政治，總是一再嘲弄真誠的生命。從廣島悲劇到天安門事件，歷史的訊息趁風絮怒揚，不斷索動人類體內那厭懼動亂的情愫。認清政治的荒謬，所有從悲愴歷史中得到啟示的靈魂，都渴望建立起人類和諧共榮的世紀，以免於最後的禁錮和失落。

經過解禁的靈魂，終於體會到從患難中成長的現代人，許多生命經驗的代價，往往比一個多元種族社會來得慘痛。人類，終究是命運的褻瀆者。在認清歷史的宿命和荒誕之後，令受詛咒的現代人更難以承受生命的嘲弄。

普羅米修斯的命運

誕生，其非真是人類最大的罪惡。

良心和良知陷入虛無的現代人，仍在異化的邊緣掙扎，目睹自我隔絕的靈魂日夜盼望著重回淨土般的和平海岸。風沙拍擊，塵雨浩瀚。人類沿著戲劇性的歷史海岸創造了文明，結果竟被文明所詛咒。生命，拋開文化的交流和衝突不談，並沒有因為知識的發達而取得更大的自由和意義，反而被荒謬情愫加劇了焦躁的靈魂。

有時候，我們真的有必要以荒謬的心情去生活，如同古希臘諸神自我完成悲劇的生命。當年傳說被捆綁在高加索危崖上的普羅米修斯，祂溫暖的胸膛白晝被象徵命運的蒼鷹撕開，啄食崢嶸的五臟，夜晚傷癒，天亮後又被蒼鷹命定式的重新撕啄。至於日夜將千鈞磐石推上山巔的薛西弗斯，千萬次看著象徵荒謬的頑石從真理的山巔悲壯地滾落原野，聲勢有如滾落英雄臉頰的淚。

我們的靈魂，恰似普羅米修斯和薛西弗斯的完美化身。生命的哀傷正在開始，年歲愈老，哀傷的重量愈沈。

蒼鷹和石頭，蘊含了生命的荒謬性和宇宙的悲劇性。由於人們對生命與理想的過分執著，令他們嚐盡了生的滋味。

古今中外的夢幻者把悲愴的鄉愁和理想的靈魂奉為神聖。慾望的寂滅、生命的幻夢使人們拼命地尋求一個正確的方向，摸索過潮溼幽邃的生離死別，冀望愉悅地穿過現實與理想的宮殿。每到理想式微的歲暮，在天涯探險夢想的靈魂不免感到單薄。年關情感，奔湧的晚雲有種悲涼的意味。日子一久，我習慣裸泳在冷暖不定的故鄉海岸，隔岸呼喚。呼喊共存共榮的時代，真理與正義在召喊聲中凝固為最後的聖願，或者融化成最後的絕望而極度模糊起來。聲音傳過千滴雨千株樹，彷若奔飛的流星墜向生命海岸。十二月的繁星下，山河翻騰，遠方，荒涼的野火放任地燃燒起整個宇宙的迷謬，狂亂異常，彷彿撩燒的是人類的憂患。

世紀末的異鄉人在黯澹的夢囈中坐看雨姿，鄉景橫臥遠岸，沾滿水霧的雨樹如海浪湧動，懷疑和被懷疑的生命情結——和著去國或歸國的心事沿岸騷動靈魂。

現代人這種富於魔幻寫實意味的人生，似乎沒有太嚴肅的愛與怨的交戰。生命，反而更不可理解。

人去天涯，思緒偶爾有點莫名的憂傷。海外華人的往事和現代人的心事，盤結成迷離的神話。研究所裡早年四海羈泊的老教授們，大概早已收拾好無根的情懷。然而生命的魔毯卻不知準備把我帶向何方。每當蒼木翻飛的子夜，感到靈魂有如沈思的困獸，我照常來到海岸邊緣的候風地帶，任浪花滔天，任百萬夢想翻飛，心神不免依舊感到若有所失。

指南山麓群雨蕭疏，我知道，每個方向每個季節，都有高貴或卑微的靈魂在等待，穿越故鄉越過海岸。我在低溼的樹影裡摸索陳舊的記憶，那些武陵時代久臥金色沙灘的夢想，山遠水遠，彷似春風細雨。一點夢幻，一點荒謬，一點情愛，構成人類不算小的生命空間。大宴小宴，大悲大喜，都在人們入眠後零散在有靈魂或失落靈魂的海岸。美好，以及醜惡的人生訊息，皆毫無影響。

白鳥西風，我慶幸生命之樹還算豐盛，花葉晶瑩，芳香千里，一路，沿岸叮叮噹噹，落上我不太燦爛也不算暗淡的年華。

《聯合報》，一九九一、七、十九

人類是光明的兒子

街頭的風琴
單調且慵困地
重複一首濫調平凡的歌
風信子的氣息自花園對面飄來
使我想起別人也要求過的東西

——艾略特

影子的夢幻

有時候在雨陣落下之前，有時在雨歇後，寂寞的向晚天依舊在西海岸上自來自往。

與其說寂寞，不如說是失落的那個向晚，夕陽從遙遠的印度洋投下幾朵晚雲的影子。馬來亞大學文學院裡，幾株屬於木麻黃科和杉柏科的老樹，斑駁的枝幹在斜陽下閃爍著溫暖的顏容。老樹群的影子倒映在綠茵上，和我的身影咫尺相對。我感到萬物的影子都有著相同的情結，蘊含了三分感慨，七分苦澀。陰暗的色彩顯然就是那種麻木的心，暗地裡編織千萬種人類所無法編織的夢幻。

風晚，雲暖無聲。斑黛谷的斜陽如今也還只是一場妄境。

好幾次我抬頭觀望天色，看見一群群墨鴉從理學院往文學院的方向飛來，越過斜坡上的經濟學院，再越過法學院飛離校園，最後在一個十字街口兩旁的黑松和雨樹上盤旋鼓翼。寂寂黃昏，我停在四線車道上的紅燈街口，聽不到車輛來往的聲響，只聽到遠方墨鴉落在街道上的影子的清啼。滲透一絲反文化的張力，聲響撼地。一時之間，萬物的影子的夢中傳過千嶽萬峰的狂風暴雨。

夢外，我只見月上荒野。

生命注定要不停的飛翔。在恐龍遺忘了的時代裡，海外華人以孤飛的方式，繼續追尋其族類的理想空間。習慣於飄泊的飛禽，連飛翔都富於哲學意味，卻往往不明瞭最後的目的為何！一意傍天依雲，以一生的力量盤旋，生生不息。振翼翩翩，也只是一種無奈的表徵。長期無家可歸的飄泊，浪跡天涯，以詩體去表現飄泊的生活風格。開始可能只是留戀，以及企盼一些什麼，最後流落在天雲和叢林之間，在文化閹割的威脅中，終其一生，飄飄渺渺，回不到最初的故巢，也找尋不著稱心的人間樂土。

在萬物的影子的夢中，海外華人尋找樂土的情結，是一種變相的愚昧行為，也可以視之為瘋狂。他們的狂放不羈，標誌著拓荒的力量，愚昧則指出了樂土的虛幻性。

年紀古老得足以令人感傷的華夏民族，從明代起，就以不同的目標和地點出發，展開蒲公英的追尋。懷著原始的飄渺而聖潔的夢幻，從東洋飄泊到西洋，從北方顛沛到南方，一輩子拖著陰暗而麻木的影子質問世界的蒼涼。為了基本生存條件或者為了超越理想，如今都是個謎。

飄泊的人，影子富有海水一般沈重的鹹鹹記憶。崢嶸的影群，編織過數不清的夢幻，其中有一點神祕，一點神聖，以及一點逐漸麻木的感覺。古人說得好，小哀喋喋，大哀默默，四海為家的民族無處有家。

追逐影子的雨季

一九八六年，有一些暴烈的聲響在影子的內心迴旋。蘇門答臘季風帶來的暴雨季節，為這學院裡的老樹們訴說失落了哀傷的心事。

那一年開始，馬大華裔學生在校園內原本已經微薄的權力分配再次急速失勢。一種期待的心情，在懸殊的校園政治面前宣告崩潰。奇怪的矛盾充斥在現實裡，而我們對於單純的學院生活的憧憬，則被攫取了。學院的景象以其孤立的面貌呈現在我們面前，以哀婉和諷刺的方式去安慰和揶揄我們。

對靈魂而言，那不是驕傲，是另一個愛莫能悲的年份。自學生理事會大選後，學院的非土著學生，尤其是身為校園內第二大學生團體的華裔子弟更特感心痛。馬來學生以黑風暴的狂姿把馬大學生理事會所有主要職權握在手裡，一破以往各族學生均掌職權的慣例。往年，每當校園競選敏感期間，各式競選海報掛滿各個學院；從海報、標語到傳單之間，競爭的激烈景象就是一幅全國大選的縮影。這期間，華裔學生盡量避免提起任何敏感的種族課題，集中票源，同時保留一些象徵意義大於實權的職位給馬來學生，以免刺激身為大多數群體的馬來學生出來投票。

七十年代開始，自五一三種族暴亂悲劇以後，馬來人遂成為各大學的主要人口。為期二十年的新經濟政策的執行，硬把不少品學兼優的華裔學生拒於大學門外。大學的配額制度和校園競選，無非都以種族作為主要判斷基準，暗中構成了多元種族社會的創傷。新經濟政策執行四年之後，國會於一九七四年發表白皮書指馬大華文學會涉及共產黨顛覆活動和推動學潮為由，逮捕學會執委，進而關閉華文學會。使馬大華文學會成為馬來西亞有史以來唯一被政府強行關閉的學會——大學裡，華文學會從此絕跡十餘年。其手法及所持證據，和臺灣情治人員入校園逮捕清華大學研究生和臺獨會的情況，自然有過之而無不及。

馬大華文學會被關閉的那一年，蘇門答臘候風的暴雨特別的漫長。雨沈沈，煙影亂飛，從此國內的大專學院中再沒有任何華文學會為華裔學生爭取權利。直到今日，各大學的華裔學生還在努力爭取成立華文學會：華文學會除了象徵的意義之外，自然也有實質上的意義。由於失去了華文學會的凝聚力，因此學生理事會的權力分配顯得格外重要。為了保住馬大學生理事會的實權堡壘，華裔學生以少數者的情勢周旋在大多數者之間的策略，終於被識破，徹底被擊潰。而馬大學生理事會做為全國大專學院內最後一個掌握實權的淨土，自此再也沒有任何意義。這一回，我相信任誰也阿Q不起。

雨沈沈，人類光明與黑暗的信訊由古至今緊緊相逼，一些夢幻，一些痴想的影子在自我焚燒，在長滿種族野草的雨季裡顫動。

一九八六年那個沸騰的夜晚，所有關心理事會選舉的華裔學生都知道整個端姑湛瑟勒禮堂擠滿了土著學生。悶熱的夜晚，每人的心頭似乎有一座海洋被逼壓得沸騰起來。英語、馬來語、阿拉伯語、華語、興都語、閩南語和粵語在禮堂裡雜交。我看到華裔學生懷著一雙雙焦灼的眼神，等待一個學院又一個學院代表的選舉成績揭曉；每一回的票數揭曉，只有加深眼神的焦灼。

多年來，馬大非土著學生大概從來未曾如此無助地面對選舉成績。當馬來候選人獲勝的那一剎，禮堂內暴響起《古蘭經》內某句聖言，一聲緊接一聲，聲聲震耳。刺透了遠方的雨季。風來自東，寒雨其濛，有人西悲。我離開人群，發現相思樹旁的夜街燈，像一位不言的憂鬱智者，將黑暗置於光之外。

某名的憂患等待在夜色裡，如待暴的山洪準備把早晨的蒲公英淹沒。而暴雨，果然在第三天逼近，一連奔瀉七七四十九晝夜。斷續的雨聲中，萬物的影子開始追逐雨季的夢幻。人們在夢幻的感召中揣測民族的創傷程度。馬來半島上，華巫印三大民族的各種要求，一方面受到在朝者的維護，一方面受到在野者的強烈非議：錯綜、矛盾、複雜。空曠的海和繽紛的天，在這裡是光明的家鄉。然而歷史卻始終在被扭曲的命運底下伸展；我，不敢明目張膽的要求實現自己的夢想。

繁雨似夢的雨季，熱帶森林的野木各自追逐各自的文化夢。風迴雨飛，香燭崇拜的影子群依舊長跪在學院內思考「種族算術」的災難及其得失。「我不是跪在妳的面前，而是跪在人類一切災難的面前。」這被托爾斯泰稱為最足珍貴、最親切的小說家陀思妥耶夫斯基，藉一位跪向妓女跟前的故事人物，說盡了人類最深沈的一種悲痛。

我進入大學之後，第一次感到萬物的影子在哭泣的那一年，雨季大概還沒開始。然而每一場雨一旦落下，都將追逐各自的影子。在明媚燦爛的花季裡，花瓣逐漸零落。校園選舉失勢後的另一個學年，一年一度最重要的同歡會，就在這樣的季節裡如期舉行。幾乎所有以非土著學生為主的學會和團體都初次遭受痛苦受挫的滋味。中文系、華文學會籌委會、校外寄宿生學會、佛學會等均拒絕參與，以表示抗議。而這一年，所有的華裔學生都自動拒絕踏入同歡會會場，然而這一年的嘉年華籌委會竟在校門前築起一座現代牌坊，以迎接新任校長的首度蒞臨而得到大學當局的佳評，進一步增添了失意者的迷惘情緒。

當枝梢的花葉往根飄墜，這過程在湛瑟勒禮堂的報時音樂聲裡，一鏈一聲，顯得特別淒清感人，更何堪溼濡濡的黃昏和清晨，在接下去的日子中把這片矛盾的多元文化天地，嘩啦的幾乎氾濫起來。

獨立以前，馬來民族向英國政府要求過的民族權益，今天輪到華人社會向馬來統治政權祈求。當榴槤花的清香傳自鄉野林間，落花似的雨季也即將結束；而華人社會高舉備忘錄的影子卻依然孤獨。影子和靈魂都被禁錮的中國人，希望在政治、文化、教育上得到更合理的吶喊聲，依舊熾熱地四處聒噪，雖四季不斷，卻始終毫無迴響。

民族殊異的天地，我走過文學院，走過宿舍和廣場，一些不可思議的傳聞，在刻意與不經意之間迅速流傳。善於遊戰的幻象和人事，充斥在斑黛谷的陽光和雨絲之中。

直到另一年的八月，身為新校長的霹靂州蘇丹王第二度主持了嘉年華大會的開幕儀式。自從學生理事會權力結構轉移後，學院內這項最隆重的活動——畢業典禮兼為期九天的嘉年華同歡會，其籌備工作便不再由華裔學生所領導。上一屆發動杯葛活動的華裔學生團體和校外拒絕贊助的華人社團，都重回慶典，再一次向各族人士招手微笑，所有的杯葛竟成了影子的稗史和共存共榮的里程碑。

花葉紛紛謝墜的校園，一座臨時舞臺就建在幾叢翠竹之旁。校長伉儷坐在一雙金碧輝煌的皇椅上，靜靜地欣賞一支傳統馬來民族舞蹈。三年前，前任校長最後一次蒞臨同歡會的開幕禮時，臺上破例第一次躍上一對南獅，結結實實踏破每一聲牛皮鼓。每一拍震耳的鼓音都是一聲強烈的心跳，教我想起那年碎爆的鞭火煙花，零零落落墜入昏黝的黎明，灑滿在家鄉的大小街巷；花白花紅的那一個春節。而那年的春節，是大馬政府禁止燃放鞭炮十餘年後，第一次允許民間在新年期間燃放鞭炮。鞭炮和舞獅都足以勾起馬來半島的童年記憶。那被割斷的鞭炮聲，淅瀝淅瀝，經歷十餘年的雨季之後，終於再次流下紅色的碎淚，癲狂癲狂，一一隨著鼓聲落向遙遠的童年。

影子的詛咒

舞臺的斜對面，大學湖的臥蓮在草地盡處望天。走動在攤子間的各族人群似乎忘了注意愈發混亂的湖水。稀稀疏疏的青蓮和紅蓮，一如往昔，在午後的炎陽中靜靜浮於水面，彷彿安於等待下一場暴雨、一場痛哭、或者一場狂歡。

夜裡，我再次來到同歡會場。青色藍色薄薄的長劍以各種教人迷惘的形式向人群橫掃而來。這是嘉年華夜的雷射表演。我匆匆擠過聚遊的人群，微雨，開始灑向大地。我把從中文系攤子裡買來的《焚鶴人》抱在懷裡，踏過會場旁的大學書城。細雨絲中，夜，繼續在幾叢碧竹之旁燃燒。

一九八五年幾個燃燒的夜晚，在同樣的氣氛中——囂嚷而歡騰的天色燈色裡，度過我在大學第一個莊嚴的嘉年華大會，初嚐了所謂大學生活的歡暢。那時候，我對於大學的人情和憂患還算青澀，和別的新鮮人一樣，穿插在我選擇的中文系攤位和華文學會籌委會食物攤之間，很愉快的忙著，很無知的笑著。

初來大學患得患失的心緒漫灑開去，吉隆坡的風景隨著馬大校園的風景慢慢迷惘起來，慢慢驕傲不起，我年輕美麗的影子懷抱無數的祈求和文化夢魘，以茫茫無緒的青澀心態走上似是初秋的道路，嗅到一種變質的馥郁的味道。

赤道的晴空，晴空下的清晨和子夜，自覺或不自覺地，大學校園內的學生和教授們紛紛都患上文化恍惚症。民情浮動流竄，執政黨那紅蘿蔔和木棍的「種族算術」政策，以及三大民族和諧團結的空洞口號，悄悄在赤道的風景中如泣如訴的暗自變奏。一路上，萬物絲毫不回顧地愴惶往前奔闖往後逃亡。陽光澄澈，丹頂鶴在燃燒的焚雲間千里獨飛，唳鳴貫耳。歷史的路上，人類充滿了眷念的情懷，隨著學院內少數人口的哀傷和眷念——暴露在三十餘年的政權春秋中。

畢業後，我重回嘉年華大會。新月低垂的斑黛谷，一大群馬來回教極端學生在湛瑟勒禮堂前的廣場上示威。據說是抗議大會在校園舉行違反回教教義的演唱會。雖然演唱會是為了籌募福利基金，但仍有一群情緒激昂的示威者，憤怒地敲打禮堂的玻璃門窗和停放在道旁的轎車，以表示這場演唱會的荒謬性。憤怒的碰擊聲傳遍低沉的夜色，連我們坐在門窗緊閉的車子裡，都聽得到示威群眾擊打禮堂玻璃的聲響。我們繞過禮堂，包著頭巾的馬來女生和留著長髮的馬來男生齊聲叫喊。馬來學生敢於觸犯大專教育法令，屢次舉行示威活動，每一次都被當局低調處理。雖然如此，華裔學生卻從不敢效法。在種族課題被政治化的環境中，如果有一天華裔學生興起學潮舉行示威遊行，恐怕那將是國會發表白皮書的另一個時候了。

世紀末的陽光，充滿了憐憫的慈悲。馬來半島的陽光在路上撫慰孩子失神的靈魂，似乎在向祂的光明召喚、喝斥，驅逐一切受詛咒的極端主義和民族主義的影子群。回首不勝其寒的那一段學院歲月，躺臥在谷中的大學湖和湖中的血蓮，依稀仍在微冷微微露溼的流月中等待。同歡會的某一夜，我按上錄音機的黑鍵，聽了一夜憤慨的「鹿港小鎮」，就這樣在嘉年華會場上度過第一個徹夜不眠的夜晚。

那夜還算暖和，月光勾畫出大學湖畔幾株松柏樹的輪廓，淡淡的影子逼視著令人窒息的湖景。我在深夏的天幕下，策劃我進入大學的第一項計畫，出版一本大馬華文文學的綜合性刊物——《家系列》。猶記得在創刊號上，我選了一幅一九五六年的日本彩畫（「白馬」）。猶記得那麼多衰萎的枯木，一束束的白陽光，以及那麼白的一匹神駒。我附上鄭愁予的一句詩：

邊城的孩子
你也許帶著被放逐的憂憤

以上這兩句話，事實上是我送給所有在文化邊緣上掙扎求存的民族的。那正是深夏的風緊緊吹動憂患的夜晚，學院裡的影子群也受夠了詛咒的祝福。我肩上眼裡烙上這時代的警號。當我避雨走出嘉年華的那一片草地，突然想起兩年前一個深夏的夜，無篷、無枕背，在湖畔的另一岸，越過一道鐵欄石橋的那一邊，守過清清夏夜。

黎明前盛展的紅蓮和青蓮，在湖的遠水上等候下一場風雨。晚湖的深水中，斑斕的鯉魚帶著影子的詛咒緩緩穿遊在蓮的根莖之間，等待痛哭的季節。群鴉在黎明前靜靜穿過流動的涼意，飛入湖岸的黑松木裡。我暗自推度，數十年前，斑黛谷上這片寧靜的處女林如何在鋼齒下被逼改造；而一九六九年的新經濟政策又如何以種族配額制把成績優良的華裔學生拒於高等教育門外。沒有人反對以種族配額去援助較貧苦的土著子弟，可是一些大學的土著配額竟高達九〇%或高達九五%，而全國土著人口卻不佔總數的一半，更何況全國還有專收土著的大專學院。自從高等聯邦法院判決華人不能籌辦以華文為媒介語的獨立大學以後，必有懷著憂憤的詛咒的影子，曾在這片湖岸上嘶聲虐呼；有偷偷流淚走過的，也有無動於衷的來來去去。

寂寂的夜，有如剛經過一場烈燒的空城，曠野化灰入夢。夢裡，兩手空空的影子群正等候另一場驚醒。懷著巨大夢幻的丹頂鶴，在驚醒的空中自我燃燒。人類，原是光明的兒子，欺詐與暴虐都無所謂，只是民族主義的政治愚昧了世人的良知，而中國人「致良知」的信仰也早已滅亡。少數民族注定在民族的神話裡，被放逐於多數民族的貪婪之中。

人類雖是光明的兒子，影子的色彩除卻黑暗，竟別無顏色；影子的感情除了麻木，竟也別無知覺。陽光與影子，土著與非土著，不過是荒謬的遊戲。如今，赤道陽光的主人，似乎已不願再重提早年先輩們捨命捍衛與建設這片國土的往事。海峽兩岸的候鳥如有影子，該也明瞭南方和北方的那種相思。

第二天醒來，人間的陽光竟又是這般的雪亮，這般激烈的熱愛所有望鄉的生命，卻也尖刻的戲謔了人類驚駭的影子。

原刊《南洋商報・南洋文藝》，一九八八、七、二十五
《幼獅文藝》四五四期，一九九一、十月號

黃河是中國的隱喻

赤裸的河神

九十年代來臨前夕，最後一場八十年代的冬雨簌簌垂落，坦坦蕩蕩淋溼我在海島的第一個冬天。濡溼的雨神，流過中國另一段蒼白的歲月。十二月的黃河水，在河神的體內湍流，一一向岸上人們揭露宇宙哀傷的祕密。河岸上，中國人嚴肅地把注意力投向驚心動魄的政治舞臺，徒留冷清的文學舞臺暗自記錄宇宙的祕密。

十二月的黃河水，帶著歷史的話語，抖索索，以美學的曲線，赤身裸體逆流在冷寂的文學舞臺上。

據說，二十世紀中國的知識分子，命運已被魔鬼所詛咒。到了四人幫時期，受詛咒的命運到了無以復加的地步。知識分子被誣為臭老九，和叛徒、右、反、壞、間諜等排在一起，當皮球踢，當蒼蠅轟，當垃圾掃。譏侮學者是「拜倒在資產階級學術權威的腳底下，專門研究蒼蠅有幾根鬍子，蚊子翅膀上有幾道紋，林黛玉為什麼喜歡吃粥」的「無用之徒」。

自從要命的意識形態落實以來，知識分子便來到荒野，在邊陲地帶過著閹割的歲月。曾經，毛澤東對知識界「一逼一捉，一鬥一捉；城裡提、鄉裡鬥，好辦事。」而在九十年代來臨的今日，荒野的邊陲感仍然沈重無比。

隱喻，在知識分子群體中形成、擴大。黃河帶著自己的肉體，流向隱喻重重的世界。在神話即將解體的年代，神話了的心事則在血液中奔流。年輕一輩的知識群體在辛酸難堪的心事中成長，把黃河兩岸七情六慾和七顛八倒的宇宙看在眼底。

兩年前，九十年代來臨前夕，一個下著細雨的早上，我在訪談中看到蘇曉康的眼角微微噙著冬天的雨水，忍受著不知何時可以重返黃河故鄉的心情，憤憤說了一句話：「在國內連做人的權利都沒有，做什麼自由作家？」

蘇曉康和方勵之這群知識分子最後是踏上了流亡海外的道路。自從康梁流亡海外之後，中國人走過百餘年的歲月，最終還是走了回頭路。河神懷著與世隔絕的心情，疲憊地向東奔流，在二十世紀的陽光下，連做神的自由和尊嚴也被剝奪掉。

憂傷的中國

人間天堂的誘惑，中國知識分子曾經生活在共產理想主義的謊言中，付出極大的代價，忍受了過度的人性侮辱，赤裸裸地接受政治謊言的審判。

人生幸福的種子播種在人類的屍體上，惡魔在處女身上傳播共產主義的堂皇美夢。搖搖欲墜的宇宙，靈魂紛紛猶潰，教流亡海外的知識分子，不禁悲從中來。

時隔今日，黃河的宇宙仍在兩岸變形，一切痛苦都化為有形的雕像，而一切有形的物體又化為無形的痛苦。到今天，經過四十年的革命，中共政權仍不憐惜知識界對它的忠誠，完全不顧忌共產主義得以從國民政府手中奪取權力，正是靠著廣大知識分子的擁戴而成功的事實。在這裡，忠誠也成了宰制的對象。

在權威崇拜的假象之中，我們曾渴望更新我們的肉體，解除被囚禁的靈魂。忠誠的讀書人在古老的荒野懷著囚徒的心情，不止走了半個世紀的道路，而是走了四千年的道路。似乎自從秦始皇靠著讀書人的智慧統一九州而後焚書坑儒之後，知識群體被邊緣化、被囚禁的命運就已經注定。

怒與怨的情結，在河神體內湧動。岸上，河神的子民仍在等待命運的解咒，一等就是數千年，哀憤是難免的。深水底下，象徵血統的河激烈奔流，過量的沙石黃土被河神喻為靈魂的痛苦，赤身裸體的承受命運的擺弄，流到那裡算那裡。

赤裸的淚流自赤裸的黃河。只要河神匆匆一瞥，河水便要氾濫，象徵了地球上五分之一人口的淚水，向宇宙表達土地所承受的哀傷與悲憤。聖潔和齷齪結為一體的這塊古大陸，流放的人在十二月的雨季裡，看見宇宙命令河神帶領十數億的靈魂向東流去，向上昇騰，來到諸神的荒野。在千里之外，仍可感到咒語的力量。

一場解咒的夢，在解構。故鄉在流亡中解體，黃河黃土都在解體之中。我們都化成解體的黃河，體內自有解咒的語言解構自已。那群在海內外流放的人在諸神的面前，諸神在十數億的靈魂前，一起揣測中國的憂傷，及其深度。

河岸上的祭典

孔子和屈原在先秦時代已經備嚐流放的滋味。《論語》有言：「道不行，乘桴浮於海。」孔子視流放為道不顯的退路，含有隱退避世的意味。但是有更多的知識分子並不自甘放逐，自我流放，而是踏上屈原的流亡模式。另一些，則在秦始皇眼前被活埋了。我們被活埋在歷史的黑洞裡。世代相傳的放逐的歲月，流亡恰似一種傳統，形成中國文化的一部分。在流亡文化的傳統下，流亡海外的中國人，懷抱的是一種怎樣的心情，並不難推測。

懷著煉獄情緒的知識分子越過飽含黃河水的海洋，來到古大陸的另一岸上，抵達了巴黎。在全球知名的自由古都眺望東方。北京和巴黎，在地殼層最危聳的喜馬拉亞山脈的上方，千年東西遙遙相對。歐羅芭平靜的平原上，中國人熱烈追尋的自由、平等和民主博愛的精神，已經在這裡的土地上壯烈地紮了根。

兩個世紀以前，這裡也發生過驚心動魄的革命運動。革命分子在黎明的曙光中步上斷頭臺，一些則打入死牢冤獄或臥倒戰野。人類曾在歐羅芭的平原上迷失道路，最終還是自由、平等和博愛的方向，而且發揚光大。

我們從黃河的出口出發，遺下黃河孤獨自處。總有一天，我們會回到河岸。世紀性的憂傷帶領東方人回到此地。從鴉片敗役至今，整整一百五十年的迷失，中國人還是無法找到屬於自己的自由和快樂。人到中年才流亡海外的中國人，始終無法找到真正屬於自己的土地。所有有關自由平等的神話，被擠到世界的邊緣，我們失去了核心。

在自由之前，已有自由；在神話之前，已有神話。黃河岸上，祭祀的煙火還在燃燒，祭告我們的流亡和解體之痛。純粹中國式的歷史祭祀，帶領黃土平原走向現代化和工業化的道路，卻把渴望自由的靈魂扭曲為荒謬的圖騰。

每一寸陽光，都佈滿痛苦。自古至今，難以用語言表達的痛苦都具隱喻的含義。我們有必要對痛苦的歷史隱喻重新注解，藉此闡釋黃河流過黃土時所遭受的壓抑，因為歷史的發展有如黃河的發展；而我們的成長亦有如歷史的成長，歷史的痛苦就是我們的痛苦，黃河的危機，就是我們的危機。

我們成長在一種類似祭祀的隱喻之中。黃河兩岸即是祭典的場景，而我們即是壓抑的歷史。人生，是歷史性的人生，其中有一種說不出、無以名狀的迷思。

這並不只是自由、平等和民主就足以消除的迷思。但首先，擊潰專制政權，是東方河神所耿懷的淒烈心事。為此，黃河帶著儒雅的仁者風範，黯然地接受祭祀的試煉。

隱喻的黃河

理想主義的政治家事實上並不會理解人的理想，就像魔鬼不能明白靈魂的世界一樣。

身為誤解時代信號的理想主義者，毛澤東因為輕信烏托邦的虛幻藍圖，而把歷史導入意識形態的危機之中。當代的中國人曾用排除萬難的心情，波瀾壯闊地打開所謂「解放」的大門。近代中國人因革命而得到了前所未有的尊嚴，卻也在這蛻變的臨界點上，嚐到了前所未有的羞辱。人性徹底解體，秩序分崩，快樂變形，慾望也都異化了。

在多重的心理危機之中，昇華與衝動都同樣的困難。黃河兩岸，我們的人生被闢成祭場，赤色的歲月紅得像血一般的紅，一波一波的捲過，人們和著數千年的歷史容忍了絕對的屈辱。此外，這裡的人們經常變換身分，時而革命者，時而反動者；有時是紅衛兵，有時是臭老九，或聖人或同志或極右，不勝枚舉。各人使盡上帝賦予人類遺忘痛苦的所有力量去淡忘自己的生命，淡忘記憶。

共和國和他的無產階級，從不談殺人如草不聞聲的政策，以及不為外人知情的祕密行動。在意識形態的亂世裡，讀書人都成為毫無經濟利益的芻狗，成為盛典的主祭品。而倖存者在半夜醒來，靜靜聽取在窗外流浪的風聲，乾癟的眼向宇宙搜索，看見二十世紀中葉以後全世界正迷醉在高速的經濟成長中狂歡，唯獨自己喪失了自己。唯獨曾受黃河祝福的土地，在某種層次上，還是中國人的煉獄空間。

豐盛的河有豐盛的心事，哀傷的人有哀傷的心事。在祭典的聖火前，謊言一再成為中國的真理。黃河流過哀傷的人群，成了地球上第一條懂得哀傷，懂得人間心事的巨河。

流亡的人從一個沒有神權的、唯物的土地上掉入近於寂寞的哀傷中。其中的隱喻，非語言所能闡釋。

當身心遠拋故鄉以外，個體與個體之間的所有聯繫都有一種孤獨的感覺。生命的本質原是絕對的孤獨，百劫成灰的流亡生涯，只有加深流亡者靈魂上的孤淒。黃河水在睡夢中被雕成神的形體，一一流淌在夢裡的家鄉。夢外，祭典的聖火在黃河的深水中，仍舊狂烈燃燒，流淌的水用盡宇宙一切的力量嘲弄兩岸的人們，逃出的人在海外流亡，逃不出的則在內心流亡。不管肉體處境的流亡和精神處境的流亡都同樣痛苦。

黃河岸上的人們，是我的隱喻；而黃河，是中國的隱喻。

《自由時報》，一九九二、六、二十一

流逝的命運

哭花

生命由無數短促的幻象串起，然後幻滅。是真是假，沒有人知道。

一九八七年，歲月照舊在吉隆坡和魄達嶺衛星市的交界地帶患得患失。不可理喻的微陽在我居住的小山坡上流過，如風，如各種無法言喻的面具。

在一種過度古老的孤獨感裡，我觀看深邃的星空，山坡上，我住在一英國式的雙層獨立式樓房，靠著後花園的窗子，那種寬敞的感覺到如今仍然令我緬懷。前庭和後花園雖然長了野草，枯了的玫瑰花叢，仍讓我感到園裡不時飄來陣陣無以名狀的氣息。

那年，我首度讀遍了白先勇的小說。靜靜的午後站在長著蔓草的鐵欄杆前，心緒如秋風搖枯，波動不已。晚來，本是百無聊賴之夜，和友人靠在落地長窗旁，在初春的午夜時分吹起口琴、唱起臺灣民謠，一輪白先勇觀望過的芝加哥之月掛在窗外。身邊風蟬歷歷，心園中快速長壯的婆娑夏木一時款款颯颯，紅樹花影擾亂我沈靜的心。世上的名城與無名城，原鄉人或異鄉人的天堂地獄，確實像是一種埃及古墓，許多生命到來啼哭、歡笑、夢幻、死亡，一同苦難，一同腐爛。

回到生活中去思索，或者閒聊。每天，我馳過一列列黃花樹，打斜坡回到忘情小舍，密密麻麻一路開過去的黃花，在黃昏和清晨目睹我往返文學院和忘情小舍之間，漫不經心的看我來來往往，評估我命運的去向。某些夜裡，我則在夢中翻來復去的走在初春的疏林間，尋找小時候失去的山河，漫不經心的追尋某些愉悅的想望，同時學習放棄捨得與捨不得的東西。

夢中，我常常以為自己成了神的典範。

愉悅和痛苦，起自深邃的心，我坐在講堂最高的座位上，靠窗可以看見風季時候的飛花墜葉。記憶從深淵大肆外逃的時節，單色的花若無旁人的墜落，有種離奇的神祕感。馬來亞大學文學院裡明花幽樹的時節，幾度飛花搖落，形形式式各種有意識與無意識的生命在命運中毀滅，飛逝，或誕生。

吹西南候風的天氣裡，從微朦的玻璃窗望去，可以看見稀疏半凋的枝葉在冷雨中逆風顫索。講臺前，一位從校外請來教授漢語拼音的女人，要我們放聲學習掌握音韻的轉變，百餘名主修和選修中文的大學生於是放聲的盡情朗讀，很有重回小學的樂趣。這時候補學漢語拼音，是因為大學教育部更改了華文教育政策的關係。我們的朗讀聲可算是一種淺薄的抗議形式。對於不諳華語的馬來學生，多少引起一陣陣騷動，不時推開講堂的大門探進他們好奇的腦袋；那種介於茫然與嘲諷之間的眼神，無法明瞭大馬華文教育所遭受的不堪命運。

晚晴已臨，黃花，零落在哲學深度的候風中。講臺前的女老師，大概並不知道窗外清清的景色，愈吹愈令人煩惱的晚風，正將學生廣場前的幾株老綠木抖落得不知所措的模樣。

有一次，一場關於古典小說的專題講座，就在這講堂裡舉行，請來了美國的劉紹銘教授，把三百餘人座席的講堂擠得水洩不通。這裡的學生難得碰上此類學術演講——何況還是名學者。不久前，另一場現代小說的專題演講，也在這裡舉行，靠左從上往下數第三行，我和清時同學坐在那裡，講臺上，年輕的女小說家商晚筠彷彿站在遙遠的劇場上。我們坐在攝氏二十度的空調中翻閱中國文學史，冷眼窗外的陽光，想起今朝暗潮洶湧的亂局。

南朝詩人鮑照曾有一種飛沙驚石的悲憤情懷，寫下「心非草石豈無感，吞聲躑躅不敢言」這種悲憤的烈情。不管在大陸或在半島，對一些生活在狹縫中的現代人或海外華人而言，對這種不敢言的情懷都不陌生。

人類的宇宙被焦慮所支配了。原始的憂傷和敵意閃爍在眼眶裡。陽光、理想、花園，人們感到自身無權做任何進一步的選擇。

我在命運的中心點癱瘓了一下。

三月，古典歷史和現代美學的風景從我看不見的角落觀察我。悲憤的命運，化為三月的陽光，帶著微風射向半島。文學院一年一度的年終大考就要開始，馬大這項承續英國學院制的傳統不久也將廢止，改為美國學制。

我離開長滿野草的花欄，懷著異於尋常的憂怒回到生活圈子。我看見自我放逐的陽光射自不可逼視的青天；在那片長期承載人性鬥爭和靈魂挫折的天窗下，荒謬的示威活動、不安的反對聲浪、平等的訴求、道德病態的執迷、壓抑的訊息，一一在虛幻的象徵世界裡流傳，在血木槿盛開的土地上，一不小心，便會長出奇妙而不可理喻的新品種花木。

在悲情與陰影對立的年代，每魂生命都小心翼翼，力圖從傷口中堅強起來。

在晨光明媚黃花娉婷的學院裡，我活像吐絲的異國蠶，急欲另一次文化的蛻變，拼命吐絲，拼命自我困囚。一種類似懷念類似失落的眷戀，暗自落在訓詁學裡，或者隱入古典文選的歷史記憶中。

歷史的命運，在我這一代手中捉拿不定，俘虜了我的快樂，和著理想一起流逝。在爭取華文教育的道路上，大馬華人的魂魄化作哀傷的飛花，一瓣瓣，一瓣瓣，在漫無盡頭的歷史洪潮中悄悄落下，魂魄不禁為自己飛花的命運痛哭，不明白花族的命運有多複雜。

百花洲上，輝煌的命運繼續在流逝中。我走過一處長滿種族主義野草的園子，一個人在落紅滿地的角落，推測靈魂哭泣的樣子，想起魯迅說過的話：

我總記得我活在人間。

亂紅

魯迅〈影的告別〉寫道：人睡到不知道時候的時候，就會有影來告別，說出那些話……。民族的痛苦是注定的，歷史的影子亦無法可逃。這影子，隱藏著民族的心理分裂危機。文化的負疚感，注定由人們自己來承擔。在亂紅疏落的日子，人們在現實中設法彌補歷史的缺憾。內心一股巨大的歷史負疚感，催人自新。

說到底，生存的原始動機是不知謎底的謎題，或許，是知謎底卻不知真正謎題的史詩。

新生與墮落、光明與虛無，在早晨的陽光中慢慢微涼起來。一夜霏霏風雨歇止。我無所為而為的照常踏入文學廣場。文學柱廊上流過一陣風，一陣錯縱複雜的暗記流過。

那天，是個繁複多變的日子，歷史的影子無法維護民族，反而嘲弄民族的尊嚴。一群自稱代表馬大學生理事會的土著學生，聚集在文學廣場的階前示威，這種示威違反了大專法令，卻沒有遭到校警禁止。這群學生像一群過度早熟的年輕學者般在那裡高聲議論，原來他們要求校方保證：以後不准華裔學生或團體在校園內張貼任何以華文書寫的海報或佈告。一個留著長髮的學生領導者站在最高的臺階上開始說話：

> 我們、馬來亞大學的土著（Kaum Bumiputera）學生秉著萬能的上蒼的意願，要求校方給我們土著學生一個乾淨、純粹的民族空間，我們以至高無上的真主的名義，要求校方用一切合法而合理的方式去阻止、去禁止非土著學生在文學廣場上，以及各個學院各宿舍的佈告欄、牆壁、柱子或任何地方，貼上以華文書寫的海報或字條。我們不要在文學院裡再看到任何華文字體，更不願在校園內的各軟硬體上看到非馬來文體書寫的文物。我們神聖的土地需要我們賦於民族的尊嚴……

多風的三月，我穿過一群學生走出了文學院的柱廊，各族學生的身影在我心頭重疊。靈魂輕飄飄迷失在失眠的空間裡，無法思考，只能等待，又不知等待什麼的處境。

第二天，各種大眾媒體一律封鎖了該次違規示威的事件。校園和往日沒有兩樣，各種族人士依然各自建設自己的歷史、或者夢幻。一些細微的花粉暗自在空中飄流，陽光萬丈，千神降臨在我心頭。我瞥見上蒼，瞥見命運，也深深瞥見遠方故鄉的花園，以及園子裡那些無法描摹和陳述的神祕凋花。

早晨有風。九重葛花一朵朵脫離枝梢，以一種充滿神祕憂傷的飄忽形象在我心頭晃蕩。深紅濃紫的花瓣，顯得有些淒惶——一幅完全不能理解世界的素描。我暗地裡想著不為人知的心事，一些不確定的飛動流離的意象撞入我的意識層。心頭的花瓣搖落一地碎紅，在回憶與探索之間，零零碎碎想起一首別人的詩句：

風沙的來處有個名字
風沙起時
鄉心就起
尋覓的雲啊流浪的鷹
．

我的揮手不止是為了呼喚
那歷歷的關山
一個從沒見過的地方竟是故鄉
在灰暗的城市裡
我找不到方向

浮遊的微風，在一座充滿暗影的城裡試圖留下心事的痕跡。我驚覺文學院的黃花盛開在一種深淵的邊緣。微微昏暗的夕陽裡，我步出馬大中文系的樓階，內心試圖檢閱周遭多元種族色彩的白晝和黑夜。我撒下試探的網，網中的世界竟然再也收不回。我懼於和歷史的命運一起流逝。昇華或者墮落，各民族紛亂的花一般的影子都落上我心頭的邊緣。就是那段相當孤傲的時期裡，我在歡笑的快意和追尋的悲戚中橫視了各種主義的時空。

為生命塑造自己的靈魂，並使自己成為靈魂，是我在孤傲的時期裡給自己的一項承諾，至於是否合理，或者過於諷嘲，卻是我不太關心的問題。

曾有死去的靈魂對我訴說起命運中的榮華富貴，然而一些湮遠的傳說，有關輝煌宣赫的朝代——那教人景仰的花一般的時代，今生已是無緣一睹風采。三月的黃昏風，一年比一年憤鬱地吹，我逐漸在寂寂的風流中感到一種飄流的滋味，覺得自己已失落了自己，失落命運，失落靈魂。

在民主與狡猾的獨裁之間，人們只望安居樂業，或者享有些許的榮華富貴。

現實是一縷縷婀娜多姿的青煙，亂紅所象徵的亂世痛史，在命運神祕的旋律中飄忽、昇騰、解構。三月的風就快吹盡，清晨一列北上的火車從眼前轟轟馳過，人們依舊故作無動於衷的忙忙碌碌。言論自由和人權運動雖已推廣到世界各個黑暗與光明、神聖與猥褻的角落，種族沙文主義和文化思想照常在一些曖昧的、希望與絕望之間的國度裡方興未艾，或者，如火如荼的燃燒著。

在曖昧的社會中，上議院和下議院的辯論，以及各種官方場合的陳詞裡，都散放出某種令山川花草、諸神及野獸憂心的氣味及色彩。

我總記得我活在人間，新一代海外華人擠在祖先與原住民的文化傳統之間。成長的歷程不斷面臨文化認同的危機。在抉擇過程中，血統觀念和文化認同，是魔鬼的人和神的人所爭奪的靈魂的籌碼。亂紅紛飛中，我在民族之愛與人類之愛之間的裂縫裡，試圖思考一些內在自我超越或者外在超越的途徑和可能性。

重複的憂傷和痛苦，在平靜的日子中震起微弱的風，積滿在內部心靈的空缺上。在撲朔迷離的現實裡，魔幻的影子從流逝的命運中再度醒來，告訴我那些說也說不盡的話——那種是是非非的亂紅世界的萬象，以及介於現實與非現實之間的人間話語。

原刊《蕉風》四〇六期，一九八七、八
《青年日報》，一九九三、五、二十六

過客的命運

當年初到臺北的記憶，在月光照遍的心頭上浮滿象徵的意味；在望不到海岸線的北城裡，靈魂便是海岸，月光便是故鄉。

夜半沿著長堤走，偶爾還會碰上頂著月光的慢跑者。黃昏的白鷺鷥淹沒在夜色裡，塵埃落滿大地。當年渡海來臺的拓荒者和原住民戰鬥的林野，如今早變成了堤畔花園。只有一輪無色的荒月，依舊在人們心中撥弄著前塵往事。風，吹散了雲霧，遠方飄來吉普賽的流浪詩歌。生者生，死者死。月光下，萬物充滿了悲愴，有些人的心底卻洋溢了生機。

飄泊與安居、原鄉與遷徙、想念與遺忘都混亂不清。我已習慣混淆不清的世界和人生。沒有一樁心事是孤立的，而歷史的困境、文化的壓制及種族的衝突都不是孤立現象，錯縱複雜；我分不清自己已被吞沒，或者正在昇華，只知道既無大悲，亦無大喜。

這就是過客的命運！身為過客的諸神，命運總是起起伏伏，無悲無喜，亦喜亦悲。種族本身原就充滿了哀愁，諸神不必費心去虛構悲劇，亦無須創造假象。身為諸神的海外人，一生原就充滿了懷念，充滿迷思。外省族群在臺灣、以及臺灣在國際社會上的處境，正如僑生在臺灣的處境一樣，既不被認可，亦得不到世界各國的尊重，如夢幻的泡沫般被排擠在世界一隅，雖然力圖尋回失落的身分，卻在政權角力中，任憑扭曲。

來到臺北，正好給了我一個反思的機會，在文化鄉愁中意外地解構了飄泊與回歸的迷思，看破了民族主義的虛無與虛偽。解構鄉愁，對於海外人形同一種靈魂的解禁。縱然精神祖國與現實家鄉同樣弔詭十足，然而我已習慣了生活在文化和歷史的裂縫裡，對世界的破碎景觀也已經見怪不怪，悲無可悲。

凡飄泊的，凡思鄉的，都屬於邊緣人。海外人的一生，無非是一幕幕無人評賞的默劇，或是獨自演義的寓言，只能以他者的文化作為自己的傳統。故鄉，對情有所鍾的過客而言，與其說是祖先的家園，無寧說是祖先的墓園，一切文化承傳止於這裡。

海外，就是海外人的歷史劇場：被推翻的歷史、被扭曲的文化、被否定的人生，以及被逼遺忘的名字，在這裡重新被演義。回首從前，放眼未來，我來到香江，開始另一段人生的追尋，在一座命運未卜的城市，追尋自己的身分和姓名。諸神歸諸神，文化歸文化，我只想以自己的語言論述自體，在世紀末的黃昏中自己言說自己的歷史，和內心的快樂。

遙遠的家園化為獨特的聲音，伴著指南山的冷霧傳過來，所過之處千山花落，雪花飄飛。故鄉被吸入內在宇宙中迴旋，在這裡，飄泊的諸神與我同在，深情款款伴我觀星。就在這裡，在燈火璀燦的香港，城景就是諸神的圖騰，人潮日夜流過，彷然便是另一種飄泊的話語。

《中時晚報》，一九九四、七、二十四

輯二

神話重墜

■赤道人生與狂歡墓園

赤道線上

孤臣的黃昏

去年的三月像一幀日落長川的山水畫，朱墨瀾翻。篷篷簇簇的雲煙如潮如湧，那蒼茫粗獷的意境，逆風、啪地一聲緊緊貼上我野江斷岸一般的胸口。

我離開馬來亞大學前夕，八八年三月底的聖紅夕陽荒荒地出現在文學院的後方。紅灩灩的一個向晚天，對人間展示一種人類不太能釋懷的悲壯景色，燦爛得放浪恣情。太陽系的九大行星在冥玄亙古的黑宇宙滾動，我在繁華的二十世紀末葉，獨自走在學院的柏油路上。在一棵雄逸的黃花樹影底小立，斜陽歷亂，一些舊心事，打從心底湧出。那天的夜晚來得特別快，黃昏去後，夜色有些荒涼的味道。那夜，我最後一次走進馬大總圖書館，在東亞部門，我隨手翻開王秀南教授的一部回憶錄。王教授曾是香港東南亞研究所的主任，在追溯三十年僑居南洋各國的心路歷程中，他慨然下書：「悵望祖國，華僑雖被稱為革命之母，實則為海外孤兒。不論祖國是強是弱，都救不了華僑。」這一句話，竟成了我離開大學時的最後一個印象。

離開馬大後，我有更多的時間走在吉隆坡的街道。赤道的天色，吉隆坡入暮後的街景，我獨自走著。

吉隆坡，曾經是所謂海外孤兒的主要落足之地。這座港城，在數度戰火摧毀過後，再三由甲必丹葉亞來領導之下建設起來，成了一國之都。馬來西亞的澤國江山，有如神話故事一般，竟教一群赤手空拳的異邦孤兒在一處沼澤叢木地帶給開闢起來。今晚的澤都，星潮洶湧，遠近處燈火熒熒，月光，清清幽幽地一瀉遍城，遍城皆雪。望過去，好一片憂悒的城景。

拓荒人

許多年前，我祖父粗壯的手臂曾經在我還是孩童的時候，牽著我的小手走過一處荒蠻的山野，在一條黑水河前，我爬上他的肩膀緩緩渡河。在他結實溫暖的肩上，我彷彿還記得那夜的星象如湧。河水對面的小鎮，燈火如豆。我聽到祖父對身邊的母親說：「你看，那前邊的夜，真教人心酸。」在我的家族開始在南洋紮根的時期裡，我幼小的心靈何曾忘了那小鎮的憂悒景象。在異邦掙扎求存的歲月，夜色在祖父的眼裡有一種特殊的心酸滋味。夜色像一幅古老的潑墨畫，憂悒，凝溢在他的眼瞳裡。

祖父，以及其他北方來的拓荒人，來到南方的半島與海島。不論他們是被喚為革命之母抑或海外孤兒，華僑這一頁難於告人的心事，說起來，是一段辛辣辣的歷史。

美國《時代周刊》曾有過這樣的一段報導，描寫十九世紀的東南亞華僑：當成千華人在礦場中、在山野裡、在船隻失事一一喪亡，上萬的華人依然未有多大成就，可是仍然溫順堅毅地等待時機的轉變。而當那些可愛的土人，沈溺在蕉風椰雨下歌唱，造愛，但求糊口的時候，華人早已深入叢林，溯江而上，遠離島嶼，搭起棕葉小木屋，從清晨直透深夜艱苦地工作。

當初熱帶處女林野以荒蠻陌生的姿態展立於這些勇敢而失意的離鄉人面前。新生代造山時紀所遺留下的蒂蒂旺莎山脈，見證了我年輕豪邁的祖父大步跨踏上岸；一眼看見那座喜馬拉亞支脈的巨大峰影，緊扣的雙眉，凜凜流下分不清是喜是哀的清淚。大海斷後，大河橫前，赤道南洋是何等荒涼地帶。然而山野的氣息、土地的芳香是富於誘惑力的，驚醒了這群古老民族的潛在意識，挑逗起他們對生命的渴烈慾望。祖父於是挺起胸膛走向荒山野嶺。

從被當「豬仔」販賣的苦力，到權掌礦業、農業、商業和金融業的企業鉅子；從棕櫚陋屋到大小規模的建立起輕中型工廠和進出口公司；從目不識丁的文盲到開設私立南洋大學，在這些奮鬥過程中，無疑地，這些墾殖者的辛酸是遠遠重於榮譽的。馬來西亞被稱為世界最大膠產國和錫產國的經濟頭銜得之不易。山之嶙峋，海之波瀾，所謂光榮、富有，只是和割離、失根有著相同的意義。屬於先輩們的榮耀和酸楚，在地球最寬敞的緯線上，把赤道邊緣的草原、山谷、海灣、雨林給賦上一種水墨畫所獨有的特質，蒼悒、荒寒、沈重。

十八、十九世紀對中國人來說，要算是非常淒楚的一段歲月。在那段充塞著封建氣息的時代，痛苦、荒唐、幻滅，敲擊著中華民族古老的文明精神。基本人權失去了，道德信仰混亂，甚至墮落了。堯舜和孔子都成了神話，秦始皇死了、岳飛死了。自從努爾哈赤率領八旗兵自圖門江踏下，中國人的命運似乎就不曾好過。其受創的程度，較忽必烈可汗的矮馬軍南下中原所引發的淩辱，可說是有過之而無不及。

投奔大海的心事，沒有別的民族比中華民族的感受更加淒烈。一六〇三年，高貴的西班牙貴族在菲律賓呂宋屠殺了兩萬三千名華工。三十六年後，西班牙將軍再次展開繽紛大屠殺的遊戲，死了兩萬個無辜的華僑。慘案原因不明確。一七四〇年，在印度尼西亞的耶加達，荷蘭殖民政府操起花花綠綠的紅炮銀槍，剎間引渡超過上萬個中國人的怨魂，把屍首拋入溫暖慈悲的南中國海域。歷史是有根可據的；歷史是有血有淚的。十九世紀中葉，約有五十萬名「中國豬仔」被裝進船艙，從古大陸的海岸出發，途經萬頃波濤航向非洲及南美洲，其中約百分之七十的炎黃後裔竟如同芻狗般死在航程上。一具具有情有意的屍體逐一拋下大西洋，直拋到海洋的盡頭。風一過，浪花飛吐，整座海洋都顫抖起來。中華民族的血淚，終於把海洋的蔚藍色染成極端動人，教祖父在飄洋過海的海程上特別易於動情。湛湛江海，寥寥長風，難道這是花花草草隨人戀，生生死死隨人意嗎？祖父立在船頭，他的童養媳亭亭玉立在他身後。陽光千丈斑斕招搖，風過處，海水濺潑到祖父結實的雙腿和他童養媳白潔的赤足。四涯渺茫，碧海悠悠。赤道的陽光月光日夜灑落在祖父赤裸的胸膛及他童養媳豐滿的胸脯，優美極了。

無限空寂的海，曾經是地球上所有生物的故鄉，而如今，大海是那群先輩們最堂皇的一座墓園了。浪濤之乍驚，天雲之心折，那片中國人的血也染不紅的海洋，在祖父的面前，竟是異於尋常的冷漠，而且靜靜地對著祖父的童養媳哀傷起來。風過處，整片海水，頓時鬱鬱顫抖起來。

棄民

棄民。雍正大帝指責那些當年飄洋過海的中國人道：「輕去其鄉，甘心流移方外，無可憫惜。」那些被明清昏君視為叛民的先烈們，他們的心事，真是該從何訴起呢？

所有離鄉背井的故事都必須從古大陸岸外的南中國海說起。世代赤貧的古老民族離開保守封建的土地，在東北季候風中顛躓飄向千島南洋。泱泱茫茫的水平線盡處，熱帶千島疏疏落落橫臥成一幀赤道潑墨圖，千島，恰似海上飛鴻。馬來半島形成古大陸最南部的一塊土地，化為古巨龍的觸鬚。那一年祖父立在甲板上，向晚的東北季候風微冷微涼的，想起莽莽神州愈蕩愈渺，祖父禁不住機伶伶打起了寒噤。一輪熟透的火球，水濛濛地低掛在海上。天風浪浪，海山蒼蒼，祖父他們在赤道處女地帶，把一座座的人間天堂給開闢了起來。

活潑多姿的馬六甲海峽，幾個世紀以來始終是風情款款。在季候風吹拂之下，迎來一批又一批的殖民主義者和帝國主義者的軍艦，資本主義者的商船載著西歐各國的黃金夢，赫赫揚揚闖到南洋。馬來半島和蘇門答臘島立在馬六甲兩端，無顧於時空歷史的移轉。在政治、經濟及文化統治權轉遞於各殖民統治集團及土人集團之際，只有蒼郁多情的蒂蒂旺莎群峰立在岸後，目睹了海外孤兒如何地在那些統治集團之間流離、流汗、流血和流淚。拋鄉別親在赤道地帶安土重遷的處境，一一落入蕭蕭莽莽的山顏之間。無數次我有意無意間望向山脈，只見原始山顏泛起陣陣淒惶的風采，心頭微微感到悚然悵然。

當時那些拋鄉別國的故事中，主角們並不知道他們的角色到底是扮演移民者還是逃亡者。

那時候的人倒是給了他們一個狼藉的角色——豬仔。通過賣身方式出海的人們，得不到任何方面的支持和尊敬。大家都抱著任其自生自滅的態度，任由這個悲劇去延續。

四千五百萬年前，鯨魚開始了地球上一次最悲壯的「移民運動」。鯨魚從固體和氣體移入液體的生存空間，代價是佔有地球最寬闊寶貴的部分——海洋。在揉合了昌隆與罪惡、傳統與革新、歡暢與痛苦的時代裡，海外孤兒的成功，幾乎就是百萬年前離開故土深入海洋的鯨魚，一旦成功克服環境，便成了當地傑出的社群，構成當地社會的精英分子和經濟支柱。複雜而又精緻的中華民間文化也因此傳播到世界各國。然而告別鄉邦流移外方的滋味，想來連那舊約洪水也淹不死、世代洄游各海域的白長鬚鯨、抹香鯨、角鯨、牡鯨亦無法洞悉其中的淒苦慌惶吧！

故鄉大陸，那塊鯨魚的故居，留給鯨魚和海外華僑太多的故事。二十世紀初年，祖父帶著他的童養媳奔赴古巨龍的觸鬚，在馬來半島的西海岸靠港。二十世紀，本來就不是一個理想主義的時代，在苦難戰爭中誕生的二十世紀，祖父背負著祖國和個體的苦難來到炎炎赤道。季候風雨，依然歲歲驟至；北國桃花依舊千里綻放。二十世紀末的今天，祖父早分不清那些故事所曾引發的滋味。灰飛湮滅的記憶，有關古大陸的故山河，故家園的大小街巷，以及國民黨和共產黨逐鹿中原所引發的連年動亂。政治逼害、經濟崩潰、價值觀遽變，稻田荒蕪了，青山和綠水都被糟蹋了。

南洋晚晴

灰飛湮滅的記憶，曾經像大片大叢的熱帶原始雨林，黑麻麻、藍黝黝，深植在祖父那代離鄉人的夢土上。黃金南洋的夢幻早在祖父的白髮一絲一縷脫落之間化煙化雨。摧心的鄉情，折骨的國恨，故山河的記憶都漸漸淡去。赤道線上，藍潮捲起撲起撲落，非常相思的東北季候風，每年數月拂動祖父的衣襟。膠園和小草原盡處的海岸線，逐漸教他記不清古大陸變色前的景色是何等荒涼。年華、愛情、戰爭，都遙遠了。僅剩的半點江山，在二十世紀初葉的岸邊淅淅颯颯。拍岸的浪，在沒有桃花盛開的海岸線上聲聲訴憑冷月，這失國的痛楚。

人類流浪他鄉的目的無非為了開創新生活，同時肯定自身存在的意義。來到赤道之後，從春到冬、雨夏到寒秋，赤道的北方人早已忘記季節變換的滋味。海峽兩岸的國際外交策略，對南方的革命之母來說，逐漸難以引起離落的情緒。祖國的強盛抑或衰敗，似乎都不太重要了。

炎方南洋，纏人的季候風又來了。當風起時，不知是想念還是遺忘的候雨淅瀝淋漓。大寒流從古大陸上捲起，低氣壓的南洋頓時撐起千萬把油傘。春寒劇加，這時季，幾乎每個傍晚，暮雨都要潤遍吉隆坡的牆牆瓦瓦，痛快地把懷孕了的相思樹淋打得倦態畢露。淡黃色的相思花，一棵棵沿著瀝青路開展過去，零零碎碎，勾起我的一些少年往事。

少年真好。就在相思木結滿一樹花粉的候雨季節，我們一群得意模樣的少年來到獅城旅遊；一個雨後清晨，踏遍了晚晴園。晚晴園，收藏過梅姓華僑美人，收藏過張氏慈母和孫中山先生的笑顏和失眠。原本藏嬌的金屋，後來竟成了同盟會的南洋總支部。收藏過新中國人的國父，他的革命精神和他的夢想。

亞細亞，太陽升起的地方。一九○○年，孫先生第一次從西貢趕赴獅城，正是盛夏轉入初秋的時季，氣候總在這時候微冷起來。巨人來到了東南亞，孫中山、梁啟超、我的祖父先後都來了。孫先生九次革命，七過星洲，五過檳城。河口之役失敗後，晚晴園成為同盟分會南洋支部。胡漢民、汪精衛、何德如等六百餘人逃難於此。星洲和檳城於是一度被喚為革命的搖籃。而檳城，據說更是武昌起義的策劃地和原動力的發起地。在三民主義的號召下，海外孤兒名正言順地成了孫國父口中的革命之母。

華僑被說成孤兒，是於政治上、文化上處於孤隔無助的絕境，不論在政、經、教各方面都受盡殖民政府和土人統治集團的排斥和敵視。華僑被孫先生喚為革命之母，主要不外是於精神上和物質上支援了革命運動，使革命計畫能夠一一付諸行動。平原曾有山脈的保護，山脈亦曾有江河的呵護。看顧天地萬物是太陽的義務，然而支援古大陸上的革命運動，對海外孤兒來說，就不止於民族義務這麼單純，而是他們對黃河黃土一種特有的情意結。「我們」，孫先生對海外孤兒說，「是受人欺凌的民族」。革命的血，像燃燒的野黃昏，燒上他們的眼、他們的心。

十九世紀末葉二十世紀初年的陽光盡是革命的色彩，季候風吹的盡是革命的紅帆。北方，革命的血液，點點滴滴流遍古大陸的山河。南方，革命意識的血液在孤兒的脈搏中滾沸奔流。捐款運動和革命口號像季候風雨驟至，掃遍東南亞的千島與半島。赤道線上，華僑的心事中又多了一重。

荒涼的夢

孫先生在一九一〇年七月攜眷來到當時的東方之珠——檳城。同盟分會南洋支部隨後亦遷移於此。當二十世紀在革命和戰亂中成長，一場大流血運動正在苦難的古大陸上蘊釀著。當年的風浪，想必異常凌厲。逸仙先生佇立在赤道的岸邊，平沙渺渺，波影澹澹溶溶，赤道的海何曾平靜。港中，盡是舟舟帆帆。新月，便掛在方帆桅杆之間。赤道的黃昏和夜晚，在紛亂荒謬的大時代裡，看在孫先生眼裡，必定格外沈潛剛毅。離鄉人的失眠，祖父的二胡哀樂，潑墨畫獨有的憂悒夜色，染上孫先生的雙眉。

國民黨的革命運動終於推翻了三千年的封建帝制。共產黨的解放運動終於也成功逼退了國民政府，獨霸古老的黃河和長城。東南亞諸國遂一一也從各殖民政府中獨立。一片海水，分散了所有離開黃河大陸的中國人。這段幾近一個世紀的歲月中，大馬來西亞，大中國版圖，大日本共榮圈以及大印度尼西亞的堂皇美夢一一都落空了。

海外孤兒也好，革命之母也罷，這些都是祖父那代人的舊心事，身為土生的華僑，我原是無須舊事重提的。老去的年華，夢月只留下一絲荒涼在祖父的眼瞳裡。在不教人撞見的情況下，那雙眼，曾經簌簌地掉過多少次的淚，沒有人曉得。

我憶起小時候祖父常搬了涼椅，在晴朗的夜裡，對著星光躺下。好幾次我看著他沈沈睡去。夜，千載寂寥。麻河，在我們的遠方靜靜地奔赴馬六甲海峽的約會。曠野，在更遠的前方等待另一群墾荒人的到來。水邊林下，北方來的拓荒者，躺在涼椅上都老去了。記憶之舟，無聲息載走了祖父那代人燃燒的夢。狂燒的黃昏去後，夜晚有些荒涼的味道。怎麼樣的神話和幻想，在祖父那代人的夢土上，如何掙脫紮根，沒有人曉得。必須趁著年輕力壯時候憧憬的夢想，早都已勇敢憧憬過。拓荒人把熱帶處女林闢成大花園、膠林和街道的心酸心事，沒有人曉得。

一念不生，不緣俱滅。赤道線上，天色水色風景雨景一一都落上我磊落奇蟠的胸頭。沈鬱變化之中，只有這一景最為刻骨銘心：祖邦成了異邦，他鄉成了家鄉。

■第十二屆時報文學獎：〈赤道線上〉得獎感言

《中國時報》，一九八九、十、十二

飄泊的花族

太遙遠的憧憬，一朝化為青蓮來到眼前。

當我在中華班機裡提筆寫這篇感言時，才一落筆，一首羅大佑的早期作品——蒲公英，即由耳機裡傳出。「風裡霧裡你曾昂然佇立／等著命運的消息。」很觸動我的心事。蒲公英，多少年來多少懷有炎黃血統的中國人曾經為之心折神傷？飄泊的花族，一成熟，命運就注定要離開母親的土地飄向不知處；一種沈痛的飄泊。

十天前一封電報告知我被政大中國文學研究所錄取。三天前一個長途電話通知我取得了時報文學獎散文組的主獎。這兩項事實，對我原是極其縹緲的一種想望。如今如願以償，一時千頭萬緒，感動不已。

獨自和一大群陌生的乘客登上華航，前往舉目無親的國度，那裡的陽光溫暖嗎？山河雄偉如詩嗎？八千里路雲和月，這一次啟程有人稱是回歸祖國。回到主流，應是這一群變種蒲公英族的信念。這次來到政大研究所以及獲得時報文學獎或可謂回歸主流吧。

純潔是世上最神聖的東西，而理想與信心的自我建設是人生中最艱苦的歷程，亦是最神聖的歷程。因而得此榮譽對我是意義重大的，這將使我更有信心和理想去開創我的寫作生命和領域。文學的山河何等雄壯，肯定需要更多不同生活背景、不同理想、不同價值觀的人來維護和發展。

希望我這次得獎，將鼓勵更多的東南亞華裔子弟更有信心地參加此類國際獎，也希望更多的年輕寫作者將更有理想地把視野和懷抱放在國際文壇上。

癲 癇

■反模擬的書寫模式

詭譎的人生

星光燦爛的林野，湖水陷在大地之中，自成一個無人問津的世界。以前遭受禁泳的痛苦，都在我潛入水中時化為流水，令我感到反叛的痛快。漫長的二十八個年頭，我不知用什麼辭彙去敘述我的人生。虛虛實實的歲月，我只捕捉到一些詭譎的訊息。那些癲癇女神來臨的夜晚，我都聲嘶力竭，連痛哭的力量都沒有。

那些病發的夜晚，已成為極其詭譎的象徵，影射我在死亡邊緣演義一種自焚式的祭祀儀式。癲癇的突發，猶如一種強制性的祭祀。祭祀的儀式乃以活生生的靈肉，作為貢品。通常在我睡去之後，我才走上祭壇：有時候，在午夜之前，有時則在凌晨以後。我以一聲突發的嚎叫開始，用潛意識巨大的力量來叫喊，每一次，都驚醒了樓下年老的父母和睡在隔壁的唐氏綜合症的小哥。

我的嚎叫只有那麼一聲，卻充分展現了我的空洞感，並以此刺醒黑暗的夢。在叫聲消失之前，我已停止呼吸，一口氣有出無進，開始我漫長的、艱鉅的痙攣：黑暗的人生和空洞的宇宙就在我極度擴張的瞳孔裡激烈癲狂，全身每一寸肌肉都在收緊，四肢痙攣，血管彷彿在體內爆裂成璀燦的煙火。

二十餘年來，我在寂寞的夜色中孤獨地嚎叫、孤獨地痙攣，奔騰狂湧的血刺戳著全身的脈搏、神經和肌肉。

我就是這樣四肢痙攣，睜眼怒視詭譎癲癇的人間。

一個人，我如此孤孤單單在床上完成我的祭祀：括約肌的失控與間歇性的痙攣使我墜入歇斯底里的地獄，在瞳孔驟擴中，只感到一種原始的空洞和原始的孤獨。

經過二十餘年，老母親還是跪在我的床頭流淚。我似乎還聽到了她匆促趕跑後的微喘。沒有人可以幫我。旁人都是異客，世界也只是遙遠的觀眾，連我自己也幫不了自己。只有這種空洞感和孤獨感，最令我難以承受。我不願再醒來，但是，我還是一再醒了過來。在狂喘中，以急促的呼吸論述我詭譎的人生。在渾身淋漓的冷汗中，內心充滿了淒涼之意。

經過這些年，我已不再期望旁人來理解我的心情。作為一個沈默的癲癇患者，我用這種思索的方式為自己留下一些話語，作為一種苦中做樂的紀念。

自童年以來，我就面對著癲癇的巨大陰影成長。有別於他人的成長經驗，我的成長歷程很早就體驗到詭迷的人生幻境，密密麻麻的痙攣、口液、狂喘，混合成一幕幕不斷重複的夢魘，一次又一次把我推入潛意識的黑洞，整個古老的宇宙就在我擴張的瞳孔裡激烈癲狂。除了痙攣顫抖的身體，我失去了我的一生。

在一種世人普遍無法理解的生命處境中，我嚐到了某種原始的詭譎感；痛極而悲，即使有點自傲，也是空虛之極。

至今，病態的歲月還寄生在我心裡。

這一點，我無須對任何人隱瞞；我也不再理會別人對我的看法。旁人對我的勸告，我亦置之不理。我不再按時服藥，一個人喝喝悶酒。最痛快的，莫過於潛入水中和命運挑戰，很有一種視死如歸的快樂與瘋狂——一個人在晚上摸黑走入膠園，經過一小段山路，潛入一個黑暗的、無人問津的世界。

我瞞著家人獨自來到湖邊。從一株橫臥的枯木上竄身潛入湖水，清冷黑暗，有若墜下萬丈深淵，我的淚水，伴著絕望的星光沈入湖底，永遠不再飄浮上來。

在黑暗的湖水中，我忘掉了自身的存在，只有一絲絲氣泡的回憶在湖水的浮力中升起。我估量著自己的命運。生命本身原就充滿夢魘紛擾的主體，連天父本身也是如此。

我任意浮在湖面，只看到星光和半輪殘破的月。我等待，癲癇女神就是我的命運之神，總不會讓我空等。沈靜之極的林野，沒有一絲風動。我坐在湖邊的巨大枯木上，一如破石般枯坐在夜色裡。少年的四哥、鄰家三兄弟和裸身的馬來少年，在湖水中喧嘩叫喊。如今，只剩下我，各人都走了。最後只剩下我和弱智的小哥，陪著年過七十的父母。只有我再三離家之後，再三的回到家裡。我無處可去，連今生似乎都不夠真實，非我所有。

無風的夜，我喜歡這種短暫的寧靜。星光低垂，彷彿一躍可及。林野，如破爛之石，層層疊疊，崢嶸處處。我的人生已無法回頭，癲癇的路走得太遠了。生存沒有意義，死亡也沒有了藉口。

癲癇之路

死亡失去了藉口，生存也喪失了意義。這樣的人生已走得太遠，再沒有回頭的理由。

這是一條深邃之路，沒有人能保持超然瀟灑的心態。在癲癇的命運面前，所有人都將喪失自己，任憑宰割。

自小，我把內心的窗口都給關閉了，惶恐地承受每一寸靈魂被癲癇女神所腐囓的歲月。那是一個沈靜的夜，記不得是否已經上了學堂，我睡在母親的床上，喉嚨裡突然發出口液含混的怪聲，四肢朝天癲顫，雙目睜得大大的望著屋頂，像是看到了極端恐怖的鬼怪，不能自禁地發起抖來。

沈靜之極的深夜，靜得有如身墜萬丈深淵之中。我的癲癇之路就此展開。沒有一句忠告，或者任何的預兆，說來就來了。對癲癇症一無所知的母親，當時不知恐慌得怎樣了。父親帶著兩個哥哥到東海岸創天下，家裡剩下母親獨當一面。母親一定以為我被鄉野的鬼魂所附身了。然而第二天，並沒有問起我什麼，似乎以為事情只會發生那麼一次。睡在隔壁房裡的三個哥哥，自然也被矇在鼓裡。

事實上，我並不是不知道我體內的變化。成年以後，癲癇至今仍舊發作連連。陀思妥耶夫斯基的癲癇，增加了作家心靈的複雜深度，而我卻只感到無比的沮喪。

我不像陀思妥耶夫斯基那樣有過弒父的念頭，沒有原罪的癥結需要我如此自我懲罰，亦沒有任何精神性的重大創傷需要我以暫時的死亡，去紓解壓抑。我歇斯底里的痛苦，純粹是一種莫名的命運：渴望了解痛苦的極限，卻被痛苦所殖民。

我講述的這種憂傷，超越了各種範疇的心理學，也超越了各類詮釋學的範疇。轟轟烈烈的痛苦，不由分說，剝奪了我優雅的氣質。我的臉，由於過度的痙攣而顯現出某種程度的肌肉扭曲，正好從另一個角度反映了我備受扭曲的身心。

我的生命歷程，讓我體悟到，所有一切人性的扭曲迫害和心理的憂鬱，都是名符其實的反動分子！顛覆了我但求安穩平靜的人生。

今天，我的肉體長得結實健壯，比五個哥哥更為健壯。大概是病發時全身肌肉因極度痙攣而獲得充分發展的結果。這些發達的肌肉，講述我隸屬成長的哀痛。夜晚，我的肌肉就在體內對我說話，說出我的憂傷。憂傷，從病態的靈魂深處湧出，如雨林中的千年巨蟒爬到林邊，被我生生活吞。

自從初次發作以後，女神並沒有就此止步，反而來得越來越密。母親再無法一人承當，深夜裡狂叫起來，兩位正在讀小學的哥哥驚慌地跑入房裡，在幽暗的床上，看到一個痛哭的女人和一位全身顫抖、四肢朝天伸展的小孩。緊閉的窗外，田野和山林逕自癲狂，赫然墜入無人問津的深淵。

往往，我在一種彷若深淵的睡夢中醒來，陽光，飄浮在我的床頭。昨夜失禁的尿液和遺精提供了大量莫名的憂傷。冰涼滲透，一種戲劇性的悲傷油然而生，彷彿自己是一個卑劣的旁觀者，或是一個笨拙的演員，任何的悲痛都演釋得不夠真實，不屬於自己所有。再巨大的憂傷，對我來說都只是修辭學上的一種形容詞彙而已。

我可以以此作為逃避的藉口，卻無法因此減輕我自虐的心理。這種戲劇性的體驗，充滿了命運鄙劣的足跡。

赤身裸體，我站在命運中面對自己的窘態，逃無可逃。清晨的陽光，曬乾了我的精液和尿液。我想要痛快的狂喊，卻彷彿一開口，世界就在眼前崩潰。

這是一齣不可思議的戲劇，是我和一些不幸者共同演出的戲碼。我的癲癇，有著更巨大的象徵意義：代表了宇宙誕生、暴裂、到毀滅的整體歷程，象徵著所有苦難者不朽的痛苦，本身就深具嘲弄命運的意味。逝去的青春、流出的尿液和射出的精液，到最後都匯集在一起，重新變成我的淚，被我吞進無人問津的內心。

這齣戲，是我的人生。但是說到底，我的人生並不只是一齣戲。和世上無數患了絕症的病患一樣，我們的人生充滿了戲劇性，卻又非戲劇性一語所能道盡。似戲非戲，似夢非夢，似生似死，都是我們憂傷處境的覆寫。

倘若人生真是一場夢而已，那倒無須過於憂慮。但是我的人生歷程遠非是一場夢，而是真實之極，真實得令人恐慌。在一次又一次的癲癇來襲之後，我醒在清晨的陽光中，感到頭痛似裂，昏昏沈沈，疲累之中對自己失去信心，不敢再對人世存有任何的期盼。

這種人生信心的喪失，令我覺得我是一個非人，活得連家畜都不如。地球失去了地心吸力，我就這樣飄浮在虛無中過活，喪失了信仰和可以重生的信念。這種虛空的力量擴展到全世界所有黑暗的角落，所有在病床上靜靜掙扎求生、或者聲嘶力竭求死的人，大概都可以感受這種毫無引力支撐的虛無與絕望。

命運的逃亡者

面對我們的命運，我們往往逃無可逃。不論是在褻瀆中尋求贖罪，或是在創傷中尋求慰藉，我們都必須真誠看待自己。

至於我，我不需要命運。我已經不需要真誠的態度來對待世界和自己。我但願我可以徹底欺騙自己，以偽裝的心情來換取我癲癇的軀體。

我選擇了一個年底，一個潮溼的年底——到底是那一年的年底，今天我已追憶不起。我要在幻滅的大地上親自挖一個洞穴來埋葬自己。在我年少時候常去的湖畔，用生鏽的鋤頭挖一個洞，用力地，就像挖掘自己的肉體。

我跑到靠海的城市，生平第一次為自己買下一大束香檳玫瑰，放在床旁的梳妝臺上。在鏡子前，匆匆之間看到自己微微扭曲的臉龐。等到我從山湖回來之後，百葉窗外已經是暴雨傾夜，半遮的窗簾被雨打得半溼。我伸手撫摸，淒涼之意，頓時湧上心頭。

我還記得我是盯著那束橫置的香檳玫瑰，把六包老鼠藥和著皇帽啤酒灌下喉頭。黑色的夜雨，獨飲，盡情幻想我的未來：琥珀、珍珠、香唇、玫瑰花瓣、菩提嫩葉、舍利子，飛舞在我的床頭，落滿我的靈魂。那些患病前的歲月再度回來，匆匆數年的童年時光如此短促，如一場醒來之後，就不曾再度重溫的舊夢。帶著醉態回到癲癇前的歲月，真真幻幻，無從感知。我的五臟七腑在胸腹內翻湧，吐了一床一地。

我被擠入地獄與天堂的深淵邊緣，生與死與，天地往與，神明往與。

最終，我還是沒有完成我和世界告別的儀式。我重新回到不堪的人間，彷彿破墓而出，再度面對癲癇。我是一個徹頭徹尾的失敗者，連逃亡的能力都喪失了。逃亡似的歲月，使我不恥於再度逃亡。這次死裡逃生，我應該感謝弱智的小哥，是他叫醒了睡在樓下的父母，及時送醫。

這次事件，從此在我家族之間口耳相聞。我來自死亡，最終必將回歸死亡。那源自夢幻的命運，亦將死於夢幻。

歲月流轉，造化弄人，我永遠都逃不出我的命運；像一隻終生被囚禁的蜥蜴那樣，對憂傷特別敏感。活在這樣的命運裡，大概沒有人能夠保持超然的心態。自古人道是生命如夢，我卻只體悟到人生非夢的現實，徹底體悟生不如死的真相。

非夢的人生，經不起多重的詮釋，任何思索，都足以引來懲罰。

這些年來的折騰，逐漸令我變得遲鈍。從一個口齒伶俐的孩童變成一個口吃得相當嚴重的青年。許多詞彙，許多時候我都久久想不起來。很多念頭與思緒在口舌之間轉不成語。漂亮的女孩、美麗的林野、熱鬧的人間，都在我打結的舌間凍結，欲言無語。沒有人耐煩和我交談，我也愈發不耐煩自己。

我無法想像病情會發展到什麼地步。我聽說一些癲癇病患到了中年以後，智力已嚴重受損，連自己的妻兒都認不得。彷彿一生的記憶，都喪失在癲癇的歲月中。或許，這正是癲癇患者擺脫痛苦的途徑，消極地把飽經病患的自我深埋在潛意識中，藉此解脫。

年復一年，受創的智力加劇了我神經的負擔。我的遲鈍、麻木、口吃，令我連傾訴的能力都失去了。到最後，恐怕連我開口說話的機會也都沒有。繁華瑰麗的盛世，在癲癇不堪之中，顯得格外的荒唐。

劫後重生的生活，照舊處處詭譎。這樣的日子，癲癇女神照常帶來痙攣的夜晚，用哀傷的肌肉刺戳我緊繃的神經。這樣的夜晚和以前的沒有兩樣，我的嚎叫和狂喘，照常洗刷乾淨了我僅存的快樂。人間的美好，隨著狂喘煙消雲散。在孤孤單單的雙人床上，我依舊獨自活在人間，在黑暗的夜裡，想著下一次病發的夜晚。洶湧的黑夜從所有的門窗、裂縫入侵我的寢室和我的肉體，我學著小說家的筆調，在經書上寫下：

天父啊！自我呱呱墜地的那天起，我就哭乾了眼淚。

在癲癇的祭壇上，我的人生憧憬混雜了某些病態之極的心理。病態的憂鬱、自卑、自憐、自虐，令我抬不起頭來。我只剩下痙攣依舊的靈魂，不為人知的憂鬱，從我的雙眼、雙身、雙手入侵我的靈魂。是好是壞，命運終究是無可逃避的結局。

人生一旦失去生存的意義和死亡的藉口，生命本身也就成為一種永恆的迷思。

命運的陽光，沒有一絲落在我的身上，有的，只是命運賜給我的淚水，即使受盡了折磨，也得不到任何的慰藉。

我很快就要年滿三十，三十而立的人生，也必將充滿了憂鬱的幻影。這是命定的，我已沒有能力讓自己活得開朗些。活過了這些年，我把這樣的人生喻為黑暗的迷宮，把自己囚禁在命運為我而設的深淵裡。到了雨季，季候風狂亂吹過，黑夜就將佈滿我的淚水和口液。那些重複了一次又一次的痙攣，一點一滴地，慢慢把我的生命侵蝕。未來的歲月，我將照舊感到徹底的空虛。迷宮以外的繁華盛世，都是我達不到的地方。

我照常來到這裡，潛入湖中，有如潛入深邃的內心。深夜的湖岸，星光墜落湖面，墜落寂靜的後方林野，隱隱傳來我嬰孩時期的夢囈。我倒在湖岸，一如枯木倒在潮溼的大地，流出的淚水就是我走過的人生。

虛虛實實的塵世，我只是一個孤獨的異客，來到人間贖罪，像一片飄浮在絕望的空氣中的落花，永無著地的時候。一年又來到年底，殘月永遠是殘月，裝滿了別人的記憶，從我頭上緩緩移過，冷峻如斯。我坐在腐朽的枯木上，觀看無色無味的天地，看見了腐爛的銀河宇宙，看見啜泣的星月，啜泣的林野和無人問津的湖水。

《中國時報》，一九九五、五、五～七

繁華的圖騰

童話

歲月的風中充滿駭人心酸的童話。我們的母親，認得她所有十二個子女的歷史和命運。在她心中，你是一個神話的終結；在我，你是盛開的凋花：淡金色的凋花，飄向豐收後的田野，鬱寂而空曠。

一個有月亮的黃昏，我坐在落地長窗的欄杆旁，在樓上望見你走到一棵開著淡金色花朵的老榴槤樹下。斜陽從雨林深處射來，佈滿孩童無法洞悉的一種瑕疵。母親在盛花的老樹下注意你。雖然相隔甚遠，我還是看到了母親臉上的金色淚水。滿園，淡金色的榴槤花如落葉飄墜，顛狂如失控的夢幻，滿園飛舞。

那些漸漸黯澹的田野，有如我們如今近於荒廢的心情。驟起的微風，把荒野和微陽都吹入你的視野。黃昏，在你眼中片片破裂。山風從古老的傍晚吹來，從荒蕪人煙的天邊吹入你的童年，視野一片斑駁，彷彿，你洞悉了一種無法閱讀的童話，一顆心，剝落的荒荒涼涼。淩厲之中，又有一份近於狂歡的歡愉，非語言所能表達。你如此生活在潛意識的世界裡，絲毫不懂性與暴力的罪惡。

今天我才明白，你大概是懷著被人唾棄的憂傷去到林邊。黃昏的田野如孤獨的大海橫臥大地，宇宙沈默，萬星昇起，萬星下墜。你的童年，就在夢幻中浮動。直到斜陽消失，這人間，就孤零零只剩下你自己，連影子也消失無蹤。

通常在黃昏過後，幽暗的天色有一種枯槁的淒美，我們坐在幽暗的橡樹林邊，發起呆來。你習慣把舌尖夾在嘴唇之間的角落，左右交換，微微韻律地一緊一鬆，發出哦哦細聲，平淡之極，彷若仙人誦經，哀喜難分。

你如此想著你的心事，以平淡的聲調傾訴了內心的實在狀況，大概別有一番心情。你就這樣嘲笑命運的造化，孤芳自賞。一聲聲，都傳入母親的耳裡；天父有耳不聞，有眼無珠。

成年以後，你低哦的聲調開始沙啞，靜夜裡聽得人心驚膽跳。珍愛與遺棄、自由與囚禁、幻滅與重生，迂迴曲折的心事逐一在潛意識層裡暗自起伏蠕動。詩人格奧爾格在類似情境中期待著遠古女神的降臨，把遙遠的夢想和奇蹟推入深淵——「如此，在淵源深處一無所有……我於是哀傷地學會了棄絕：詞語碎碎處，無物存有」。破碎中，你所擁有的，所剩無幾。你或許會在繁華幻滅處，想起自身的身世，欲哭無淚。

然而，淚水不只一次從你智障的大腦流出扭曲的眼眶，不只一次偷探著人間的繁華瑰麗，沾溼了你原本璀燦的童話，湧入雨林深處，流到宇宙盡頭，滾滾騰騰。你就在繁華幻滅的地方暗自痛哭，無可捉摸的慾望，在淚水中明明滅滅；連淚水，也是死去的淚。

如今追憶起來，仍不知你是如何度過你的童年。在一座充滿花香的果園裡，沒有學校生活，沒有任何朋友，沒有人為你慶祝生日，連弟兄彷彿也不存在。廣闊的稻田，群山和荒蒼的原始雨林看著你成長，深知你的孤獨。孤獨本身就是你的人生，像群山林野一般地原始。

雖然命運注定你的盛年慘淡無華，你卻未曾用任何方式遮掩你純樸的窘態。人們對你人格上的歪曲，是他們自身的可恥。你就在他人忽視和歧視的眼光中，走過了蒼白的童年，卻一直沒有走入人間。

年近三十，仍舊是破碎的童話，你還在人間之外；神與獸，都只是門外的過客。你佇立在你內心的庭院深處，拒絕了解生命的真相，因為你本身就是生命的一種真相；而所有的美夢和神話，都是極其膚淺的祕密。就算菩薩再生、佛陀臨世，都無法更改你那被生命本體褻瀆了的命運。

其實，我們的人生就是如此，童話一般，魔幻寫實之極。

命運

命運，往往是偶然的，偶然地使你成為你，我成為我；否則，使我成為你，你成為我。

我們都沒有編寫自身命運和童話的權力，甚至連閱讀他人悲傷的能力也沒有。所有飄在空中的神靈、死在床上的人、落在荒野的狂雨，都與我們無關。

對你來說，這世界像一個匆匆的異客。一出生，你就拒絕了認識這位異客。你坐在蓮花寶座上，自我放逐。三千大千世界，十方無量諸佛眾鬼，都與你無關。你只是一個漠不關心的異客，不刻意悲壯，也不在乎寂寞。

早凋的花葉在暴雨中盤旋幡飛，你就在雨狂花飛的一個春天來到人間。和其他先知一樣，出生只帶給你非常短促的喜悅，或許沒有。全世界對你的悲歡置之不理，還嘲笑你的自我中心，且為你取了不少人格歧視的別名：智障者、低能兒、弱智、白痴！然而你也只是一個不問世事的異客，過境不問俗。說明白點，你並不屬於人間，一如靈魂不屬於軀體。

很多時候，別人故意嘲弄你，笑你白痴，你總是瞇起那雙扭曲的鳳眼對他們咧嘴而笑。你赤誠的笑容反諷了人們的鄙夷，你會向他們伸出手來，一求相握問候，從容地拍拍他們的肩膀，用你的語言表示你的友善和氣度。相對於你的人生態度，醜惡的社會和骯髒的文化在你面前只有自慚形穢。你不需要病態的人際關係，所有現代人的虛偽，你都不屑一顧。你如此在自己的潛意識中生活，無視於外在世界的醜惡與卑俗。這種人生態度，對我們凡人具有重大的啟迪作用。說來連你自己也不自知。

你知道嗎，你的人生是一種坦誠共認的詩體。你的單純構成了人生的一種藝術形式，以獨有的情感獨白模式而成為一個藝術家。我只是借助你來啟發自己，企圖為你的人生勾勒一個模型，用象徵去象徵自己，用命運去解構命運。

但是，智力做為命運的圖騰，象徵了我們的繁華人生，決定了一生的興衰榮辱。

宿命就是這樣造就了一切的荒謬。從你出生以來，現實便一再以荒謬的形式呈現在你面前，正好反證了你近於純稚無慾的內心世界。儘管無動於衷，你也還是純真地嘻笑，純真地哀哭。或許，就這樣也好。

平常的日子，我們把自己囚禁在複雜曲折的心理結構中。雨水飄打著原始的山林、物化的世界，也打溼了我們的心情。我們都離不開夢幻般的命運，就如我們離不開瘋狂的現實，而把人生視為荒唐的覆寫。

童年的寫意，如今變成連續不斷的追憶——滲揉著歲月的雨水和成長的淚水。駭人心酸的童話與寓言早已注定，無可挽回。夜裡，你照常用沙啞的咽喉表白心事，咿咿哦哦，論述你的命運，歌中大概有你的夢幻與愛情。在自己含糊的吟哦中，大概你已預先知道了自己的結局。

神靈如星子升起，瞬間即逝。晚雲年年飄來飄去，其中的心酸無人能懂。人生，歷史，慾望，在寂靜中自有喧嘩華麗的故事。烏托邦的童話世界始終是一種神話，那些從小就被遺棄的人，就在教人心酸的命運中，想著人人皆知的心事。

我們的一生到底有多少說不盡的心事，誰也說不盡：隨著朝生暮死的太陽放逐人間，自生自滅。而命運存在的意義，就是任我們自生、自滅。

寓言

不可信賴的命運，截割了你的歡愉，蠻橫地，盜取你深具寓意的一生。

金色大地，你是所有命運中匱乏的人。你的殘缺就烙在你的臉上，一張智障的臉，說出了你異客的身世。一方面，像流淚的天使，另一方面則像無父無名的孤兒。雖然如此，你也有著極其美麗的幻象，就在你的笑聲中生生不息，如一隻瑰麗的蝶，或一首飄渺的古典詩。此蝶，帶著莊子的夢幻話語，飛舞著驚人的訊息，雙翅拍打著雙翅，你仍然是你，滿足於無知無慾的世界。那些宛如月光的幸福感，幽幽暗暗，對於你來說，原來就虛無一物。

幸福的歲月是失去的歲月。普魯斯特在追憶他的逝水年華時曾感嘆道：唯一真實的樂園是人們失去的樂園。說起來，我們都在尋找人生的樂園，事實上卻是不斷地丟失樂園：一幕幕的童年歲月，一幕幕的歷史慘劇，流亡的人生，如元宵燈火湧列眼前。恍惚間失去了一切，失去了一生。

這一生，你是失去了一切。智障，令你失去所有繁華的圖騰，說出你隸屬異客的身分。這身分是精神層次上的一種孤絕。沒有人願意去了解你。所有人都為自己而活，活在某種神話之中，在某種程度上承受某種智障和盲目的處境，在即將永別的人間稍作停留，盡情縱慾。

幸福因而變成一種奢望，這正是我們擺脫不了現實，從而以此作為逃避的藉口。我們都在匱乏中原諒了自己。到頭來，裸露在各種不堪中，面對老來的殘缺。

殘缺不全的人生景觀，恐怕就是我們最華麗的生命寓言，構成記憶中淒美欲絕的裝飾品。生命的寓言，畢竟無法粉飾，完整的歸於完滿，破碎的償還殘缺。你的痴呆，論說了空無一物的寓言。繽紛華麗中的心酸，只有你自己曉得，千種嘲諷與狂歡都彷彿無法言說。這即是人生的主題。

我們在各自的人生邏輯中走到中年，歲月站在天使的那一邊，我們站在世俗的底層；可幸的是，我們還能夠用平靜的心情去對待命運與年華的遞變。

青春年華是如此美好，對於你卻只有諷刺的意味。身為一個智障者，沒有人知道你有多少的願望和憧憬；也只有你自己明白，你是如何面對你的夢想和現實的矛盾。如今，雙十年華已經過去，我們各有自己的心事，宛如盛開盛凋的花：強烈、細緻、深遠。

三十年來，你活在自己的婆娑世界裡，以自己的方式生活著。你的內宇應有獨特的山川天地：沒有科學、沒有歷史、文化、愛情和肉慾，只有莫名的寓言。也只有寓言世界能令你如痴如狂，語言和真理都顯得虛假和膚淺。在神聖的痛苦中，你保持無求無慾的高貴品格，在寂寞中過著自得其樂的生活。這一點，你比誰都好。

你注定失去你的歷史，失去自身的文化習俗，甚至說，你從來未曾擁有繁華人生。對於命運的安排，你沒有任何怨言。你安然在殘缺的寓言中扮演一位缺席者。出生以前，父母和天父對你所許下的華麗的生命寓言，終告崩解，你卻沒有一絲怨言。你安於成為一個歷史的缺席者，以缺席作為一種純真的反抗。

今天，世紀末的繁華堪稱史無前例，卻仍有千千萬萬流浪街頭的孩子，病了就睡在街頭，出賣純潔的肉體，言說不出自身的心酸。醒來，憂傷就飄浮在地獄的邊緣。好個太平盛世，竟成了腐敗的母體。天父所遺棄的子女，在殘缺不堪的命運中心酸地生活。繁華的盛世與他們無關，太陽死了，一切有光的物體都在自身的光芒中毀滅。盛花的森林，蔚藍透明的大海，金黃色豐收的田園，都在神話般的夢中死去。

卑微的命運自有卑微的寓言，很多人到死都未曾走入人間，亦未走出地獄。空曠幽絕之間，人生徹底空洞。寫到這裡，反思的墨水在筆劃間凝固，突然又思索起一些小時候的往事。那些不懂求生和求死的日子，真教人懷念。

貢品

那些遙遠的童年，快樂的珍貴來自於我們享有快樂的感覺而不自覺。那些食花的蜥蜴，採蜜的花鳥，成群飛舞的蜻蜓和蝴蝶，在我回到家鄉的深夜裡一再出現，滿室飛舞，彷彿時光倒流，說出童年時候你想要說出的一些話。

大概你已忘了，從小，你就略懂人情事故，也學會了偽裝。我們同睡在一張木床上長大，你已懂得隱藏心事，懂得掩飾你的寂寞。童年的時候，父兄離家在外，種滿熱帶果樹的花園，不久就野草叢生，季節一到，花香就從樹上飄來。大片的鳳仙花，大片的紫茉莉、美人蕉、胡姬和蝴蝶蘭，一年四季點綴我們的日子。偶爾，你跟著我到水塘邊，看我捉蜻蜓。我沒有在遊戲中預設你的角色，你便在翠竹旁坐下，炎熱的陽光燦爛異常，滿塘的荷花荷葉在微風中輕搖。我們的那口井，就在翠竹與荷塘之間，清澈見底的水面浮著幾片落葉。黃昏的時候，我們裸身對著滿塘荷花洗澡，清涼異常。毫無意識到，那竟是一生中難再的盛景。

隨著年紀的增長，我們都胖了，你赤誠的臉也不復孩童時候的天真可愛，我們都變得更醜了。滿塘的荷花和高聳的翠竹之間，坐著的不再是那口井，而是寂寞的你。你就坐在那裡，彷若菩薩坐禪，荷花凋零；蟬聲四起，在我遊戲的時候，聒噪地安撫你這位寂寞的菩薩。

繁華逕自歲月的彼端滑落，只給我們留下難以幻滅的、繁華幻象。

繁華俗世中，我曾力圖遺棄這精心創造的世俗世界，卻在懦弱和空虛中妥協了。相對於你，我的妥協構成了人格的脆弱和無情。若說你的人生空洞無華的話，那凡人的世界也只是多了一層繁華的表象，內在也許空無一物。

此刻我以自贖的心情寫你。千種命運，萬種繁華，你卻只有一種不變的人生：生命只是一齣虛偽的野臺戲。命運已為我們做好安排，連選擇自己的角色、性別、種族和起碼的肉體，往往都沒有機會。

從小，我們就要面對充滿壓抑的社會，想要逃脫被人支配的生活模式，往往都失敗了。如今追憶起來，壓抑感最輕微的日子，竟是支配性色彩最濃厚的童年時光。被大人支配擺佈的童年，壓迫感在我們對他們緊緊依賴的關係中得到了化解。人近中年，才發覺壓抑的可怕竟是來自內心：壓抑他人以求自己不被他人壓抑。

相對於壓抑文明，你的世界應是純潔無瑕的一種秩序，遠離一切的壓抑和語言。雖然如此，你還是備受壓抑和失語的痛苦。一直以來，語言就是文明的主體；也正是語言把我們貶為一種貢品，去祭祀我們的人生。換句話說，失去思維和言說的能力，也就喪失一生的繁華。然而，你卻藉此回到單純原始的世界，遠離世俗的人間。這樣的生活也足夠珍惜的，就算拒絕了語言的反思，你也能活得真實透徹。

偶爾我打越洋電話回家，會請母親喚你來聽電話，我們的交談不守語言文法，嘰嘰聒聒，你顯得格外的興奮。從某種心靈感應的角度來說，我們的對話就是一種心靈的交流。你知道我的心意，而我卻沒有十分的把握捉拿你的心情和夢想。在家裡，你的生活還好嗎？還常一個人在炎熱無風的午後，在街上無聊的閒逛嗎？阿獅，我很想你，你知道嗎？

再華美的生命寓言，對你而言都是借來的；活著，你只有獨自活著。人們的冷漠和歧視，大概已不再引起你的憂傷，而你也看慣了竊竊私語的人從你身邊走過，毫不在乎世人的猥屑。或許，你比誰都更早看透了人生。群山花開在你殘缺的童話裡，人間的繁華化著滿園飛絮，構成你生命的圖騰：破碎或圓滿，是好是壞，都是你一生的貢品。

《中國時報》，一九九四、十、十二~十三

■第十七屆時報文學獎：〈繁華的圖騰〉得獎感言

諸神的童話

生命本體是某種憂悒滋生與隱匿的場所，天生毋須語言，我們卻信仰無數的話語，又常恐慌自己不夠聰慧，卻又聰慧得有點可憐；而真正大智若愚的人，則可能只擔心自己不夠愚笨，不夠純真樸素。

此文就是在這樣的心理背景上構思醞釀；是暑假和冬梅從星馬旅遊探親返港後完成的。原本只是要投報發表，寄出之前，冬梅看了一遍，建議我不妨參加徵文比賽。而在香江，當時又無法確定何處有徵文可供參加，最後也只想到時報文學獎。

為了參賽，我把原文較跳躍性的意象和較具爭議性的敘述語言改寫或刪掉。謹慎之下，反而又稍嫌平實，連文本也怪我約束了它的生命力。

語言一直和我們有著錯綜複雜的聯繫。我謹以此文獻給我憐愛的大弟，他的憂悒，絕非語言所能分擔。每個人，也都只能獨自活下來，獨自完成或摧毀童話，沒有人來關心。我們遺忘了他們，他們或許並沒有遺忘我們。在智力的創傷中，他們雖然獨有自己的世界，卻只構成諸神的邊緣體。我沾滿世俗氣息的筆，自然無法全然深入諸神的內心，寫出的，往往也只是膚淺的感觀和匱乏的悲哀而已。

往事墓園

歲月的背影

逐漸繁盛的歲月裡，往事是記憶的肉身。有時候，人們無意間揭露往事的奧祕，其實就是揭露人生的庸俗、虛偽和鄙夷。

人生就在現實世界的邊緣，現實扭曲了我，進而諷嘲我。秋天來了，我分不清自己是靈魂的懺悔者，還是復仇者。當我審判自己的靈魂，我竟毫無感覺。我在有陽光的日子裡平靜下來，昔日的秋天還在記憶的窗口微微探首。潮溼的秋風划著圓弧撲向身影。我感到逐漸寒冷的風中隱隱蘊藏著熟悉而又複雜的滋味。

秋暮的晚燈亮起，便把我的記憶揉碎。古鐘依舊獨自掛在木牆上，長針指著歲月，短針指著往事，秒針指向人群。人們搬入鄉鎮，許多年後再遷入小城。日子在飄洋過海的老一輩身上逐漸蒼白、老去。自懂事以後，我就把老一輩稱為國王，稱自己為王子。在國王一手建立的城堡裡，王子看著國王的背影慢慢增添哀傷的色彩。我學會自己穿衣服，穿鞋子，更重要的是，我學會了控制我的淚水和哀傷。沿著國王走來的方向，學習摸清古老神祕的生命線。個體的成長際遇和文化的內在聯繫，為我指示超越現實社會的祕密。一條千變萬化的人生歷程，從此，四面八方的伸展。

在短小的迴廊上，我在剝落的城堡裡，以純潔的咽喉歌唱自己編織的兒歌。落地長窗外的碧樹和遠山，在往後十數年裡不斷的隨風搖晃，發出一聲一聲沙沙的呻吟。

注定披上白髮的國王和皇后們，他們的年輕時光接受了命運的安葬，無法逃避，也無從忘情。幻滅的歲月有如梵谷筆下那些無可慰藉的棕黃、橙黃、檸檬黃、金沙黃、硫磺黃的悲烈痕跡，竟然有點草率的嫌疑。

如今深秋遠逝，逐漸潮溼的北風湧過老教授的背影。所有曾經在故鄉門外蒼老的背影，幾乎都在憑弔一些無法圓滿的夢。老醫生的繁夢掉落在生命的年輪中，一圈一圈地磨滅。隨著年華凋零，生命的蒼涼逐漸累積，壓逼著逐年硬化的心臟。野外，海潮似的秋色撞入老詩人和老畫家的魂魄，秋風，秋陽，秋雨，秋月，秋林，無邊無際的晚傷日日夜夜浮滿靈魂的地平線。

古銅和黃銅色的往事，退隱到潛意識層中，如人們的原慾，不懂價值、不知善惡、不明道德。遇上壓抑的情境，內心如秋潮狂湧，湧起，湧落，聲勢無與倫比。這種痛苦的力量，使人們妄想尋回一些逝去的美好歲月。

年輕的繁華，在老一輩的心中淪為幻滅的帝國。若隱若現奔馳過內心的大海。那些被我稱為海洋季節的年輕歲月，裸著身子向我炫耀伊們迷人的背影。一些美好的生命足跡被晚潮捲去後，靈魂被大海染成晚潮的藍。老年的時候，人們獨自留下來面對歲月的謊言和倦怠的記憶。倦怠和虛幻交加的海洋季節，使我印證了叔本華的生命哲學：人生有如鐘擺，擺動在痛苦與倦怠之間。當人們把一切痛苦歸於地獄，剩下來屬於天國的只有倦怠。

歲月不免有一些醜惡。慢慢逼近的背影裡，我試著捕捉靈魂墮落的深度和昇華的高度，感到靈魂內宇的弔詭，乃是無邊無際。而早來的黃昏，或早來的秋，都是過長的一種祭典，只有加深守墓獸肩上的荒涼。

往事臉譜

當靈魂告別肉體，恐怕往事的臉譜也不會輕易從靈魂消失；因為靈魂的世界拒絕空白。記憶的力量使靈魂覺得幸福，同時也覺得心酸。

我的痛苦就是我對往事的迷誤，構成我懷舊的臉譜。每到某些時候，某種情境就會帶我回到記憶的最深處。在記憶的哲學中，我們必須有勇者的智慧和智者的氣魄去看清往事臉譜的生生滅滅，這種致命的人生現象，才不會成為我們的負擔。

往事的貯藏，往往便是命運的痕跡。

通往記憶的甬道，常有意想不到的起點和終站。或者說，腦袋裡有多少腦細胞，就有多少種遇上往事的方法和機會。我們只可以用意識流的方式去理解往事的歷程。搜索往事臉譜的歷程，不管是悔恨，還是欣喜若狂，常常都會令人心驚膽破，不然就是麻木不仁。

曾經活生生的人與事，在銷聲匿跡一段時日後，突然以意想不到的影像反射到內心裡，產生的幻覺引發非凡的情緒。這種情緒是一種珍貴的財富。事實上，人生的哀傷或慰藉，都可以在這種情緒中找到答案。

腦細胞雖然無限微小，記憶卻無限廣大，童年時候，我走過椰子樹幹的獨木橋，越過另外一個山莊到野外打獵。無數歲月流逝後，山山水水的臉譜變得格外神祕而動人。追獵的狂熱教人緬懷。我跟隨在大人們的身後，穿過田野、樹林、河流。我揮動沈重的刀，努力斬斷橫在眼前的熱帶樹木。熱帶森林的雜樹在陽光下晃動，我家和鄰居們的十一隻雜種獵狗跑在最前端，不時意氣風發的狂吠，狂野的奔馳，以紓解長期被囚困的靈魂。只有在打獵活動中，它們才被允許自由的奔馳，自由的發揮它們的想像力，以及追捕的獵物。在季候風帶著暴雨入侵以前，我就這樣和大人們三五成群進入森林裡。打獵的狂熱、自由、興奮，或許曾經讓我感到幸福過。然而這短暫的幸福，隨著小學畢業搬到東海岸後，就不曾再現。那些震耳的槍聲暴響在幽暗的森林裡，像十一月的雨雷，感動過我的心靈——我那長期桎梏的宇宙。

回憶的無意識衝動，像一群回溯的鮭魚，從曠闊的生命海洋游回當初離開的故鄉之河。一旦找到河海的入口，立刻毫不猶豫往上回溯，一心一意往記憶的故鄉川游。永無休止的摸索，無法理解的思維動向，都令我難以忍受。靜夜裡，鮭魚一般游回守獵的童年，好好守一場野獵，為當年的無知和稚情做象徵性的彌補。在細雨霏霏的清早，一覺醒來，突然想起遠方的母親，或者，在臨睡前回溯初次離鄉時在拉曼學院的那一段歲月，記起初戀情人，想一些瑣屑、一些不斷膨脹或者不斷收縮的心事。

人類回溯的衝動，不論瘋狂還是痛苦，都是一場生命舞臺的再現，一種季節的慶典。不同的季節有不同的慶典祭祀，不同的祭祀有不同的心情、淚水和歡笑。往事的墓園，歲歲月月總擺著形形色色的祭品讓我品嚐。而人們也在裡頭用年年老去的心情祭祀生命的繁華與哀寂。

世俗樂園中，人們致力拓展的一湖山水，在人們心野遠處等候主人的足跡。隔著荒誕的現實世界，世間一切存在的事物都是合理的這句名言，橫斜深淺擊痛生命的天堂鳥和我內心的山水。對於我，往事的魔咒恐怕會變成生命的悲咒，於是我清洗天地，準備到湖畔過一段長期的休憩歲月，找一處好山水躺在預設好的命運中，和一位長髮的女神在溫暖而優雅的陽光和星光下用餐，或散步，或探險，藉此悼念醜惡與聖潔的生命，以及所有曾在往事墓園中徬徨哭泣的靈魂。

《中華日報》，一九九二、一、二十三

月在海上

黃昏門上的眼睛

一九八二年的一個向晚天，南中國海岸的上空一片幽藍。我坐在長途巴士靠右的座位上，看見橋旁左右兩排瘦柱的晚燈，向著遠方的海口眺望，細碎的光影瀉在彭亨河的晚波裡，河與海遂成了光影一種無可迴避的驛站。

那是數年前我初次獨自遠離家園時的一個傍晚，多情而憂悒的藍夜迅速遮沒整個馬來半島。河邊熱帶叢林的輪廓一片蒼茫，展示出大地的挺拔與荒涼，很有一種凝重古遠的淒寂。我心頭突然映出一個女人在黃昏的大門外向我凝望的眼睛。

河與海的交接處，天空海水無限遼闊。海鳥一群群嘎嘎飛逝在暮色裡。一輪澄碧的明月，在河與海之間被一隻遲歸的海鳥從水平線下啄上海面。碧月以一種深具靈性的神姿凝望她的大海大地。對一個即將離鄉而去的少年，給予最後一次家鄉的凝盼。

這鄉土的盼注，從此便掉入我記憶的深井裡。我懷著智慧而又稚拙的幻想，以及各類堅強而又脆弱不堪的矛盾心思離鄉而去。靄靄晚雲，驟然印上心頭的是一雙靠在黃昏門上的眼睛。傍晚，頓時顯得異常孤寂起來。

這些年來，我對於她的思念，猶如當年掉入心井中的那輪碧月，噎在心口，讓我在獨處的夜色中情緒迴盪。無數次我往返家鄉與首都之間，夜裡一個人跑到南中國海的沙灘上，對著赤身裸體的大海，我仍似走在荒野的邊陲地帶，心中翻滾著現實與理想的取捨尺度。為了探索理想的真實性，我必須一再的離鄉，愈離愈遠。我對她說：「離去，並不等於失去。」我若無其事的向她揮手，微笑著，轉身擠入半島的心臟。在一座萬燈之城，開始在夢幻與生命交織的現實世界裡尋覓宇宙的本體。

寂寥的古畫

我來到標示著腐朽和毀滅的城市，和座落在半島東海岸的家園遙遙相隔，危聳的中央山脈阻於其中，歸鄉路是一條彎彎曲曲的岩熔的化石體。鄉愁的激情，是哲學家永遠無法解答的生命歷程。

我用望鄉的眼神刺穿玻璃窗口，看郁郁蔥蔥的原生林在眼前縱橫交疊。迴避過山脈的分水嶺，巴士打谷底蜿蜒地從東海岸轉入西岸。這時我內心總在盼望登上古老的頂峰，在海拔七千尺的古老山脈上向崢嶸千層的處女林眺望家園，登高探索我的命運。十二月，東海岸的浪潮在東北季候風中翻湧在遠古的海岸線上。海浪和它所蘊含的壓抑和哀傷，狂野地，一再拍醒灘上待潮的人們，也剝削掉那女子身上一絲僅存的豐腴逸姿。

近三十個年頭，至今還無法忘了某天傍晚，我身上滾滿了沙塵從村外趕回來，雙手握著一隻被我射傷而一息尚存的長尾山鵲，準備把野鵲關在鳥籠裡好好為牠療傷，無意間看見她靠在木窗前，神色哀戚。那時候，我們還未隨同父親遷居到東海岸，那女子平靜地和我們同住在西海岸內陸的一座稻鄉裡。

那天傍晚，那金色的憂悒的臉龐，那金色的畫像，以及那一抹金色的斜陽，濃濃地照上她額前的髮根，頰上尚未乾去的淚閃爍著蒼白的光。如今回想起來，一時還分不清是美還是哀傷。黃昏的風微微掀動起碎紅的窗幔，撩起她觸眉的黑髮，紅黑相映，恰是好看。眉間，流露一種河水般清澈而凝重的哀思。像漫畫中的公主，思盼些什麼的模樣。只覺得那是一幀充滿寂寥的古畫，畫中人和畫外者都會墜入一種遙遠的感傷中。

那年，我小學還沒畢業，我抱著不敢驚動公主的心情，默默走向院前的果園裡，坐在父親臨走前手栽的木薯樹下。鄉土的陽光，像童話的漫畫般美麗，透過大片大片的葉子，把我鼻尖上的汗珠染成金色而不圖回報。金色的古畫滲揉著勻靜質樸的記憶長伴著一隻長滿華麗豐盛羽毛的垂死野鵲。一路上，掛在往後數十年哀樂不定的人生劇場的中央。

雪白的童年

自從父親帶了大哥、二哥和幾個當時尚未出嫁的姐姐們離去後，偌大空曠的高腳屋任我再三的從大廳奔到後房，空空蕩蕩，呆望著父親走前才剛剛擴建好的兩間大新房，不知該編什麼藉口才能使自己搬進去住。晚飯後，大哥的簫聲不再悠揚響起，失去哀傷的調子使我無法進一步盡情幻想。我爬上小階梯從屋前大步的往後房走去，我設法讓木板沈悶的碰撞聲空洞洞地一再敲打我的耳鼓。直到我們全家搬到東海岸去，那兩間嶄新的大房間始終沒人住過。

想起來，那間有兩座落地長窗的舊房間，才是真正蓄藏了一些成長歷程中某些神奇的記憶。早晨，如果學校放假，醒來蹲在窗欄前，便可以看到她在園子裡走動的情景，身邊跟著一個弱少文靜的智障兒童。當年，我並不懂得一個先天性低能兒的悲哀。傳統的年代裡，像我那般年紀的孩子，上一輩的心事是絕對不會讓我們知曉的。

父親離去後的那幾年間，在廣闊的稻野地與原始森林間，那個女人守著空蕩蕩的大房子，那女子從未曾向我們兄弟表示過任何恐懼或怨言。然而從童年到中年，那女子從未離開孤苦哀寂的命運。我無法設想她曾有過任何美麗活潑的童年生活。在她的記憶中，童年恐怕只是一粒酸澀的青果。在剛剛該上學堂的年紀便被她母親帶進幽暗的椰林裡，椰肉一般無限雪白的童年，一片片便給自己挖空了。詩詞、胭脂、時裝、蜜月，絕不曾為她而設。

那女人，前半生對著的是馬六甲海峽，後半生面向著浩瀚的南中國海靜靜地守在一角。秀麗細柔的黑髮漸漸灰白。人類普遍的悲情慢慢被歲月賦上毀滅的美學藝術。青春不是人類永恆的神話，而是漸次絕滅的現實。一生脂粉幾乎不施的女人，無視於各種虛無膚淺的哲學和裝腔作勢的各類思想理論，她自有她的頓悟經驗。在世間，愈痛苦她愈能把握智慧的可行性。人間的現實是雙重的，她不曾在虛偽的都市裡沾過任何卑俗塵埃，一生依山傍水，青山碧野賦給了她脫塵的心靈。她的思想充滿了無數美學意蘊。她的生命，是雪一般的清白，無污無染。

海，你知道嗎？

在那段沒有大人在家的日子，我的生活沒有什麼改變。最好的消遣是一整天守在河田裡捉鯉魚，學會觀察一些魚類的生活型態。由於觀察有功，運氣好時手拿三五隻大鯉魚回來，說要吃咖哩，那女人便煮出香噴噴的咖哩魚；說要炸，她便在晚餐時端出熱騰騰的酸辣香魚。然而有一次，我和三哥不知道犯了什麼錯而被她鞭打了一頓，之後，還叫我們以後再也不准回來吃飯。

那時候黃昏濃濃地降臨在茂密的森林和空曠的稻田上。我們偷偷從大路上折回來，來到果園裡兩棵聽說有上百歲的老巨樹後，躲在巨木盤扎的粗根之間。天黑以後，森林邊的蚊蟲很凶，我對三哥說肚子好餓。他在黑暗中哄我說今晚暫且忍一忍，明早到學校給我買我最愛吃的雲吞麵。從不曾挨餓過的我，以為空著肚子也可以好好睡大覺，想到有雲吞麵吃便點頭說好，還連連警告他：別騙我喔！

那時候我根本沒有多餘的零用錢，也暗中懷疑三哥是否有足夠的錢買麵食。其實，後來我才知道他根本也不夠錢買麵。我十分感動於那小學還沒畢業的三哥所給予我的安慰。

那天，我們遠遠看著那個女人獨自靜靜地點燃起氣燈罩的煤油燈，慢慢地掛在客廳的中央。這些原本是我們的工作，在每個夜晚到來之前，在荒野中點起一盞微燈。黃昏的燈光微微瀉向木屋外，黑暗的天空顯得格外的巨大，到處都是夜蟲的嘶鳴聲，偶爾傳來二弟的歌唱，斷斷續續。直到屋子裡毫無聲響時，我們才偷偷地推開廚房的後門，以為可以瞞著那個女人回到房裡睡覺，卻一眼看見她坐在小煤油燈旁，望著飯桌上的晚餐，一動也不動，一句話也不說，我察覺到她臉上的憂傷，猜不透她在想些什麼心事。

晚來，我們兄弟倆在大廳的書桌上溫習功課，煤氣燈搖搖晃晃，三哥拿出一個小型收音機，小心翼翼地轉到唯一的華語廣播線上尋找翡翠廣播臺。晚上八點鐘，小說廣播節目一到，我們一人一邊把耳朵幾乎靠在收音機旁，似懂非懂的聽起愛情故事。第二天傍晚在田野釣魚時，還常互相推測和爭論當晚故事的發展或結局。

有一夜，氣候陰霾，野性的季候風往森林狂吹，波道嚴重受擾，我跑到院裡觀看園裡各種熱帶果樹搖晃的樣子，順便找個地方撒尿，因為撒在尿盆裡總覺聲量太大。我走過庭院，一眼看見一個女人站在兩棵粗壯的老樹下，抬頭不知在觀看什麼。我聞到風裡傳來陣陣榴槤花開的清香。當我也抬頭在夜空中尋找某種一時還想不起名字的幻想物時，一道強烈的閃電突然辟亮黑夜，遠山遠樹的輪廓匆匆晃動了一下，緊接著，雷聲喝地一聲猛轟而下。處在一半是空曠的田野，一半山野包圍的村落，黑夜裡的任何聲響都足以引起恐懼。何況，潮溼的季候性野風正朝著層疊的森林和葉群瑟瑟地吹。我的憂心來自內心雙重的矛盾心理：一方面渴望像大人一樣勇於面對恐懼，另一方面，退避到更弱小的形態來逃避世界的恐懼。

我趕緊躲回屋裡，在大門內探出小腦袋小肩膀向那兩棵老巨木的方向搜索。樹影參差，颼颼葉亂紛紛。我開口朝那女人招手，立在門旁等她回來。她蹲下，胡亂摸索我的臉旁和我的一頭短髮，喃喃低語道：

這邊的風雨再狂，也不會比山的另一邊的風雨狂。你老爸去的那些山林才多雨多風哪。別哭了，你老爸就快來接我們到山的那一邊了。山那邊有很大很大的海洋。海，你知道嗎？很藍，很美的！

白樹上深情的刀痕

就在我小學畢業的那一年，我們全家正式搬遷到風大浪大的南中國海岸上。開始另一種與水稻鄉野完全不同的生活。對於那個女子而言，命運是沈重不過的。在搬到東海岸之前，小弟竟患上現代中西醫皆束手無策的癲癇症。二弟的智障和小弟的不幸命運逐漸賦予我精神上的挫折，生命成了被孤立、被挑戰的荒誕總體。在我對人生和命運一知半解的年齡，增添了一份憂患、憤慨、譴責的複雜心態。

翻越過黛色參天，夏木婆娑的中央蒂蒂旺莎山脈的另一邊以後，父親因為忘不了膠林的氣息，把剛剛整頓好的生意交給大哥打理，獨自跑到離海岸線五十餘里的小山鎮，一個人住在鎮角盡頭的一間木屋裡，親手打理一段二十餘英畝的膠園。再度使剛安頓好的家再次成為沒有男主人的家。

我只到過那座膠林一次，幾年後生意幾乎失敗時，忠厚的父親在親戚半哄半騙的情形下把膠林賣了，卻只得到一少部分的錢。一生的儲蓄毀於一旦，我無法捉摸父親的痛苦，及其承受冷酷現實的能力。後又因買土著保留地——非土著無權擁有、購買，被騙之後鬧了自殺風波，平息後家人再也不敢提起此事。那一次，當我來到膠園，正逢膠木換上新葉的季節，黃葉落得遍野一片灰黃，枝梢新綠滿目。父親喜形於色，因為換葉之後膠水便又將豐盛起來。晚晴中，我想起父親赤著雙肩的汗水味，忍不住要掉下淚來。

斜陽漸暗，我和父親走在破碎不堪的樹影之間，腳底一層厚厚的枝葉被我嘩啦嘩啦踩得痛不欲生，無限性的內宇憂傷在動脈內無限強化。神靈與魔鬼從此同樣令我痛恨。父親帶我走過廣大膠園的一個小角落，路上，一棵棵膠木以左右相同的距離整齊地栽植在起伏不平的山坡上。從多風的山頂望去，樹白葉郁，白樹幹上一道道的刀痕，竟像是老人家身上的皺紋，顯得黯然神傷。

而那女人的肌膚，也逐漸被歲月的刀鋒刻上了線紋，如白樹上深情的刀痕，叫人觸目驚心。一個女人為一個家庭成長所付出的一切，甘苦，只有她自知其味！她夢幻般深不可測的力量和強有力的淚水，在毫無神恩的導引和保護下，把平庸無情的現實世界推舉到至高無上的生靈層次之中。

花訊播種的年代

在他鄉的靜夜裡，記憶的井水往外湧潑，清冷、峻嶒、甜酸滲雜。如今，在離那女子已是如此遙遠的城市裡，沒有人要求我必須留下，也沒有誰指引我必須前往何方。我告訴大學裡的朋友：

這是花訊播種的年代，我們從那裡來，未必就會回歸那裡。

人們致力追求各種各類激烈的想望，而理想主義的願望卻越來越變得膚淺。在生命豐收的季節到來之前，許多時候，人們都在品嚐苦難的果實，一再體驗和至親的人分離的淒澀滋味。憂傷的情感現象，在現代社會裡變得格外的平凡與混亂。思念往往成為一種象徵的宗教儀式。

海藍色的地球在星群裡孤立，人類在人潮中孤立，這是大人們的矛盾心事。就像童年時候的神話故事，有了王子和公主以後，魔鬼和巫婆就會出現。從小，我們就不斷學習和認清人類內在的雙重矛盾意識。至於我童年舊事中那位流淚的公主，已化作不宿的神禽鼓翅而飛。從中令我想起許多小時候我所不曾知曉的，有關成人世界的心事。

我在戊辰年即將來臨的前幾天回家。吉隆坡正大事盛妝等候那年龍年的到來，我無心垂顧。回程的路上，膠林遠山一大片一大片的紅了、黃了，山火一般的燒起，弄熱了我的眼眶。我又想起了海洋。那些曾被某些女人的淚水染成深藍色的南中國海。

一九八二年離鄉前夕，我立在娟柏塔海灘上，在細沙越來越薄的海灘上，那女人對著茫茫無緒的大海說道：

你要記著，南中國海曾看見你外公飄流他邦的背影。

大海不斷湧來的驚浪，都湧到我們蒼白的足前倒首痛哭。海上一輪明月以分不清是哀傷還是憐憫的神色緩緩升起。月光照在當年飄洋而來的先祖們，他們遙遠滄桑的歌聲無窮無盡，神色裡佈滿致命的、歷史悲劇的矛盾事件。我看見他們的身影無邊無際，靈魂交織著孤獨的異鄉色彩，在浪頭前倒首慟泣。

在現實生活裡未曾與我相見的外祖父，曾對這女子說起舊大陸的家鄉景色。當她提起大陸的山川故鄉，好像曾經無數次到過那美麗而荒落的地方，熟悉了那裡的山色和水聲。從此，碧藍淺紫的遠山，便成了我在外鄉辨認鄉園的顏色。

最真實的女人

對於象徵世界裡的我的鄉園，我認得的是山的容顏；對於這個女子，我認識了愛、痛苦和思念的力量。

那一個午夜，一九八八年的五月，我來臺北的前一年，我立在家門外的街燈下，不必抬頭，我也知道我家的上空，這五月的赤道夜空，正是天蠍星座展姿的原始殿堂。天蠍星屬於我，而位屬天蠍座主星的安特勒斯也屬於我。當天蠍座東昇時，獵戶座就必在安特勒斯星的逼視中慢慢消失。位於黃道十二宮中第八宮的天蠍座，是天體裡所有星座組織中最為雄偉的藝術標誌。散放猩紅色光芒的安特勒斯，又名星宿二，是黃道星座中最明亮的恆星，也是人類所知體積最大的恆星之一，直徑比太陽大六百倍，距離地球四百光年。這顆光度比太陽強五萬倍的安特勒斯是古希臘的戰神，是宇宙見證我誕生到人間的第一顆星。

在我無法言表的靈魂總體中，我也確實知道那女子在我生命中所佔據的偉大地位。她是人間一個見證我誕生到這星球上最真實的女人。我要運用一種介於童年和少年之間的單純情懷，不受任何汙染的天真形式和語言，來訴說這位平凡中飽受世界遺忘的女人。好讓日後她將不再被遺忘。

她曾經愛過，曾經真真實實的年輕過，在現實與靈魂的神祕領域裡，她領導我如何深深地愛人與被愛。她對於我，就像安特勒斯星對於天蠍座一樣重要。沒有星宿二的紅色光芒，天體中的天蠍座就要解體、粉碎。而我對於她，卻像月在海上，倒映在海面上的月光竟是那麼極度的虛幻、飄渺、無常、微小。母親，請告訴您世上的孩子們，一輪明月的影子該從何去填補遼闊無涯的思情呢？

原刊《南洋商報・南洋文藝》，一九八九、四、十一
《臺灣新聞報》，一九九三、五、二十一～二十二

魔幻人生

相思樹下的晚宴

我知道，我就是魔鬼，魔鬼有無與倫比的智慧，卻無法使自己成為天使。

我以偉大的哀傷走進世間的紛亂，懷著非凡和平凡的夢幻成長於馬來半島的熱帶森林、田野和城埠之間的那些日子，魔鬼和靈魂養育我長大成人。

成長的年代和多元種族的社會發展史，曾被我的魔鬼喻為意義非凡的史詩，而魔鬼的衝動使我產生完美壯麗的幻覺，藉此來嘲弄我的人生。

在現實與幻覺融合的一剎那，我注意到人們的眼瞳閃爍著悲愴崇高的淚水。很多時候，淚水是很有文化的東西，很懂得我的內心感受，也懂得安撫魔鬼。倘若遇上晴朗的夜晚，我禁不住會以為自己擁有先知般的智慧，卻又阻止不了靈魂的墮落。

靈魂的哀傷由魔鬼一手調養而成，這種人類大哀傷支配著整個宇宙的動向。在人類成長的過程中，魔鬼的自我認識是大哀傷的根源，這些都有歷史的幽靈可以見證。

首先，天下所有非凡或平凡的男人還可能記得他們踏入少年的那一天清早，以及那種無以復加的心情，就是那一天，生平第一次無意中懂得了發洩性慾的喜悅與哀傷。憂鬱的男人從此開始對人生產生悲豪的幻象，也就是那一天晚上，我閱讀到拿破倫率領大軍從埃及的金字塔前踏過時，高喊道：

兵士們！正在對你們致敬的是七千年的歷史！

情慾這回事，往往是愛情的種子，把我從年少帶入成年，讓我在勃起的夢中認識到情愛的可塑性：可以是非常神聖或卑鄙，也可以是非常肉慾或純真——像千年的巨蟒，在我年輕無知的體內甦醒，緊緊纏著我的靈魂，要我體驗生命的現實與虛偽。

古來的英雄好漢，都逃不出情慾的誘惑。回頭看看數千年來的歷史人物，大概沒有誰願意在陽光月色中空度歲月。各朝各代的帝王，大概都沒有虛度他們的人生。他們的縱慾，是為了尊重原始的本性和自己的情感；而禁慾的太監或修士卻是為了尊重他人的本性和異己的情感。

不管縱慾或禁慾，生命的悲情就在其中。個體的哀傷一點一滴落入宇宙，人生不過如此。

如今，傷逝的少年已無影無蹤，魔鬼和靈魂交織的心思愈加複雜起來。

幻滅的年少歲月，曾是男人們最心疼的國度，那是一場相思樹下的晚宴。模糊不堪的歲月，我在一場黃昏雨後的路上，走在影子的心臟上，迷惘的令人發毛。

掛滿新月形的葉子的相思樹下，我常和大學的朋友共用晚餐。有時在雨中撐傘買膳，或在太陽傘下的小圓桌上，和歸國的友人喝啤酒歡談。細雨落在古老的赤道，從傘緣輕輕滴落。記憶，變得深邃起來。

平淡的日子，在充滿雨水的記憶中，賦予我神話一般的快樂。

相思樹下的雨絲，滴下相思的雨。我寧願僅是一個單純而快樂的魔鬼。靈魂與情慾的毀滅，留給虛偽的上帝去處理。而大量的謎題，無盡延伸的謎底，卻有待我們用盡一生，去理解。

我始終無法忘了相思林的前方，那種被大地放逐的海潮聲，那浮滿年少影子的南中國海的海水，在某種意義來說，都是被我逐出靈魂的淚水。

被逐出靈魂的淚水

人生這場生死愛恨的遊戲，誰又曾盡情盡意呢？

對於我，少年時代究竟是迷誤的開始還是終結，如今還是個謎。度過了數學、幾何、物理、生物、化學、史地、文學、經濟學和社會學的學生生涯，繞了一個大圈，才選擇了文學和學術做為當前的人生方向，卻驚覺生命竟是一群迷誤的魔鬼，定下心後，這場迷誤才正開始，而不是終結。

不知是幸還是不幸，我的寫作命運竟然和文學體裁中的棄兒——散文——扯上關係。經過這些日子，才相信我走過的人生就像是我寫過的散文篇章，懷疑命運是無從逃逸的國度，不禁為魔幻模式的人生感到微微的荒唐和可恥。

這棄兒的命運，悄悄化作淚水被逐出靈魂。其實這魔鬼的弔詭並不陌生，就是人們的哀傷、人們虛幻的人生。

我們生活在語言符號和充滿象徵意味的世界裡，生命本體逐漸被混亂的各種文體所宰割。可能是現實生活太過寫實，我們不禁深深迷戀一種虛構的生活方式，追求虛構的情結，藉此忘掉真實的自己和內在貪婪的魔鬼。

我們供養在內宇的魔鬼，是非常現代化的一種產物，祂們飄浮在世紀末的城裡，為遠遠離開了文學和詩學的群眾哭泣。走過現代文學史，散文幾成文學形式的末流。小說可以嚴肅，詩歌可以嚴肅，唯獨散文被逐出文學的殿堂不能成為嚴肅的文學形式，而且被軟性輕薄的花言巧語給強暴了。

功利主義的群眾，只想感受膚淺的人生，以及觀賞現象世界的外在形態，造就了臨摹現實世界和生活表態的文學風格，把文學當作人生的寄生物。

另一方面，散文也成了記載和發揚知識的文體，喪失了文學主體的靈魂。當社會群眾不再關懷個體生命在整個宇宙和人類的命運中所承受的重量時，一種精神侏儒化的先兆，也就在魔幻人生中隱隱乍現。

人生的魔幻影子就是文學的影子，是人類的魔鬼和人類的靈魂對話的舞臺。

做為文學意義的散文，乃是為了記錄生命和生活的本質而出現，不但探索內心世界的宇宙和永恆的憧憬，而且具有詩神的血液，一如諾瓦利斯的話：「越是富有詩意，也就越是真實。」書寫因而往往無法專注於瑣屑的現實，反而描繪了深沈的生活、歷史、命運和現實的輪廓，在內外平衡中藉此展示人類的命運和夢幻，以及魔幻人生的偉大和卑微。

我隨著魔鬼，直入人類孤島的內心，搜索慾望、希望、愛情、虛偽、幻滅、生命、死亡、邪惡、聖潔……

文字把我帶入一種魔幻寫實的情境，把我的思維和情感在語言中淨化。語言和文字，無疑是最有權威的東西。我試圖建立本身的敘述方式，設計我獨有的敘述語彙，以表達我所理解的世界構圖。

在我走向語言化的世界，我提煉一套介於抒情、敘述和論述的獨白模式，以反叛膚淺稀釋的書寫。虛構的分崩離析，有朝一日將淪為下品。對於執著書寫的人而言，書寫是另一種更為真實的人生歷程，更具有無與倫比的權威性。

用書寫的模式看待人生，將在閱讀與理解中找到慾望的主體。零散紛亂的人生構圖，或許可以因此而重組：超現實的感觀其實就是現實的昇華。而這種昇華，未必就是虛構。

二十世紀初葉，文學評論者兼小說家弗吉尼亞・伍爾芙曾尖銳地指責弗斯特把文學的美學觀念和生活觀念相對立，而強調文學創作必須超越現實生活之上，必須比現實生活更自由圓滿。換句話說，文學和生活的關係是間接而非直接。文學是一種完滿的國度，做為孤島形態的靈魂，循著超越日常的思路以達到終極真實的生命本質。

文學創造和藝術創造所賦予人類的生命是永恆、無可替代的，而且是獨一無二的。這和科學或知識的發現大不相同，美國心理學家阿瑞提在《創造的祕密》中說得好：

毫無疑問，如果哥倫布沒有誕生，遲早會有人發現美洲；如果伽利略、法布里修斯、謝納爾和哈里奧特沒有發現太陽黑子，以後也會有人發現。只是讓人難以信服的是，如果沒有誕生米開朗基羅，有哪個人會提供給我們站在摩西雕像前所產生的這種審美感受。同時，也難以設想如果沒有誕生貝多芬，會有哪位作曲家能贏得他那第九交響曲所獲得的無與倫比的效果。

文學祕密的發現與創造，其實就是神和魔鬼的發現與創造。散文被遺棄的命運是冷酷的。二十世紀末的散文，將會繼續發展自身的人格，而且會不斷自我超越，進一步走向史學和心理學的曖昧領域。這也是伍爾芙在近一世紀前對於西方小說的期許。人們的美學觀念應由客觀世界轉向感受客觀世界的靈魂，展現神與魔在日常生活中和歷史文化的對話。

創作活動由外在世界的臨摹與分析轉向主觀意識結構的表現，捕獵瞬間的生活印象，將似魔似神的印象和記憶加以昇華，加以哲學思考、提煉、抽象、精化和詩化，以達到文學概括性的目的，並以此做為生命的原子群去見證所有曾經獲得和失落的魔幻情境。

荒月人間

想要擺脫現象世界的紛亂和不安的衝動，常使我產生無止境的傷感。這種感覺，我稱之為生命的孤獨形態；畢竟，成年的感覺比少年更加孤獨。

這是靈魂發現自我孤獨的世紀，發現年少不再的世紀。人們矇矇然度過了精神分析學家所謂的口腔性慾期、肛門性慾期和陽具崇拜的歲月，親手終結了嬰孩自戀的神話。接著又結束了性感潛伏期的童年時光，然後才昂然步入意氣風發的青春期。

黃金的青春期間，精神分析學家說生殖器在此期間具有無上的權威。據說青春期的正常發展將塑造完美的理想人格，讓人們在社會、心理、生理上都達到成熟完美的境界——文學史的發展何嘗不是如此。然而，往往在人們達到完美成熟的境界之前，少年帝國便已宣告幻滅。人們於無奈中紛紛被逼背負起青春時期所全力反抗的社會責任和人生的重擔。

先知般的魔鬼於是帶領一些將要踏入中年或老年的人們，以一種痛苦的思緒再次憧憬青春時期未曾實現的神話。這種神話，自然也是孤獨的國度。在孤獨中，人們發現了真正的自己。

在命運和內在靈魂之間的裂淵，引起人們無以言表的夢幻和慾望。少年一過，我奔走在荒月流瀉的人世間。在一處海外華人聚居最稠密的國度，我依稀還看見武陵蝶漸飛漸近的丰姿。漸漸巨大的體形逼進眼前時卻竟然是一大群魔鬼蝠，顫動的雙翼長著虛偽的臉譜，聒噪凌厲，帶著天和地的重量向我撲來。或許，這就是年少不再所賦予我的幻覺。

那些年代，流落在海外的華人，除了新加坡之外，只有在馬來西亞唯一稱得上佔有多數人口的地位。多數人口的地位，處境卻是少數人口的。這樣的社會背景構成我成長的歲月。那時南洋的華人街景不時飄過林黛的歌聲。懷舊的人想起舊日，不免有些惆悵。孩子們在窄小的後巷遊戲，穿著吊帶衣褲或者赤著上身放肆的奔跑叫喊。陽光充滿了人聲，後窗的廚房有人影晃動，巷中一個赤著上身的漢子揮動著優雅的手勢清洗老舊的三輪腳踏車，一陣陣水花隨著林黛幽怨的歌聲撥弄著整條後巷。樓上，一扉扉的長窗敞開，一根根黃竹竿掛滿汗衫褲群，為單調的後巷增飾一些淡淡的色彩。女人在後門口淘米洗菜，餵食雞鴨。收音機的聲浪一波波湧過，幫忙家務的少女留著兩條長辮子，把褲腳捲上膝頭下，亭亭玉立哼起了情歌。大風吹過，野孩子用力往水桶一拍，激起一片水花，然後一溜煙跑出了巷口，惹來女人輕輕的叫罵聲。這時，爆蔥味和炒菜香遠遠近近從後窗傳出，飄過女人們的手指和髮絲出了街道。

雨樹椰影婆娑的赤道，華人鄉鎮像雨林般自由自在的建立起來，毫無約束的發展，街道，牌樓，河的兩岸搭起木橋，街上鋪上黑黝黝的柏油碎石。新的人生，在南方的街頭開始了：那是我父母成長的時代。

大戰前後興盛起來的城鎮港埠，有著熱帶人的性情，即不虛偽也不奢侈。這種近於浪漫主義的性情，對老一輩的拓荒者來說，可能是嘲諷的，也可能是悲壯的。六十年代初葉生於海外的華人，正好趕上浪漫主義最後的餘溫，養成一種善於狂歡和憂鬱、迷惘和嘲弄所調配而成的性格，遺傳了給我，卻被我天真的魔鬼和頑皮的靈魂當作上帝賜予的玩具，給撕裂了。

黃昏時候，回教徒的禱告聲從回教堂白色的塔頂上傳到遠方。一股古老東方帝國的哀傷湧上心頭，神祕、曖昧兼而有之。這種心情，大概也只有自己懂得。

老來的生活對老來的人，也是無法和他人分享的生活模式。戰亂的時代過去了，吃稀粥菜脯、啃蕃薯地瓜的歲月不再，然而，日子竟然老了。

不堪言述的魔幻人生如此寫實。戰後的老人，不願再回首戰亂情境，心事也不願被戰後的年輕人所理解；而戰後不曾被炮火洗禮的人，也避免提起戰前的荒月人間，無所謂罪惡，無所謂心酸。

戰後的人生，生活的魔幻意味依舊風姿猶存。荒月荒荒，人間不過是永恆的一種海市蜃樓。我逐漸接受了靈魂的自我嘲弄是解除一切哀傷的事實，從而也慢慢學會體驗與世界融合的樂趣。

《臺灣時報》，一九九二、五、七

孤獨之幻

靈魂的憂傷

如今我居住的城市，街道各自承受各自的冷漠。美麗寧靜的森林線，在城外很遠的地方。孤獨者，沿著人間的季節四處徘徊，紅檜木和銀杏樹的葉群壯麗墜地，孤獨者彷然記起內心靈魂的憂傷。

暗夜裡，人們逐一化為百獸，依稀感到現代都市的憂傷景致，四顧惘然，滋味並不愉悅、也不悲切。

在幽暗冷淒的夜裡，城市的視野闃寂無聲，孤獨者看見人們厭倦了文學和詩學的日子，落落大方懷著魔鬼的柔情日夜追逐雙重靈魂的生活，一心一意在物質文明的落葉層上覓食和遊戲。今日、明天、前世、來生，濡溼的人生慾望和龜裂的肉體被一種異樣的柔情撫摸著。莊嚴的生命幸福感在這樣的日子中淡淡異化，恰到好處地嘲弄人們的尊嚴和苦難。

醜陋的霓紅燈，惡毒的車潮，奸詐的愛情，以及各種無以名狀的東西在孤獨者的心底壯麗墜落，恍恍惚惚像是北半球秋天的落葉，漫天飛舞。

有什麼力量能賜予我合理的人生？什麼因緣才能讓心中的魔鬼不再對著曖昧的靈魂痛哭、或者威逼利誘？在月光微寒的暗夜裡，孤獨者處於不確定的領域邊緣，企圖為自己消除靈魂的憂傷。

我逐漸分不清幻覺和真實，我在夢裡感到自己已經失落體驗幻覺和真實的能力。現代主義者宣告一切夢幻都建築在現實的泥土上，現實則存在於夢幻之中。我迷失在世事無常之中。在這年代，北方吹來一陣迷途的風，你感到世間沒有一件事可以確定不變，或者更確實些，這一生中沒有什麼是可以令人確定的事物。

在夜晚的幽暗深處，我立在城邊哭泣，不是出於哀痛，而是由於釋然。

我來自南方，有些人來自海峽的彼岸，一些人的來處則已不可考知，或許來自前世。不管人們從何方而來，柔情而孤獨的魔鬼就在人們一生中來來去去，帶著祂滿懷的淚水守候在人們充滿幻覺的一生中。每一回，當魔鬼探訪心靈的時候，都會為我帶來一些意想不到的禮物，以掠取我的幸福感——有時候是慾念，有時候是病痛，有時候是仇恨或頹喪。而每一回，我的肉體都幾乎毫無怨言的接受魔鬼的柔情與施捨，所有的歡愉、痛苦以及一切有關人生的憂傷，我都默默承受，無法言語。

如今，我居住的城市失落了詩意的夢幻。孤獨者在城裡的燈火中忍受過長的憂傷，而魔鬼仍然賦予世間永恆的壓抑情境，這種生活模式和人們原來所憧憬的詩意正好相反。人生，就在憂傷的暗夜中，成了魔鬼的貢品。

孤寂的命運

人們可以無視於死亡而歡度餘生，卻往往無法忘懷靈魂深處的理想世界。對於年近中年的人們，愛慾與壓抑凝聚成心靈的現實；內心失去了平衡，對人生與自我都感到十分的疲倦，而千緒萬端的人生想望則在激烈翻湧。

孤獨者驚覺本身竟是不倫不類的搜尋者，不清楚自己失落了什麼，或要索求什麼。我和人間的孤獨者處在靈魂與魔鬼之間，忍受著現實世界那種不卑不亢的精神顛簸。幸福的面紗逐一在歷史中被撕碎，替代的，是孤獨而寂寞的淚水——從個體到整體，心靈的創傷不斷擴展。

在微弱的月光中，魔鬼曾用祂甜蜜的淚水安撫過我的寂寞歲月。我看到人們在希望與絕望之間追逐幸福的影子。幻影重重，我逐漸也開始關心起希望和失望的得失。荒月人生中，紛繁的心緒難免會做出錯誤的抉擇。某些錯誤的判斷導致了心靈的痛苦。人生，往往就跌入幻滅的苦難中。我不知道我會不會面臨這樣的人生臨界點，然而我擔心它的發生。如果有一天我面臨人生理想的幻滅，我希望魔鬼將不再用祂豐盛而甜蜜的淚水來加以慰藉，而是用死亡來埋葬我內心的孤寂與憂傷。

在紛擾的日子裡，我看著人們自我解脫，也看著人們自我囚困，麻木或善惡渾然不分。人們在物質文明和精神文明的取捨或者兼取之間做痛苦的思考，在墮落與昇華的天秤上，活生生和整個宇宙的運作一起掙扎。偶而驀然回首，童年的風姿一一湧現，紛亂的記憶夾雜著孤獨的圖紋。昔日的歲月連根拔起，染白母親細細的髮絲。直到細髮白去、脫落，靈魂的自主或奴役，只怕仍然不分。

今年的冬季已經過去，深夜裡，微涼的春風從北方吹起。一抹荒煙，月將沈，人們安然接受命運的安排，經歷過百緒千情的試煉，人們安於接受超人的痛苦與孤獨。

人們求仁得仁，並藉此換取個人的榮辱。

在一個冷清的深夜，一個初春的夜晚，我感到自己像是野外的一潭湖水，孤獨的湖水不斷承受夜雨的擊打。整整一夜，夜雨帶著優雅的文化風範落上湖面，安然地告訴我一些話，想了整晚的心事。孤獨者冷靜地面對心中的魔鬼及其柔情，執拗地和祂對話，然後放縱的在湖水中回泳，感到異常的舒暢。

那夜醒來，我再次解放了囚禁在心中的魔鬼，或者，換句話說，是魔鬼解放了我。但這並不重要，更重要的是我發現了魔鬼的重量。人們心中魔鬼的重量，相等於全人類的夢想。一切人們的夢想、慾望，都是魔鬼意圖掠奪的對象。而對於孤獨者而言，他們一生的孤寂就是一個銀河的總和。我內心感到一陣莫名的滋味。

《臺灣新聞報》，一九九三、四、八

隔世靈魂

迷離南洋，鬱愀的赤道森林邊緣，貧窮和霍亂以夜色降臨大地的速度蔓延馬來半島。二十世紀中葉，粗獷的熱帶舊世界風情，對當年浮沈在拓荒時期的外祖父來說，無非充滿著難以言述的悽惶色彩。一九五七年馬來亞獨立前後十數年間，緊接第二次世界大戰日軍在東南亞的武力剝掠和經濟破壞後，共產主義的幽魂，鬼魅似地一度瘋迷不少南渡的中國人。

永不饜足的政治野心家不顧靈魂的正義和人性的善美，背對著黑夜的南中國海洋進行起革命活動。在這樣暗淡的時代背景下，我的外祖父，一個鄉野凡夫，在種族主義顛覆人心的一個凌晨時分，被馬來亞共產黨游擊分子以亂槍射死在家門外的木橋上。

那時，溫暖的太陽還沒升起。

外祖父暴斃那年，母親才出嫁不久。那年我也還未出世。一縷隔世之魂，牽扯在蒼茫的人世間。人們繼續辯論真理和悲劇的意義，有關政治體制，經濟策略，社會思潮，以及民族的榮耀與傷痛，仍然成為二十世紀的辯論主題。至於那些死在戰亂中的人，人們嘗試把生命中無法洗滌掉的記憶變成永恆的思念。

猶如靈魂對於肉體；愛對於戰爭的意義一樣，外祖父如何成為一個巨大的象徵性形象，自己也不太清楚。這個我從未見過面的人，在偶然的情境下引發我極大的追索與懷念情緒，成為我童年以來一個幻夢的圖騰。在生命的線條中凝聚成一種神話的象徵。妄想如煙。童年時代成長歷程中各種匆匆的際遇，都足以讓我潛意識地牽動起對他的追思，千回百轉，那幻象一旦浮現心頭便十分堅韌，十分淒迷。

這一縷思念的靈魂雖未曾體現在生命歷程中，卻對我產生難以意表的思慕情結，催逼我去正視人生、生死。這種思慕的幻夢與探索既不是文學或哲學性的思維，也不是社會學與史學的想像，純粹是個人對於生命和命運悲劇的感懷。

我對於外祖父唯一的印象是從那張他和外祖母合照的相片中得到的。人類對命運弄人的神話，往往容易陷入迷思。也許命運因緣叵測，注定我不能一睹外祖父的眼神。

相片中的外祖父有著一對洞悉命運與荒謬的眼神。盛華年華，外祖父一身西裝窄口長褲裝扮，立在香妃古城的麻河岸上，風流微露，那身影像是失傳了的神仙人物。

這張黑白照片聽說是外祖父的生死友人——鎮上首富的兒子所拍攝的，一直被外婆珍藏著。記得有一次外婆病重，把這張照片壓在枕下。有一天我將掉落在床角的照片撿起，交給外婆，外婆望了我一眼，恍惚的目光飽含歲月的慈悲。天堂鳥飛離傾圮的園林，迷失在恍惚的眼波中：

那時候，你歹命的媽在你這樣的年紀，每天天未亮和她大姐跟著我到椰林裡幫忙挖椰肉。生命的辛酸就像椰肉一般的雪白。你外公，什麼也沒留下，連記憶也是空白的，只有這張照片還能挑起一些生命的滋味……

依稀還記得照片中黑白的雙人影和山川重疊，沒有玫瑰花叢，也沒有婆娑在季候風中的椰林。外婆床頭的窗前，黃菊花和紫紅色的九重葛零落如煙。從花瓣到花瓣，遙遠的記憶傳來童年時候渡麻河去探望外婆時山聲水聲撞擊的音調，蔓延成童年的節奏，色彩冷暖不定。外祖父的清魂攀纏在童年的成長歷程中，很沈重的滲透記憶，直到童年的宇宙湮沒在少年時代的現實世界裡。

成年以後，我推測那照片拍攝的年代，可以追溯到二次大戰日軍撤退前的蒼涼歲月。二十世紀中葉亞洲荒誕的政治抗爭，有如一場巨魘在東方人的靈魂深處烙下永難淡忘的傷。單就東南亞而言，自從共產主義乘虛席捲了中國大陸，東南亞各國竟無一不被共產游擊隊帶入恐怖的黑暗年代。從此海外華人和東南亞土人的緊張關係，在此共產主義思潮的陰影下進入新的衝突層面。令人迷惑的年代，外祖父像許多南渡人一樣，不是在蒼白的年代中顛仆浮沈，就是在人性的尊嚴前吸取了苦澀的體悟。

在這足以教鬼神迷惑的時代，碧綠的故鄉麻河閃爍著眩目的荒涼。

在貧富不均的苦難年代，孤寂感和憤懣是難免的。神話繽紛的老麻河兩岸，亞塔屋，檳榔樹的影子上都曾留下外祖父孤寂的足印。起初，叛逆的外祖父也迷惑在共產社會主義的均權理想中。為了資助馬來亞人民解放軍被英殖民軍圍困的苦境，外祖父招集鎮上的膠工，系統地把米、油、衣物和文物資料藏在裝載膠汁的膠桶中，在天亮之前載送給森林中的馬共游擊分子。沈默的黎明飽漲一種昏眩的光輝，籠罩在馬來半島的森林和村鎮。所有不知道命運面向的海外華人，和外祖父一樣懷抱著各種溫柔愉悅的期待。

自從馬共被逼入森林以後，熱帶雨林晃盪著獷野的秋色。馬共不但從那些原已處在貧窮線的村莊剝取物資，也祕密進行地下廣播擴大影響力，宣揚大中華主義和共產主義的烏托邦政治理想，藉以影響青年加入游擊隊。華人村鎮此後提供馬共物力、人力和食物的關係一直勉強維持到英殖民政府推行「華人新村計畫」，把邊遠地帶的華人集中到新村裡，這血緣關係才逐漸斷絕，結束了林邊鄉鎮做為馬共勢力的「地下殖民地」時代，也結束了大馬華人在痛苦中尋求政治智慧的時代。

二次世界大戰後，華人鄉村經濟陷入重重危機。在建設政治和諧及經濟生機的同時，主要由華人組成的馬共游擊隊成了戰後英殖民政府急於除根的集團。這武裝集團的殘酷性格盛傳於各鄉鎮。攻擊目標首先鎖定那些不聽命的華人社會，施以各種懲罰手段和報復行動。焚燒村莊，濫肆殺害被認是走狗的人士和社團，破壞華人經營的橡膠園、錫礦和工廠；至於對郵局、發電廠和蓄水庫等的攻擊行動，更是他們展現英雄行為的方式。為了達到逼使華人繼續供給食物、人力和維持其影響力等目的，馬共這時候進行了不少駭人驚心的恐怖事件。

原本有人間樂園的馬來亞，在政治的野心邊緣款款幻滅。亂人意志的意識形態鬥爭，使得外祖父的那個時代感到無與倫比的困倦。

在紛擾的命運下，野雲橫天，令人昏眩的陽光射向麻河岸上的靈魂。二十世紀中葉的黃昏染紅了麻河，也染紅了憂鬱的靈魂。經過幾番政治波折，外祖父終能看透種族主義的虛無，毅然說服鄉老們阻止了一群年輕人欲加入游擊隊的計畫。這行動導致了日後外祖父的殺身之禍。在不經意與痛苦的刻意之間，迷誤的命運將外祖父導向了萬花吹淚的哀情劇場。

當肉體注定暴斃，連靈魂的憤怒也是虛幻的，死亡成為肉體最真實的表白。那個凌晨的射殺行動，只是馬共無數暴行之一。那天，外祖父照常和鄰居父老們推出鐵馬，配上鋒利的膠刀，準備到十餘里外的霧溼膠林開始一天的工作。同樣是令人迷惑的黎明時分，這時候的故鄉山水散發一種教外祖父禁不住感傷的滋味。

無聲無息、無言無語的馬共游擊分子在此刻走向赤道的黎明，他們晃動的身影似乎在為詮釋生命的意義而顫動不已……。

靈魂幻滅的經驗在槍聲響起之後的早晨，被我推演成一幀永不褪色的油畫。

母親家族的命運飄過荒謬的野雲，飛過慈悲的天堂鳥，憂鬱的故鄉和狂暴的記憶在命運不經意的一瞥之間壓抑在母親心頭，驚怖一生。直到我出世後的好幾年，冷暖不定的陽光才橫斜落上母親的身子。而那時候，患病的外祖母也已逝世了。

如果靈魂回過頭來顧盼歷史，槍聲的音量不知比膠果熟透而暴裂的聲響要驚心一百倍或者一萬倍。多少年前，我聽著母親追述一件因思念而困倦的往事，一艘載滿傳說的古木船從此佔據我的心港：飄忽的晨風使溫暖的朝陽幾乎失去光明，暗淡的鄉景中，外祖父倒臥在庭院前的瀝青路旁，修短了黑髮的頭顱和結實無比的雙臂橫擱在路上，沒有一點贅肉的胸膛和雙腿貼在無欄的木橋板上，而外祖父騎了半輩子的老鐵馬倒在他身旁，掉落在橋頭的膠刀在馥郁的風中閃著複雜而深奧的第一道陽光。

如泣如訴的血迴旋在母親如花如霧的記憶中。我很難想像體內也流著這如訴如泣的血統，但我可以輕易捕捉那天早晨的陽光依然斑爛如故的鄉景。麻河在哀寂的故鄉依舊暢流，彷彿世間的悲歡都不曾留下痕跡。

大學畢業後，當我想起母親述說起這意義重大的事件時，我總把共產與資本主義的苦難都加諸在外祖父的靈魂上。莊子說過：「物之生死，若驟若馳」，所謂消息盈虛，一虛一滿，終則有始。關於生死，雖然古人早已豁然覺悟，但我卻始終未能淡忘外祖父之死留給我家族的苦澀命運。

我對外祖父的悼念，正是我對命運的沈思。

馬來半島森美蘭州芙蓉鎮郊外一個傳統的馬來田莊，一縷詮釋生命的隔世靈魂，伴我在雨林邊緣的田莊成長。曾經受過讚美和詛咒的原始雨林，和緊急備戰時期我所聽過各種有關馬共游擊隊的傳聞，自然地和死於非命的外祖父牽貫起來，構成小時候神祕的、神聖的想像空間。想像的靈魂有時候做為童年信仰的火把，撥弄著童年的森林。而兒時夢幻中的玫瑰花園孤獨地在昏眩的陽光中逐漸荒蕪起來。

一九八九年的歲暮，馬共領袖陳平走出森林，結束了馬共四十一年的武裝抗爭。數十載的歷程，在一瞬之間顯得無比的荒謬、悲愴。歷史莫非真是一場注定幻滅的夢幻？將人類喜悅與哀怨的生命放逐，永遠的放逐於時間之外。在時間的大河裡，二十世紀如果沒有中共、沒有馬共，那麼至少患了糖尿症而鋸去一隻腿的外祖母，將不會太過孤淒地度過晚歲；至少，半世紀以來中國人的世界，其夢幻和現實的色調與結構，也許會更加高貴、更加溫馨些吧？

《幼獅文藝》四四九期，一九九一、五

生命的風格

感動

後印象主義的感動，弄哭了宇宙中最醜惡、最聖潔的生命——一生裡，這亦歡亦悲的歷程。

放逐了靈魂的肉體，一向都非常容易感到疲憊，你就在自己誕生的土地上，有意無意之間褻瀆了故鄉。

心事

Look out on a Summer's day

With eyes that know darkness in my soul

富有生命憂患的你，要光明給你一個定位。

這夏天，佈滿梵谷的蒼涼色彩。世紀末的定時鐘照常敲響狂亂而貪婪的烈陽。七月的早晨，生活的壓力荒僻如最後的魔咒，令倦怠的夫婦不得不爬起床來。昨夜的喘息，在某處不知名的巨林深谷中隱逸。夫婦拉開七月的窗簾，夏日的早窗外，太陽依然安於賣弄它的光明。人性的尊嚴和生命的榮譽，在虛虛實實的陽光下乾枯了。

坐在早窗前，夫婦喝下最後一口咖啡後，步入有點病態的晨光裡，逐步逐步，異化為行屍走肉的守墓獸。生命的守墓獸，以萬種風情在陽光下翩翩蠕動。所有苦澀和優雅的滋味，也就在昨夜的喘息中天旋地轉。

夫婦抬頭觀望城景，遙遠的陽光翻滾著命運的氣息，感到這樣的生命有點蒼涼、有點疲憊。在弔詭十足的城景中，倦怠的夫婦嘗試剖解他們追尋夢想的靈魂及其原始動機。冷淡的人潮略帶詭譎的神色，挑逗著夫婦內心的天堂鳥。隨著年華逝去而愈加憂悒的天堂鳥，在夫婦的夢幻中騰飛，以百獸諸神的風格橫穿人間，沿著印象主義的海岸線向一座禁錮了靈魂和道德的海島滑翔。直到城邊日晚，大樹飄零，一盞盞霓虹燈著起火來，燒遍整座北城。這樣的深暮，年復一年蠱惑著夫婦們的心神。而靈魂一旦習慣了霓虹燈的虛偽，對於無以倫比的生命便一無所知，一些足以構成榮耀的心智活動，也就被棄絕掉。

這是一九九一年亞熱帶的東方風格，一首令人褻瀆生命的詩。人類一向不甚了解，但命運卻很能理解人類的心思。

夏日裡，當所有的夫婦暗地裡背起蒼涼的記憶，你油然想起一些哀憤莫名的心事，像盛夏黃河的水，任神鬼也阻攔不了的心事；上班，上學，赴會，犯罪，真實的夢幻和荒謬的現實令你喘不過氣來。一種後現代的精神憂鬱症，在你內心的宇宙中晃來蕩去。這種憂歡參半的日子，顯得有點悲歡皆非。

夢幻

For they could not love you, but still your love was true.
And when no hope was left inside on that starry, starry night, Yoy took your life as lovers often do.
But I could have told you, Vincent.

This world was never meant for one as beautiful as you.

在亦歡亦悲的歷程中尋找光明的那些守墓獸，以一生的情慾耗盡了生命，卻不懂得讓情慾淨化幽暗的靈魂。

深邃的梅雨季節，雨水，從東方的夜空中飄來，每一滴雨水都帶有母親們的心事。幽邃的雨，終於淋濡了山腳下那位老母親的哀傷歲月，淅瀝瀝聲中，結束了老母親作為守墓獸的生涯。

就詮釋學而言，沒有人知道他們是如何成為守墓獸的，老母親也不例外。守墓獸的弔詭，讓母親們背負了半個宇宙的重量；是一個迷離、肉慾、神鬼共悲的境界，小小的哀傷，便足夠揉碎母親們的心。

山腳下，神祕的藍雨是老母親臨終前的葬儀隊。觸目驚心的往事，如沈重的晚潮掃過心的荒岸。海上，母親的天堂鳥溫柔地滑翔，最後一次觀望最後的一場雨季。寶藍、紫藍、中國藍的雨絲，空寂地勾起老母親早年一些失去了知覺的夢幻，感動得渾身顫慄，叫了一聲：「雨停吧！」

雨，就停了。

遽然而止的雨季，止於靈魂。凡人的生生死死，零碎而輝煌。死亡來臨的時候，彷彿是生命對夢幻的一種棄絕。

當初在逐漸老去的歲月裡，老母親的心頭，湧上一股古人撫劍的蕭瑟意。在那段歇斯底里的求生歷程中，世上的母親們試圖戴上命運的臉譜，至少，也要為自己臨摹一張生命的藍圖，以備當生命迷失在一無所有之中時有所慰藉。

神祕的梅雨季節，對於臨終的老母親們來說，實在是淒美兼蓄的。在雨聲淋漓中回首自己一生的藍圖時，老母親才渴望命運能賜給她一雙天堂鳥的翅膀，好讓她最後一次深情地俯瞰那叫她哀傷了大半輩子的宇宙。剎那間，嘩啦嘩啦一陣巨響，一群巨大的雙頭蝙蝠從雙循環的心瓣鼓翼而出，飄過藍雨的荒夜帶走了老母親的魂魄。老母親這才意識到身為哺乳類，只有翼手目的蝙蝠才是唯一真正懂得飛翔的族類；這使老母親更加哀傷。

會飛的生命，當然不一定幸福。幸福的憧憬，也只是人類生存的一種藉口；而最了解幸福的，不外是墓。

墓，作為靈魂的迷宮，最能體會生命的污褻與純潔。在這裡，人類最珍貴的夢幻和蔑視夢幻的肉體一起腐爛。「有一天」老母親走出墳頭對你說：「你將發現生命的幻夢才是人類真正的鄉愁。」

夢幻，是生命的鄉愁，是生命最真實的原始風格。生命中最壯麗的軌跡便是夢幻燃燒過的歷程。在生命幻滅之前，夢幻才是人們最懷念的一種圖騰；也正是這種生命圖騰所散放的魔力，使你在宇宙中不覺得孤獨。

你來到母親們的墳前，荒塚四野之間，反而感到格外的寧靜。立在墳前，你看見母親一如往昔的忙著、憂悒著。你聽見母親們哭了。哭泣聲擾亂了墓園的碧樹，只是忙著上教堂、入廟寺、或者出入舞廊賭館的人們不曾耳聞目睹。事實上，人們的內心就有一座空墓，空洞得連生命的榮譽和自由也沒有。所有真實的夢想早被人們刻意迴避掉、毀滅掉，使生命的忠誠成為虛幻。

作為知識分子群，自以為高貴的守墓獸依舊回到墳場似的繁城。你的眼眸帶著梵谷那洞悉生命的眼神，火焰一般灼痛了你，一呼一吸，恍然有行屍走肉的哀傷。

不論你是驅車或者步行，這座在本質上蕭索寂寥的城市，畢竟失落了靈魂和道德。雖令你感到有千萬蠕蟲不斷吞噬著你，年復一年，你還是回到城裡。體內的分泌物和天堂鳥的淚水，日以繼夜羅列成眼角帶有鄙夷的皺紋。

母親們的死亡讓人們感到一種幸福的失落，夏夜的繁城卻因此變得溫暖。山腳下的相思林，古屋已人去樓空。山腰上，百年古廟依然清寂如故。亡魂般的焚香，自斑駁的香爐飄出古廟。香豔的人間，你照常迷失在日常瑣事中，飲食、如廁、梳洗，日復日抗拒情慾的糾纏。睡眠、失眠，年年如此，您悲劇的眼神充滿仇恨，充滿生命的冒險和期待。

梅雨後第一個月圓的晚上，你用力把銀河翻湧，來到山腰上的古寺膜拜。走入廟裡，你看見幾個小沙彌在上晚課。從廟口往外看，寺廟的山色被母親們的亡魂用最深沈的中國藍填滿。這樣一個星月迷惘的夜晚，看在小沙彌眼底，無非充滿生命的激情。

晚課以後，你黯然點香，聽到一個小沙彌私下留下老師父，請教如何在夜色晃動中尋回迷失的夢幻，以免迷離的心導致更可怕的失落。老和尚心裡明白，人類已經失落神聖的夢幻。當靈魂被情慾所放逐，荒謬的牆接踵撞來，囹圄了騷動的心。

中國藍的一個夏夜裡，你跪在香爐前嘗試窺探神的靈魂，一心想尋回人類在宇宙中的尊貴地位，禁不住，一時之間掉下默然的淚。老和尚的聲音正好從遙遠的空間傳來，微帶一絲蓮花的芳香：

你的夢幻使生命的神話得以延續擴大，彷若無可名狀的哀傷和悲痛成為記憶，而不是成為你的生活。

滋味

Now I understand what you tried to say to me
How you suffered for your sanity
And how you tried to set them free
They would not listen, they did not know how
Perhaps, they'll listen now

太陽，一再以它的光明試探人性的真偽善惡。一些痊人性，到底蒼涼。生命的真情和病態，夾雜著生老病死的人間記憶逼向靈魂深處。一些痊癒不了的傷痛如陽光墜落，墜若大夢。

那年冬天，你在一個靠海的農莊旅居，望著感傷的戰艦航過十一月的太平洋。一位半身不遂的老農人訴說起他想念大地的心情。十一月的黃昏飄過舒伯特的夜曲調。叛鄉、離國，流浪的翦影。在老農人的心頭伴隨著南歐的小夜曲，感懷不足，縹緲有餘。

度過生命中最悲戚的第一個冬天後，老農人打算用孤寂的生活美學度過漠然的餘生。而春天終於還是來臨，記憶中的北方，繁花盛放、寧靜、永恆，無限深情的北方林園，呈現在記憶中的畫面彷彿是梵谷所描繪的拉克勞平原上的園林。藍天下豐盛而迷人的地平線，小巧的花園、欄杆、田野、山林和平原，一懷念起來就令人感傷。

春天的風檐下，老農人看著橘黃色的春陽投下一列嘲弄的影子。一個人竟可以同時禁得起生存和死亡的試煉。生命的弔詭在清醒和麻木之間，永遠無法自我平衡。這生命的風格一路伸展，以充滿往事的韻味帶領下半身不遂的老農人，以及左半身不遂的老政治家走向命運的終站。

那位寂寞的老政治家是你最懷念的老人之一。在那些晃蕩著曠野秋色的深春，每天一早，你來到老政治家那富有英國格調的獨立式雙層樓房。老園丁正澆著那佔地有大半個棒球場的花園。這一生，你恐怕永遠忘不了老政治家用半清醒半麻木的英語，迷迷糊糊對你說話的那種悲寂。

我曾是這個國度的良心。我用一生為初生的國家爭取正義。病發後，才赫然發現自己原來這麼渴望雲遊四海。我們這一代，注定是命運的賭徒。以前，我在國會裡假裝已經解決那些解決不了的荒謬政治。夜夜背負世界的黑暗在書桌前撰寫國會演辭，明白了萬物都有萬般哭泣的道理。

那個咖啡香特別濃郁的午後，你在大書桌的另一端快速的打字，戰爭、政變、貧窮、歧視，啪啪的打字聲好不容易才掩蓋掉你的飲泣聲。

你想起老政治家扶著拐杖一寸一寸步行的背影，風就停止吹拂。世間有點悲寂的背影，總帶有倦怠的風格。

在命運為理想主義的政治家和老農人們設計好的生命線上，另外有無數的雛妓沿著第三世界和新興工業國的各大城市留下壯麗的風格。在世界一些偏遠地帶，一旦農家有女初成長時，就在人口市場上廉價出售。宿命論的色彩，最能揭露生命的榮譽和人性尊嚴的滋味。少女們帶著哀傷的天堂鳥飛離滿天紅霞的農莊，愈飛愈低的背影揚起潮水般的影子；叮噹叮噹，農家少女的血凝成黃金，一一落入人口販子的口袋。

直入生命深處，人類和飛禽走獸所共有的血淚，都有這種怨懟的鹹味。如果未曾舔嚐，是幸也是不幸。對於女人，生命的風格要用多少銘刻心骨的淚來鑄塑，不是身為男人的老農人或老政治家所能理解。而人類文明演進的慘烈，也不是百獸所能想像。百獸雖未曾愛憐過人類的夢幻，人類的靈魂卻暗地裡模仿百獸的風範。

從遠古到永遠，現實一旦禁錮了靈魂，人類注定要帶著更多遺忘的了或遺忘不了的滋味走過一生，與天地同枯槁，與草木共悲寂。

早晨，心中反覆流過道麥倫的這首 Vincent，完整的世界逐年逐年在你心中粉碎，所有生命的感動，所有的心事，所有的夢幻和滋味，逐年逐年在心中粉碎掉。

《中時晚報》，一九九二、三、一

水仙子的神話

■弱智者的內心獨白

孤獨的舞姿

我的命運，以及有關命運的一切聯想，是我年到而立最常想起的一個問題。

如今我回來告別，從一口小窗窺探命運的奧祕。重回小鎮的街頭，青龍木一字排開，行人懶洋洋地，如一群年老的蟾蜍，做著充滿腥味的舊夢。這是我眼中的人間，被閹割的男人與女人互相欺瞞，在貪婪的深淵中沈溺於慾望崇拜的快樂。

處在現代情慾結構中，我們都有自我譴責的時候，令人窒息的生命本體，也有勃起與消軟的時候。在消軟的寂寞鬱寥中，我明白了老人的心情。偶爾，我會在三五個老鄉親之前，全心全意的演出，無須漂亮的名目來修飾主題，單憑純真稚氣的舞姿，讓老鄉親們大樂一番，我也得意極了，笑得瞇起細小的鳳眼。

孤獨的舞姿，就是我化解痛苦的途徑。如此我才明白，我竟和那些老鄉親們一樣，靈魂裡是一座座寂寞的孤島，漂浮在人性的曠野。

保持著孤獨的舞姿，我走出社會的荒謬劇場，也摸透了哀傷的棄絕。在一種近於原始無華的心境中，單獨面對我的生活。任何外人善意的引導和干涉，都只會引起我的困擾，徒增我受挫的憂鬱。那些不經意的感傷，都被我隱伏在赤誠天真的神色之間。我蒙古式的神色，不僅是情緒的一種表白形式，亦是現實的另類現體。

我的孤獨無依，應驗了胡適的警言：老虎與獅子都是獨來獨往，只有狗和豺狼才成群結隊。我所體驗的孤獨，正好反證了社會對我的歧視。一如我的小名一樣，我是一隻寂寞的獅子，獨自走在寂寥之極的曠野。在孤獨中誕生的曠野，當我步入其中時，仍感到一種孤獨的戰慄。

在群木花開的季節，人們也許都分外渴望隱居於星光璀燦的湖畔。太陽般的星光，射出無邊無際的慾望。宇宙星辰的影像，就在童年的記憶中化做無數光影。相隔二十餘年，如今也只是一種精神分析式的光影，哀樂莫分，浮滿記憶的群山，逐年逐年地粉碎了。

童年的容貌，化著永恆的星體，我們卻已經沒有高歌的心情。胡適在〈舊夢〉一詩中，曾試圖傾吐他在人生場景中的某些感懷，似乎力挽舊夢的破裂：「憶起當年舊夢，淚向心頭落。對他高唱舊詩歌，聲苦無人懂——我不是高歌，只是重溫舊夢。」在人生場景中，我們總是在重溫某些舊夢。死去而後重生的記憶，把殘餘僅有的世界也擾亂了。空蕩蕩的空虛中，往往連起碼的憧憬也沒了。就這樣，我在無求無慾的門外，習慣了沒有人陪我遊戲的人生，格外顯得孤獨。

寂寞的水仙

世界被掏空了，純潔的智障者獨自忘掉無人能懂的心情，忘掉華麗與殘餘不分的生命真相。對於我，人生的真相似乎只有一種：從開始就沒有選擇餘地的生活模式，連起碼一些簡單的選擇和有限的逃避空間都沒有。

世界回歸沈默寂靜。我仍舊是個旁觀者，世界永遠和我保持某種陌生的文化差距。世界像一座巨大的玩具一樣，被我撕裂了；或者說，把我撕得粉碎。事實上，就算不曾被撕裂，亦未曾完整存在過，因為萬物的靈魂本來就在撕裂中誕生。

在壯烈而細緻的現實生活中，男女兩性就處於撕裂的慾望中，不斷用他者和異己去填補撕裂中的痛苦和空虛，演出一幕幕施虐和受虐的荒誕劇，連唯一的自我也被撕裂了。

我作為一個社會的隱形人，暗中明裡已見慣自虐與被虐的演出。我充分享受到作為一個旁觀者的快樂。我在自我中完成整體，把自己視為完整的孤獨。孤獨伴著孤獨者，包容了我殘缺的靈魂。我不免有些自戀的衝動。在彷若虛幻的伊甸園裡，享盡純潔無污，我遂成為神話世界裡的水仙子，在神境的沼澤地帶完成了半仙半人的變態，深深迷戀著自己。這世界，就是我的水池，而我完美的影像就在撕裂的世界中不斷遭受破滅的命運。我的納克索斯原型的破滅，只有進一步增加我自戀的衝動：我是一個寂寞的水仙子，臨水自照，看到了破碎撕裂的世界和自己的靈魂。

中年的歲月逼近之前，我們的心情恐怕已經老去，慾望的光影也日漸慘淡。人生和宇宙，卻依舊神祕兮兮，黑暗中一片潮溼。只有星光穿過幾億萬年的時空，射入我們的人生場景，反射出我們的一生——我的人生和寂寞的自戀，正是史前神話的一種反折射，在人們懂得之前，就已流失為無可解讀的一種寓言。

你或許也和我一樣，都懷著僥倖的夢幻，和佛陀與俗人那般的心情生活在黑暗與光明的紅塵裡，一面逃避理想，另一面卻又逃不出現實的嘲弄。在眾所周知的終極現實中，眾說紛紜。匆促的一生，產生了點點滴滴的生命情結，教我明白了神與獸都有各自的慾望：各自的慾望有各自不可告人的病態。

至於心理結構極之複雜曲折的萬物之靈，所有璀燦的慾望都有病變的危機，或者被掏空的時候。夜晚，我從街上回來，獨自躺在房中，不知想起了什麼。窗外的星空，和童年鄉下的沒有兩樣。深邃的夜，赤道的星星一顆顆如神靈般昇起，照耀著我們共同成長的歲月。晚雲宛若虛無飄渺的人生縮影，飄來蕩去，淒迷、璀麗、有形、無影、悲歡、哀樂，都是一些和我一般單純的人的殘缺影子，其中的意義，只有我們自己自知。

夜晚的天空，教我渴望重回童年的鄉間，渴望天上掉下流星雨，把人間撞得粉碎稀爛。每一顆星都在自我焚燒，顆顆彷彿都是被囚禁的靈魂。單純的星光、童年、心事、雨林，都消失於歲月之中，只有純潔的人不曾消逝。在殘缺的月光中逝去的時光，如野馬逆奔而去，鄉間的田野卻依然飄來樹脂的香味，年年不斷，沁人心扉。

殘缺的月光

打從來到人間，世界就背叛了我，或者說，我背叛了世界。我背叛了世界作為世界的世界。我如今生活在彷似非世界的世界裡，遺棄了語言，用非語言的模式建構我的非世界。

就算不用語言，我的精神生活也富有藝術氣息。我的人生，就是如此這般充滿語言所無法言說的感觀。

無法言述，正是我類唐氏綜合症的人生感觀。

簡單的說，我體內第二十一號染色體比常人要發達些，呈三體狀態而非成對狀態。我的情感因而也比常人更加豐富充沛，自然也更為脆弱。大部分時候，我都是在心靈受創下長大成人的。我逃過心臟和腎臟畸形的併發症而活了下來。我寬扁的臉、上翹的眼外角、低置的耳廓、低塌的鼻樑、後削的下頜和細唇巨舌，以至雙斷掌紋與蹠皮紋的異常，都是命運慷慨賜予我的體態特徵。至於我的靈魂素質，和我成長的心路歷程，則非外人所能知曉了。

小時候，那些夕陽西落前的景色，盡落我的眼底。熱帶的暮鳥離開了故鄉，萬物存在的意義就在原始之中，一片旖旎風光。我的童年，就被時光之鏈放逐於雨林的邊陲，至今還保留著原始的心情。

沈睡的雨林埋藏了我幼歲的心事，一輪殘缺的月亮，就在我頭上。我的心事其實並不豐富，也不夠神奇迷離。在我來說，童年是人生中異常的時光——本來是正常的，然而相對於文明的價值觀，卻被異化了。許多生命的感覺連帶也都被異化了。異化與匱乏的時代開始了。文明昇華了我的慾望，卻也把我驅出精神歸依之所。許多人，包括知識分子，都生活得毫無理想、毫無歷史感，而對於心虛的人來說，尤其如此。我們就是如此走進各種繁華的時代，最後都失落了自己。

童年時候，我們不懂一切文明的誘惑，不懂罪惡。那時候，大概享有樂園的黃金日子。成年後，生活只剩下殘餘的感受，夢想都雲消煙散了，連談情說愛，都覺得虛偽可笑之極。

如今我已年近三十，面對烏托邦的童年歲月，中年的心情已經開始老去。我的心情，一半變得蒼白，一半變得華麗，另一些暫時還無法言述。人生的喜悅和悲傷，往往就是這樣分不清界線。幸與不幸，天才與白痴往往在一線之差。我並不太過計較得失，因為我最懂得純潔的價值。純潔無污，也是我一生最雪亮的標徵。

走到中年，心想我們都年少不再，卻還在世俗中盼望著某些奇蹟，在期待中難免有一些心理掙扎。在追憶失去的憧憬中，我們或許可以獲得昇華。然而，記憶破碎的地方，體驗的追溯便被中斷，剩餘的人生也隨之支離破碎。

人間，並不只是一個支離破碎的國度，也許還是一種支離破碎的心情：半魔半神，半人半獸，參雜著一種荊棘滿途的感受，一切都不可言傳——藉以言說的語言陷入深不可測的深淵。真誠的情感和支離破碎的慾望，本身都自成一種深淵。

慾望的深淵，不斷被掏空、塞滿、然後又被掏空。

世人種種的情慾心理，只有拉長他們和我的距離。我們之間，往往隔著整個世界的距離。而我，可以因為我的天真而感到自豪，我也可以因為我的無知、我的語無倫次而狂歡；但我並不沈溺於感傷主義，也無須用語言去表達我的心情。我的人生態度，和我對待世界與慾望的方式，都是我對情感本身和生命本體的一種生活形式。

《聯合報》，一九九五、四、二十五

輯三

破碎之秋

諸神的幻象

狂歡與破碎

■原鄉神話、我及其他

化著落葉：韻華與晚城燈火的隱喻

陽光中，我們的韻華如煙花瑰麗。

年過三十的韻華，我們準備赴一場生命中的盛宴，做一個單純的客人，所有複雜的心事都讓歷史的主人去擔憂。

一些歷史的思辨，尤其是殘缺幽暗的歷史，格外的令人心動。我但願像歷史學家布克哈特一樣，可以把歷史視為一種詩篇。歷史的詩篇，可以把我們帶到遠方，帶到變幻莫測之處。這種變幻的歷史，使我們的人生不斷產生新的臨界點，連我們自已也莫測費解。

我們不妨可以把自己看成一部歷史，或是一座森林，瑰麗的韻華就是我們的綠葉，在暴烈的陽光中，面對藍色的宇宙綻開豔目的花。那些北方的大漠雪峰、遠方邊塞的古道廢墟，都曾是森林的故鄉。我們在盛花中蒐集陽光，唯恐韻華易逝。

我們關於韻華的思索將永無止境，大概也永無結果。在我們和韻華的追逐之中，最後的結局總是我們被韻華所放逐。韻華為我們的肉體舉行灌祭，我們則為狂歡尋找浪漫主義的詞彙去修飾各自的慾望。然而，我們都曾被困於詞彙匱乏的處境。變幻莫測之中，匱乏是不免的。殘破的夢幻城堡、巍峨的群山、蠻荒的地平線，構成歲月的意象。有一天，葉會落盡，森林化為大漠，一切意象、一切狂歡慾望與鄉愁都不復存在。

當一切都消逝之後，大概還有某些特殊的慾望永不消逝。這一點我們永遠無法偽裝。別人的慾望無從知曉，自己的卻又無從了解。最終，我們都將死於自己的慾望之中。不管是在現實以內或慾望之外，人生的狂歡都可能充滿理想主義或者民族主義；也不論是歷史憂患意識或民族鄉愁的回歸、昇華還是淪滅，我們都必須面對分化的歷史和分裂的慾望。

這就是我們所常見的人生景觀：人生的弔詭，無處不在。我們無須辯證。世界早被弔詭化了。唯有弔詭化了的真理與謬誤，方能豐富我們的韻華。星河月嶽，都付笑語中。我們終於體悟到海外人悲烈的歷史。海外人那些古老的孤寂，引發了我們對祖先的思索與迷戀，離鄉的路於此伸展。

四面八方，都是離鄉的道路。年世渺藐，我們有異鄉人的真誠與淡泊。海外的人生，如花葉四凋，有人承擔瘋狂，有人反叛。在海外，終生承擔飄泊之苦的老人，都希望死後把骨灰運回故鄉安葬，藉此慰藉一生在異地所強吞的羞辱。

千里清秋，死在異鄉的老人都化著落葉，四面八方，一片片落在回鄉的路上。狂歡一生，最後躺在破碎的異鄉泥上，雨水沖刷掉歸鄉之路，原鄉一切的神話化為烏有。

我們因此可以說，種族的情結最是孤寂，是一種詛咒。那些從種族大夢中甦醒過來的人們，不知道應該慶幸，還是愧疚。我們的心事，常常就沈浮於懷疑和信仰之中。千迴百轉後，我照常望向六月的窗外。冷峻的星光燦爛，漫天漫地落到虛偽的廣場。所有的神話化為烏有。我照常在萬里嶙峋中裸身作畫。等到颱風過港的時候，把琉璃風鈴繫於窗前，用西斯萊的筆法畫出颱風的聲響，畫出諸神百獸的鄉愁，領悟到有的民族因為不了解自己而痛苦；有的，則充分了解而瘋狂。

那年的秋天，帶來了往後無數的秋天、無數的細雨，連帶奇異的秋天也是真實而魔幻的一種情境。一些人在秋天離開故鄉，另一些人則在秋天到來之前離開了邊界的異鄉。百年來，中國人隨著潮水湧到世界各個海岸，飄泊的感傷癖百年來並未完全從集體記憶中消去。感傷的慾望，或許是一種海外中國人的心理情結，浮沈在海外人寄居的城市以及他們迷宮似的內宇。素有「風的主人」之美譽的飄泊信天翁，年年乘風滑過數千里海洋，展開十餘尺寬的身軀，從荒涼海岸經層疊的山脈和海島，去到大海的中心尋找魚潮，然後再飛數千里的海洋，回到荒寒的小島。飄泊信天翁展翅的美姿，如一座流動的星座，很能觸動我的心情。牠們的飄泊，大概也有某些荒涼而感傷的幻想。原鄉神話，恐怕便是此類幻想的主題。

在老去的海外人心中，人生大概別有自己的滋味；所謂故國，亦另有意義。對老去的人而言，祖國故鄉僅可能是記憶中一個破碎的國度，就算完好如初，恐怕也已經失落；取代的，是一種理想化了的原鄉神話。

當年在海外落地生根的中國人，他們在海外的身分和他們在故國的位置都同樣模糊，同樣是某種意義上的邊緣人。他們和後現代社會的各色人種一樣，並沒有找到自己在這世界的位置。「肉體的詛咒」簡化了文化置換中的心理掙扎。許多人，活到一把年紀，才發現自己的情感原來沒有邊界。

我們的靈魂，也沒有疆界。DNA的研究告訴我們，萬物具有相同的遺傳密碼，帶著相同的生命訊息，世世代代遺傳下來。相同的基因庫滋養了所有的生物，這使我們和萬物保有同樣的根、同樣的生命奧祕。然而，我們藉以生存的現實世界卻被各種疆界所劃分。在邊界，我們的身分面臨某種認同危機——整體而言，是一種政治意識形態上的認同危機。在此處境中，書寫和詮釋有助於慰藉迷失的心：在疆界與疆界之間，我們被原鄉迷思所迷惑的心。

我們或將不再一味地執著於自己的中國屬性。而中國作為原鄉的母體，原有的意義也已喪失殆盡，種種隱喻也在喪失的寓言中一一浮現。

原鄉神話，在本質上意味著樂園形式的家鄉，它喚醒人們尋找生命樂土的渴望。神祕的原鄉神話所帶來的疑惑，連帶也有了華麗輝煌的色彩。到了我這一代，我的樂園已喪失在歷史場景中。各式各樣的故鄉，反而成為一種符號，標誌著命運的開端，也標誌著追尋與喪失的歸宿，是一切記憶的根。

邊陲的人生，就介於故鄉與異鄉之間：人們生活在差異、解構、分裂、反創造、反詮釋、反神話和零散化的生活模式之間，淹沒在後現代的不確定性和內在性之中。

其實，我們都曾力圖看透命運和慾望的偽裝術，並努力去詮釋各自的世界。生命慾求和大千世界落入我們的視網膜，不由分說，要我們生吞各自的慾望，使我們變得庸俗不堪。超現實於是成為生活中不可或缺的現實基礎。荒誕與虛幻，成為一種美的對象，成為一種心路歷程。在還沒有做好心理準備的年紀，就走入繁華鼎盛的象徵世界，走入憂鬱的雨林，接受各種理想與慾望的考驗，成長於慾望與心理的各種折磨之中。

人生變得如落葉般柔軟，虛幻如月光。我們的慾望，乃以變幻多端的類型和形式出現，以空前豐盛的文化景觀填補我們空虛的靈魂。靈魂變得如此柔軟嫵媚，異化了，成為各種魔鬼或天使的代言人：在個體記憶與集體幻想中，人們冒著候雨穿入繁燈的晚城，狂歡於世紀末的支離破碎中。

初來香江的第一個新春，陽光普照，繼後寒流由北南移。我和冬梅在中國的邊界遊歷東方之珠，夜晚乘坐遊艇，在維多利亞港口的海上觀賞煙花。細雨間歇，璀燦的花團不斷在眼前的上空落下，彷彿就要落在身上。在瑰麗、嫵媚、飄逸的煙火中，海外人的原鄉神話就在極之眩耀的影像中爆裂、代代相傳；一代比一代更急於解構內心的鄉愁。

在春天，下著細雨的海港，原鄉化為一種繽紛燦爛的光芒，消逝在邊陲的夜空。在雙十節的臺北總統府前，我們也曾觀賞過燦爛繽紛的煙花之夜。瑰麗的煙花，點綴了我在北臺灣的生活。一幅法國印象派西斯萊的雪景圖，浮現在當年初到臺北的記憶中：Veneux-Nadon的第一場雪。赤道來的人，冬天第一次給了我寒冷的感覺。第一季沒有雪花的冬天，冬梅走入我的季節，帶來溫暖的雪花，在空曠的心理空間漫天飄落，視野奇麗。北臺灣的冬天，因而有一種奇異的美。

那一場幻影中、第一場雪白華麗的大雪，帶著悲歡落上鄉野，大地上的短木欄、細繁的枝椏、疏落的農舍，神奇的內在美感遼闊而細密，永遠也無法從記憶中抹去。

解構鄉愁：狂歡、破碎與禁忌的重寫

飄泊的人，從不唱禁忌的詩歌，亦不作解禁的夢。

事實上，在慾望退化之前，人生的各個階段都可視為一種狂歡的慶典，或者，一種禁忌。我在雨花狂舞的夏夜，驚覺記憶中的故國蹤影，竟是如此模糊不清，斑剝殘缺。年少時候的故國印象，直到今日方才看到了殘缺的真相。那些被文化血脈所滋養的原鄉神話，如今都已貧血而亡，才知道自己原來不曾有過故國。故國是夜裡的一場大夢。讓我通到另一個世界的捷徑，就是故國的大夢。我的書寫，總是一再從故國夢中出發，進入內心自我的地獄，在狂歡與破碎的世界中千迴、百轉。

經過百餘年的思索，原鄉的迷思至今仍舊令人盲目。原鄉神話的迷思，把所有的海外人囚禁在一個民族大夢。當然，任何命運之中都有例外的故事。這些例外者的故事，不是我所關心的事情，我只關心那些已經喪失，或者根本從永不消失的、飄著落葉的夢。那些流亡四海的中國人，那些一代又一代逃離家園的人，以及落在邊陲的愛情與婚姻，都是我所要記住的夢境。

經過一個多世紀的追思，中國人早該走出民族主義論述的人生。讓人生歸復人生，種族歸復政治。被政治論述的一生，難免陰影幢幢。走到二十世紀末的今天，我們不得不承認：我們不再是純粹的中國人！我們的人生，等待自我顛覆。片斷的民族主義從來就不曾完整過，民族的幻想只是一種文化性質的情感，而且是戲劇性的；世界原本也是如此，而且向來就是如此。從民族主義的禁忌中解禁，不等同於根的失落。根原就是根，無需本末倒置。原始的文化屬性不需要矯媚作態；作態的，就不真誠。江河自有各自的源頭，溯河魚無需悲傷。祖先原就是各族的祖先，血統和文化已經說出了各自的身分，我們無需聒噪。

那些年代，黃昏雨年復一年落下的遠方，我成長在後殖民時期的馬來半島。大學畢業後，出國走走的念頭逐漸成熟，在一個漫天細雨的早秋，我匆匆離開了赤道半島。曖昧含混的原鄉神話不再遙不可及，不再是一種禁忌。離鄉，為我開啟解構鄉愁的途徑，領略到峰迴路轉的情境。峰迴路轉是一種心情的轉變，原鄉就在轉變中被解構了。在那些後殖民時期結束後的東南亞各區域，三輪車在午後的街道旁停下，不會說漢語的馬來車夫，就睡在馬來半島的陽光中。夢中的世界，絲毫沒有種族的氣息。

種族差距的強化，驚醒了各民族的和諧之夢，靈魂，卻開始變得腐爛。自二十世紀以來，各個種族自以為醒覺了，卻不知自己正被種族的迷思所催眠，任迷思所擺佈。在反反覆覆的夢中，自我慰藉。

人生佈滿種族的禁忌，令我們備嚐破碎與狂歡，峰迴路轉。今年的秋雨，仍舊反反覆覆飄墜在邊界的城市，所有的解構與反解構都促成心情的轉變。這種心情，我們都曾有過。在原鄉神話的背後，這種峰迴路轉的情境構成了海外人殘缺的心理。殘缺是免不了的。在殘缺破碎中，狂歡便是一種儀式、一種匱乏，說的是一種隸屬邊緣的寂寞。

生在邊陲，擴大的海水和故鄉聯成為一體。在邊陲的時候，我們於是便有返回核心的衝動，想要擺脫邊陲處境。哲學意義上的超人境界大概即是如此。尼采的超人觀，大概拯救過一些落寞的異鄉人，卻似乎拯救不了自己悲劇的宿命。十九世紀末的中國，紛亂的禁忌歲月開始了。尼采在世紀末的春天，也開始浪跡德、義等國，形同自我放逐，和陌生而多情的舊時代的妓女寄居在骯髒的小旅舍裡，度過靈魂猶墜的孤獨歲月。暗澹的黃昏下，我在另一個世紀末的春天，似乎感應到上一個世紀遺留下來的寂寞景觀。所謂超人，對於某些人就是超脫孤獨和偏離歷史命運的一種意思而已。

尼采畢竟不是一個現實主義的哲學家，他是一個無異的異客。那些單純的現實主義者，大概無法體驗這種個人心靈和整體歷史交錯而成的錯綜複雜的生命感和歷史感。一切和生命有關的都複雜怪異，現實也因此產生無窮盡的悲歡。我們的一生，往往就被變幻不定的現實，和轉瞬即逝的歷史所主宰了。揮霍吃喝之餘，盡情享用上帝所賜予的肉體，並以狂歡的形式去解構一切形式的鄉愁。

說起來，我對原鄉與鄉愁的書寫，一開始就迴避了虛構的敘述。我的筆根植於原鄉神話之中，狂歡的酒神為我引路，追求一種詩的語言，一度有過歇斯底里的情境，話語中佈滿壓抑的墨水。我在思索與書寫中，體悟到中國的歷史場景中有閱讀不盡的隱喻。我開始試圖解構鄉愁：一面訴說個人的受挫與民族的寓言，一面分不清自身與民族的命運。

我的書寫，來自我對老一輩的身世的追思。我祖父失落了祖先承傳給他的國度，連帶的也失落了原鄉。我人生的追尋，就源自死去的祖父那已經分裂的國度，而我如今的書寫則出自原鄉喪失後的釋然。正因為我嘗試追索早在祖父那代就已經喪失掉的國度，我才遭受民族主義矇騙的命運；也正因為我的釋然，我的書寫，才富有詮釋原鄉的情感。

一直以來，在我對鄉愁的書寫中，我傾向於把個別的自我隱藏掉，突顯普遍性的心理，然而事實上卻往往未必如此。鄉愁，如冬天無雪的荒原，深邃中自有實在的感覺。我在書寫中力圖尋找海外中國人的某種集體潛意識，以期把自己融入整體幻想之中。對於集體感的追尋，內心殘存的原鄉神話的記憶，一點一滴滲入意識層。集體記憶中殘存的痕跡，被理想化了的原鄉以其慾望的面目為我喬裝。我試圖揭開隱密的自我，卻一再受挫於繁瑣的壓抑體制中。

壓抑的記憶塞滿了海外人的歷史，死去的海外人就深埋於異國的泥土。中國的歷史構成了海外人的命運，一代一代遺傳給他們的後代。

在壓抑中，或許是歷史的變遷太過巨大，導致中國人自我崇拜的心理格外強烈。這乃是中國寓言的一種自我表達模式。在毫無意識的情況下，人們往往都是種族主義的崇拜者。對於大部分的人而言，中國人的自我崇拜不是表現在自己身上，而是表現在他人身上。一些以終極自我形象的神話英雄，滿足了群眾的夢想，也滿足了中國歷史的虛榮心。從孔丘、秦始皇到毛澤東，這些神話人物的出現，總是一再勾勒出某種內心的創傷和虛榮、高貴與卑微。

今日散居海外的族裔，他們的心理人格，總是有所匱乏。供人狂歡的世紀末，種族分化的論述從未能冷卻散居族群對原鄉的隸屬感。上下兩代的歷史恩怨、悲痛與榮耀，就在歷史場景中論述分裂與統一的原鄉神話，並構成我們的歷史與命運。

紀元前六世紀，希臘哲學家赫拉克利特就已經體悟到人的性格就是自身的命運。而一個民族的個性，就在集體潛意識中堆積構成。這性格在殘餘的歷史中或擴大、或消失，潛伏在意識中以各種形式的夢幻語言呈現出來。

文化鄉愁，對海外人是一種文化傾向，決定了人們的精神價值取向。生於海外的人們，意味著散居族裔文化的延續。族裔殘餘的集體記憶隨著人們的遷移而擴散，甚至穿過時空深植於基因之中，以遺傳的方式代代相傳。古老的殘餘記憶中，原鄉神話保存了某些原始的訊息，讓後代可以在稍縱即逝的歷史中保有內心世界的秩序。然而，所有的神話終有重寫的一日。任何驚天的變動，我們都不必訝異。

人的情感，不論是民族性或世界性，向來都是脆弱、片斷不全的。我們無需狡辯。種族的分野混揉飄泊的心情，變得如此殘缺不全——原本，這就是生命的原始形式。

《中央日報》，一九九四、十二、三～四

候鳥情結

神的後裔

有時候，我們竟是命運的賭徒。在年輕歲月中飄泊的靈魂，獨處時，荒涼難免逼上心頭。

悲烈的雨零落在故鄉的邊遠地帶。百萬靈魂猶墜，亞細亞寂靜無聲的森林線與海岸線，狂野的雨季有如一首淩厲的現代詩，煙煙騰騰窸窸窣窣，詭譎地滴落在盆地裡，打溼了繁城，以及城裡男人與女人的夢土。辛未年的雨天，離鄉人的心頭浮來一幀家鄉的風景畫，一群北飛的候鳥緩緩、緩緩橫飛而過。

當初離鄉的山山海海，如今都成了生命的風景。我們看見金色的雨款款湧落，以一種異於故鄉的雨姿，順著颱風橫掃的方向打溼了東方的靈魂。冷雨猶似別鄉人。做為命運的賭徒，印象裡那些遠去的雨林和雨景有著近於聖潔的迷離和淒清，在忙碌的日子裡浮上我們的心頭。

自從走出常年炎熱的氣候圈，整個身心盤踞著莫名的滋味。我開始為妳，以及像妳一樣遠離鄉園的靈魂豎立石像；一尊尊巨大的石像在我心頭荒涼起來。

雨後的夜晚，我們像等待回鄉的候鳥，在星光微弱的荒僻地帶等待天明。在日夜交換的凌晨時分，這種失眠的等待沒有神明的眷顧，內心特別容易泛起馬六甲海峽的金色水影，在溫暖而淒切的感動中落下淚水。

往往，我們看著雨季一陣陣淋溼了城裡男人與女人的餘生。東京的暴風雨已不再令妳恐懼，城裡的電單車停駛時，妳被困在城裡，在高樓上妳以很平靜很怪異的一種心情等待雨歇。暴風雨中的東京，雨燈讓妳發覺自己早已走出所有人的秩序之外。異鄉的燈，特別的惹人心緒。我們的人間心事，盡可能從薩克斯風管那優雅而修長的弧度裡奔瀉。遙遠的記憶紛紛猶墜，疏離的都會人事紛紛擾擾，光影淩厲。

我們生活在太平洋的海島上，太陽掛在我們的故鄉，體會到非凡的思念即是非凡的痛苦。這種思念的意義，對於候鳥而言是非凡的，背鄉的命運，是開啟所有思念和痛苦的奧祕之窗。而身為命運的賭徒，我們相信候鳥是神的後裔，日夜為人間的痛苦而哭泣。

做為神的後裔，振翼飄泊之餘，我們不習慣猜測幸福和安定的可行性，我們只擔心飛得不夠榮耀，不夠神。

候鳥的傷口

無數颱風過境，無數心事逆起。

無數風無數雨來了又去，去了又來。留學他鄉的賭徒，靈魂怖滿宇宙的微塵和飄絮。黏黏膩膩的夏夜，在某些人才開始輾轉入眠，另一些人掙扎起床的凌晨，狂雨，落在東京，落在臺北，令人動容地落在我們的心頭。那種滋味如痴如狂、如泣如語，打痛了東方候鳥的靈魂。我們在東方故土上，各自追尋各自的想望，若有所得若有所失。山川的寂寥滲透不了世間的喧囂。我們冷眼面對東方的命運，眼看東方靈魂仍在尋找理想和現實的平衡界，知道了東方的荒涼。

改變了人類宇宙觀的愛因斯坦曾經嘆道：宇宙間最不可理解的事是宇宙是可以理解的。而我們相信，荒涼感則是人世間最難於思議的情結。來到太平洋的海島之後，這一次，東方的飄魂初次嚐到北方的寒冷。秋風冬雨初次吹打臉頰，漫天漫地的秋風寒雨中，我們將自己喻為邊緣的候禽，冷冷豎立大地、江湖及百獸的憤鬱。

季節一到，我們來不及振鼓雙翼即將再次轉換方向，飛向飄渺的大陸，或海島或半島。颯颯風聲由翼下傳入耳膜，這種遷移情結使我們相信候鳥的靈魂有一道巨大的傷口。寄居在傷口中的過渡心態和「邊緣思想」暗自在日夜交替的時刻掙扎、吶喊。凌晨或者傍晚，傷口像黑洞一般特別易於擴大、或者收縮；一種極複雜的滋味無限膨脹。日裡，夜裡，飄泊的流星橫越黑暗的宇宙。宇宙，就在靈魂的傷口中。所謂尋根，談何容易。而尋找理想樂土和世俗現實的尺度，每一代都在改變。

終於，我們明白所謂黃金年華和刻骨銘心的民族情結，其實只是一種生命的弔詭。每當疏疏密密、冷冷溫溫的雨水流入我們的傷口，靈魂婆娑顛狂，東方人的夢土世界和紅塵天地便扭曲為生命的巨魘，經陽光曝曬，呈現畸型的圖騰，以此作為我們一生的開始與終結。

悲與歡的意義

悲與歡之間，天地與我們同生。

去年的盛夏還在胸口翻騰，另一個炎陽季節悄悄滑過冷溼的冬天重回城裡的街頭。第一場颱風過境以後，太平洋海上，我們寄居的海島浸淫在燠熱不堪的烈陽下，無邊無際的燠熱，沒有任何詛咒可以宣洩盛夏的感傷。蟬聲濤濤的暑假，男研舍裡一些留學生正在趕寫論文。留學他鄉的悲歡心結在留學生的心頭浮沈如一首過長的輓歌，零零落落，落在離鄉人那無以名狀的靈魂上，靜靜狂燒。

男研舍立在觀光茶園與木柵街頭之間，一邊是群山，一邊是建築群，另一邊是被我們擱淺的心情。遇上颱風天，陽光落在窗外的葉群上，滴下的是昨夜的淚水。多風的向晚天，走在沒有人影的河堤上，暮色像一幀古畫掛在天邊。夕陽之前，靈魂以東，我對著水淋淋的他鄉落日，猜度暮色何以曖昧。

離鄉人，在高高低低的經緯線上觀望他鄉曖昧的殘陽，靜靜看著白鷺鷥恍恍惚惚飛過近處的森林線，一二三四、五隻白鷺鷥在暮色中揮動著暗黑的身影，在一種不足以令牠們遺忘心事的氣流中靜靜撲飛，飛翔於雨季與雨季的晴暮中，日子如故，有些思念，有些愁緒。

走過略為彎曲的溪堤，學院的景致彷似一座雪白而複雜的小宇宙。午夜一到，便瀰漫著非霧似霧的荒涼意。暑假，男研舍空蕩蕩的行人道，除了偶爾看到幾隻黑水蛭和紅蚯蚓的乾屍外，每天只晃過無數失落了靈魂的枯葉。

東京臺北的城影，千頭萬緒，出落得恍如荒涼的古墳場，空洞洞的陽光和月光，搖搖晃晃的雨季風季不定時地更遞。所到之處，離鄉人的靈魂有一道候鳥所特有的巨大傷口，一道幽暗神祕的黑洞。日日夜夜，在大都會裡和新人類擦肩而過，我們看到新人類族群在後現代的風雨中覓食的辛酸和偉大，那情境，活像一大群恍惚的老鼠。

狐狸似的八月，狡黠的陽光暴烈得顫顫巍巍。據說靈魂已經高度麻木，大氣層裝載過量的陽光，大地任隨百萬人瘋狂，臺北任隨蒼白，東京任隨失魂。在這裡，人們在很年輕的年紀就已經習慣你欺我詐的生活情趣。一部分現實的靈魂被城裡的煙塵矇蔽了視野而不自知，另一部分理想的靈魂在如痴如迷的生活型態中依然迷惘。

有人說，臺北是亞洲的醜小鴨，海島人便渴望醜小鴨早日變回聖潔的白天鵝。某些事故則以一種令人措手不及的謊言形式，誘人墜入荒謬的深淵。浮雲悠悠百年，颱風年年吹襲，北城的景致卻已不是早年來臺留學的師長們所能記憶的城市。每一座城市都曾經是異鄉人的驛站，每一座驛站都可能成為一些異鄉人的家園。複雜而巨大的矛盾情結在雨季來臨的時刻流遍心頭上的每條街巷。

我們永遠只怕也無從詮釋，所謂黃金年華怎樣在一場又一場的雨季中引發心理與生理作用；更無法用詮釋學的理論去解剖巨大而複雜的情結如何盤踞在我們的內心。

做為命運的候鳥，靈魂看來無能分辨悲歡的意義。

當初我們不願到西歐國家留學，而寧願選擇到東方社會體驗做一個中國人的滋味；中國的心境極其複雜，再傳統的中國人也無法辨別這種心境的得與失。百年悲歡，只視作春風。宇宙中，我們分不清現實與夢境，找不出悲與歡對於一生的意義，情不自禁地把現實與夢境混為一體，如天真爛漫的嬰孩在複雜的現實中找尋單純的夢境世界。

候禽一再飛越荒山野海，回旋在故鄉和異鄉之間的青山綠水；由於越離的行程刻骨銘心，身影總有悲劇的性格。寂寂荒荒的雨季中，我們各自塊然獨飛，打從心理無法明瞭生命的可歡與可悲之別。

雨樹下的故土

今夏回鄉，我為妳到馬來亞大學第五宿舍問候那裡的心事和雨樹。

經過長長一排的碧木小道，轉個小彎，那些我們寄宿過的樓房以及牆上的樓窗，赫然從千里相隔之處出現眼前。我知道，我確實回到了雨樹下的故土。第五宿舍那兩棵看似分離卻又形影不分的雨樹，讓我再一次有意識地看到記憶中繁盛的雨樹。

第五宿舍貯藏過我們大學生涯中最初的處女記憶。當年我們丰神迴異，竭力在記憶形成之前分割生命的悲歡，盼顧而神飛。

遠離馬大後，靈魂還在四處盼顧。望鄉的惆悵混淆著被割離的往事。我們不惜殺死自己的靈魂，燒毀雨樹。在兩棵具有特殊性格的雨樹下，我們各自觀望一場雨景。一些事件和一些主義在雨聲中流傳。雨停了，才發現我們先後都為了夢想而離開了故土。

記憶的遠岸，雨樹下的雨景已經荒涼。

那兩棵我們第一次見面時分手的雨樹，今夏已經枯萎。記得第一次認識妳時，送妳回到第五宿舍的窗下，那兩棵雨樹綠意飽滿，妳回身走入月色下的樹影中，在葉影月影晃動中回過頭來笑道：「有空來坐。」我注意到雨樹在月光中閃著晶瑩光澤。所有曾在月色如水中燦爛一時的繁枝密葉，如今在灰沈沈的深暮凋零，滿眼的碧綠落得枯黃不堪，惹來年少的蕭瑟。

立在雨樹下，枯黃的葉一片片隨記憶飄墜。灰沈沈的傍晚，一些陌生的男女從身邊走過，大滴大滴的黃昏雨終於還是落了下來。就在我採下一片枯葉時，雨滴快速滴下。我把枯葉寄給妳，告訴妳我採擷枯葉的心情，或許，妳會把它釘在牆上。枯葉的葉脈之間，習慣了匍匐探尋的候禽棲宿其上。如此一個傍晚天，一場雨顯得憂傷難禁，不輕不重不密不疏，不絕情，也不深情。

對於生命，我們不約而同都曾經貯藏過過量的安眠藥。那瓶安眠藥隨我飄洋過海，如今被擱置在旅行箱裡。生命中的某些事故，委實讓我們感到厭怠。我們拼命走長長的甬道重回記憶裡飛一趟，妄想將當年那份患失患得的心情猛掃一清。

生命對於人類仍是一場戲劇，我們只是一再地體驗和承受一場場戲劇結束後的空寂。夜晚我寄宿在一間陌生的房間，空間陳設和大學生活的情景一樣簡單。躺在床上，日間種種人事逐一重現。深夜裡一些突然想起的往事，第二天早上醒來就淡忘了。現實與夢境，在醒來的一剎那間往往令人無從辨認真假虛實。

今年冬春期間，我在臺北連續幾個失眠的夜晚，耳邊常有華語老歌流過，回到馬來半島，午夜一過，唯一的華語電臺就停止廣播，華語歌曲就在午夜的月色中消失。消失前有一段《古蘭經》教義的宣傳節目，用金玉良言的包裝夜夜叮嚀我們，彷彿這是一個回教國家。回到臺北，我隨意轉換調頻，任何時刻都有多種動人的華語節目和歌曲在空中播放，感到相當的欣慰，借此排遣餘情。

冬春交替的季節，星光依然有些迷惘，我在失眠的深夜裡把頻道轉到懷念歌曲的頻道上，偶爾會聽到一些足以令人心碎的舊曲，彷然感受到繁華的舊上海情調。如今妳身在東京，在愈吹愈冷的風中難得聽到華語老歌，當冷風迎向妳的身子掠過妳的眼睫，想念的心情想必無以復加。我們才明白，人們不能忍受過多現實的滋味。

一場雨，落在我們各自躺過的角落，把疏離的靈魂的傷口，打得稀泥巴爛。

走過明明暗暗幻化不定的甬道，我們重回往昔的劇場，在空寂的舞臺上，我們有隔世的愁緒，也有歡愉。面對雨樹巨大的枯影，雨樹留給靈魂的那些不堪的記憶，令我們感受到太多的弔詭。雨樹下的故土，一場雨景的幻影在晃動，在挑逗，在凋零。

經過離鄉、返鄉、再離鄉的歷程，知道了離鄉和失落的初戀有著相同重量的荒涼，在我們的一生中扮演著魔劫的地位。環顧周遭的離鄉人，其中有人因為失戀而逃往歐美留學，以期療養受創的心；有人卻因為文化鄉愁選擇回到中國人的社會裡，以尋回前世點點滴滴的記憶。人們對於故土的矛盾，正像失戀者對於初戀情人的矛盾一樣巨大，甚至有過之而無不及。

秋雨春樹之間，我們臥看江湖。遠離了矛盾的故土，飄魂在逐漸熟悉的國度裡，將所有有關美好和悲憤的記憶，用淚水燒焚。

晚雨中的掘墓者

對於故人和故鄉的思念，使我們成為真實的人。

翻越蜿蜒燦爛的甬道回到記憶中，我們其實並無意成為迷途的掘墓人。某些寒冷的夜晚，一些埋葬了的記憶，不知如何無意間又被挖掘出來。從回憶的墳墓中，棺櫃裡的骷髏、白骨使掘墓人變得偉大、變得真實。

雨季與雨季、風季與風季之間，南中國海和馬六甲海峽的水波幻起幻滅。我們走在忘了起程也忘了終程的路上，聖潔的候鳥棲上我們的心頭。雨季和風季不斷延續，掘墓人不斷承受著先知般的憂傷。具有真知灼覺的候鳥遠遠瞥見我們的心事，我們因此知道了心事的重量。

振翼的候鳥應見過悲寂的荒原。我們單獨滑過昏濁的天地，冷眼橫眉，中國人的榮譽和辛酸盡收眼底，我們忍著淚水在雨樹的枯影下觀雨。他鄉的雨，在灰白的故土上滴出歲月的痕跡，我們因此辨別得出故土歲月的悲歡。

某個雨後的午夜，我又從男研舍的窗口飄出來，浮游在一座榮譽和辛酸參半的城市。夜裡，每一顆星都曾是一個掘墓人的見證者。

從生命的無風帶往外觀望，二十世紀末葉的局勢顯得格外異端詭譎。肅穆的晚雨落下，並沒有帶來赤道故鄉的氣息。我學習候鳥南飛的心情，學習不動聲色的飛越雨色，深沈地畫起弧線。遠方，高貴的天蠍星因思念而發出長嘶，在我們內心那雨量充沛的宇宙間迴蕩。那聲調，正是掘墓人喻象豐富的吶喊。

《青年日報》，一九九二、二、二十七～二十八

火樹之幻

幻的灼痕

日月崩墜，生命的巨鼓緊緊催迫，年輕的想望如大西洋海中央激起的藍潮，沖岸拍痛我們殷紅的雙足。藍潮戀岸，我們在月色雪白的年代回憶起心中沈重的夢。如此社會，我們在小小的狹縫中生活，際遇冷冷，人情空寂。

世紀末的塵囂裡，人們的慾望是月圓時候的狂雨，三分寂寞，七分痴狂，日夜不息地撲向雪白的大地，在悲歡不定的世間著塵而流，打從蒼茫的暮色中，在人們的臉頰上留下悵然、亦欣然的聞印。遠遠望去，分不清是遺憾、還是孤寂。

在年輕狂烈的藍潮聲中，我們曾經追逐生命的狂夢。當年，好不容易考入大學後，我們仍然不斷做痛苦的選擇。如此社會，並不容我們稱心抉擇。我們跌倒在永恆與短暫之間，天堂與地獄之間，同化與移民之間，任誰也無法自得瀟灑，風風光光的站立起來。

記憶的巨鼓敲擊沈重的夢：乘我們還可以豪笑的年紀我們豪笑，挑起我們記憶中那些有的交錯有的平行的脈絡，穿過山河穿過火樹，穿過家鄉穿過童年，我們的記憶攤開如一幅野獸主義畫家筆下的巨畫，叛逆、荒唐、激烈。那是一種令人著迷的幻感。而在那已經失傳的調色盤中，似乎還殘留著色調極為灼人的色彩。

馬來半島的月夜如畫。我們的生活如同融化在月色之中。月色下的馬來亞大學，逼使我們對周遭的社會感到迷惘。這種文化上的惘然及其沈重的夢，令我們喘不過氣來。

體驗過種族的夢魘後，我們終於意識到個體與社群已無法互相信賴，甚至互相詆毀。個體與個體，社群與社群之間的是非黑白，在清瞿的心靈烙上灼痕。人生中，我們所有的幻覺就在此處留下既非淒涼、亦非哀婉的疤痕。

我們在人生中掙扎了不算少的日子，才感受到生命的孤寂。所謂時代的煙火曾經宣赫宇宙，照亮了齷齪與曖昧之極的過去，卻也驅走未來某種幽黯冷澀的前景，力圖為明天開闢一方光明的方向——我們人生的理想去向，是否就在略帶野薄荷香味的風中？從結滿幻之灼痕的歲月旁走過，蘊藏著種族危機的歷史的燐火，深入我們的記憶深處，以野獸主義的筆法留下斑斑灼痕。所謂記憶，或者幻象，或深刻、或膚淺，見證了我們生命的存在，把現在、以前和未來的種種聯繫起來，見證個人的偉大或者卑渺，尋獲或者失落。

城前的火樹

大一長假的最後一個月份，我再次來到妳的紅色古埠度假。

十六世紀時候萬人爭奪的南方美人，如今徒留攀滿雨苔的古山道，綠苔斑斑的華爾摩沙堡壘僅存的城門，孤零零立在越退越遠的海岸線上。殘破的城門徒具一段輝煌的歷史。輝煌奪目的殖民者的歷史，或許就是我們特意遺忘的記憶。古城門孤立在老鳳凰木前，當年威風凜凜的神氣已不復存在。這城門，曾滿懷葡萄牙、荷蘭和英國航海家的故事，是貪婪的殖民主義者在馬來半島最早豎立起來的城堡。是一座略帶幻覺的象徵體，展現殖民家們無所歸屬的一種藝術體裁，終年累月望著五百英里長的馬六甲海峽。

陳舊的繁夢隔著數世紀的距離都沈入海底，再也喚不回來。所有馬六甲王朝的宮廷恩怨、黃金樹、美女，以及鄭和泊在港口的百餘艘巨舟戰艦，和漢麗寶公主遠嫁南洋的傳說，加上葡萄牙、荷蘭、英國貴族和唐山苦力的夢幻，醒來之後，從此就平靜下來。

那一年的長假，我們驅車在古城裡窄小的街道穿梭。有好幾次我們來到怡力草場的海堤，朝馬六甲海峽的方向走去。正在動工的填土工程把海水趕向前方，海峽的潮聲愈退愈遠，像是被逐出城門以後就永遠無法重回岸上的故鄉。只有在沈重的夢中，我們才感覺得到翻湧的潮聲有如巨靈的吶喊。

悲劇性的夕陽沈落海峽，我告訴妳說，我記起了數十年前那段幾乎血流成河的年代——那一段滿佈種族幻象的年代。

在微風靜靜流過的日子，一九五六年二月二十日，炎景爍岸，這草場上聚集了二萬群眾，在烈陽下立在半島的土地上聆聽大馬國父首次宣佈次年的八月三十一日為馬來亞的獨立日。英國幾乎極為輕易地便交出他們在半島的統治權，據說是華巫印三大民族的團結精神感動了遠在倫敦的伊麗莎白女皇二世。分不清魔鬼和上帝的歷史就此避過一場流血獨立運動。伊麗莎白似乎成了心目中高貴的溫莎王朝女皇。只是這高貴奢靡的王朝，不免也把貪婪的本性，及其血腥和罪惡的歷史都巧妙地掩埋在鮮花和大理石的光輝之下。

相隔三十餘年後，從今天大馬華人的立場來說，六十年代末以前，華人似乎曾擁有相當有力的政治與歷史地位。例如建國以來第一位，也是唯一的華裔州長，就在這小小鹿州記下一筆，這沈重的記憶。建國十二年後的一九六九年五月十三日，一場種族暴動的悲劇改寫了原本就盲目無主的歷史。人心惶惑之中，華人的州長、財政部長、強大的反對黨，以及各方面有關文教政的權益，一一彷若落日墜入海峽的水平線，墜姿特別的淒涼。

一九八六年的春暮，如今感覺頗為美好的那段日子，大概有過心曠神怡的喜悅。妳的手指曾經輕撫我的臉龐，陽光一片片地瀉落，成了略帶淡紫的靈魂。藍天充滿不可言喻的幻影。一座充滿清風的林子在日子裡迎風搖曳。喜悅和痛苦的淚水都會順著臉頰流下。不料，那年竟會是我最後一次來到妳那紅牆莓堡的古埠裡，與妳共度陽光假期。直到我準備來臺的那一年，才突然想再次重遊古城，穿梭在窄小的街道間吃一些小食；然而我們的世界都改了秩序。

回想起那年的春暮，依舊是憂喜參半。地球在寂寞清冷的太陽系裡滾動，我們在潮溼的熱帶古城，緩緩步出青苔鑲邊的古道，在望不見山脈的城裡，嘗試想像我們是來自海外的東方貴族。湧自心房深處的瀠瀠想望，要把這片山岳闢為大花園的心願已無從如願。放眼蒼然古道，斜斜彎彎的石階攀上小山頂，歷史的殘址廢骸似乎說明了轉瞬即逝的浮華，其中也有感人的意義。虛無乃作為一切物質的本質，令人無端想起鄉情、國情、愛情，有時是脆不可握的茉莉花；有時候，是鬼哭神泣的奇蹟。

馬六甲古城的荷蘭風情畫，總帶給我一片古紅色的暈眩。

聖保羅教堂旁狹小的街道，和一切富有古舊氣息的紅色幻影，已分不清是歷史殘道在人間僅留的一抹微笑，或是我們生命中的一個祕密。

整個假期，我們如悠閒的神靈閒蕩在古紅的畫裡。古老的馬六甲河畔，紅色的古鐘塔立在身後看我們望著破落的木屋磚樓沿河岸層疊排列而下。歪歪斜斜的一列後巷微帶憂傷的古典情調，似乎還忘不了逝去好久的繁華年代。一位身穿雪白汗衫的老華人坐在破河堤上，遠遠隔著古大陸的海岸，把他蒼白的頭顱靠在一棵鳳凰樹下的破石碑上。在炎熱的季節裡，鳳凰花開滿了一樹，血紅的火，是它為這婆娑世界所繪下的詩句。

我看著老華人在無聊清閒的午後，望著老後巷在思鄉的模樣。濁河水穿過石橋流來一些荒遠的記憶。古樓塵煙，我們在一個晴朗的午後凝望河影，各自想著各自的心事。

我特別注意到馬六甲河岸的另一邊，一批新興的貴族以鋼骨琉璃的巨軀立在市中心餐風飲雨。大片大片陽光射下，高樓的巨影便毫不猶豫壓上後街一排排的老房古樓；絲毫不顧念它們以前曾為這古城的繁華所付出的勞苦。巨影壓下，殖民時代這群老華人貴族頓時暗淡神傷。

這群在海外老去的華人，用一生的汗水血淚付給了艱辛的年代。在土著新興企業集團和政治權勢的壓逼下，一切曾有的縱情歡樂、風情馳騁，只怕都已被放逐於記憶之外。韶華落盡的午後，其中該有十六世紀的磚瓦以回憶繁華的心情，看我們在歷史的宇宙中生生滅滅；或者以中國人、猶太人、紅印地安人亦不能了解的心情，看待文明人在文明變局中你欺我詐。政治家所謂的歷史，往往是一盤任人擺佈的棋局。健忘的歷史，反而顯得愚笨。往事淒烈，大約只有我的祖父，憑九十餘歲的花白年華，或者是經歷過獨立前後數十年遽變歲月的老一輩，才能細細體會那段極其動人的紛紜記憶所引發的悲愴感——一種無以名狀的失落滋味滲透在絲絲縷縷痛楚與榮耀的那些記憶。

樹上的星宿

人間鳳凰難求。一陣古老的風自記憶深處揚起，吹拂眾生一生的情緒。千載百年，生命中各類愛恨在微微顫抖的西南風中統統揚起，紛紛飄，紛紛墜。

天色微暗的時候，橫風滑過我們的前額，一會被火焰的花樹誘惑，一會蠱迷天上的青雲，把伊們千萬年來不能如願、無可詮釋的想望一一拋擲人間，其重量足以磔裂人間、磔裂原野。

許多若即若離的心結，有足夠的力量成為詛咒眾生的根源，如一匹喜怒無常的巨靈。這風的巨靈說來就來、說走就走，一如許多大馬華族知識分子在忍受不了精神放逐的痛楚之餘，說移民就移民。我們在老河畔對著荒落的後巷，吃一碗印度人的紅豆香草冰，各想一些往事，猶豫著，不能說走就走。

等到離開河堤時，黃昏再度初臨。蒼天，斜月，萬里風煙，我們不知道自己能否臨風一笑。在一條半新不舊的百年陋巷旁，我們坐下。

正是黃昏最燦爛的景色，蒼紅的天色似乎有萬般的心事，彷如偉大的年代。幻象幢幢中，仙影難尋。巷外零疏的華燈，一盞盞亮起，一列列映上沒有燕子棲宿或者撲飛的傍晚。巷尾處，幾株鳳凰花木密密麻麻的火焰，片葉愁紅，掩蓋掉墨綠色的葉子，燒紅一整條古舊的街巷。

微暗的火樹在枝葉上霹霹啪啪自我狂燒，風，遠遠地撩動火焰。火樹，倒成了偉大年代中智慧的反諷與象徵。

我招手點了晚餐。再縱目一望，楚天岑寂，巷尾焚天。赤焰的紅珊瑚血洗天地，朱砂散巷，千點萬線在古城斑駁的街巷裡瞬間消失。剩下眩目無主的夜，探望不到億萬年前即移居到本太陽系外的星宿——這群喜歡集居在火樹上空的星子，與其說是一座座細小的墳墓，不如說是我們心中一團種族之幻。

在今日多元種族矛盾的社會中，想來馬六甲海峽的夜，在海峽未被定名以前的億萬年裡，就等候在宇宙的荒島上，時辰一到，便急急閉上足以造就天堂的眸子，把種族沙文主義和種族歧視的黃昏一一收藏，不忍留下任何一片惹人感傷的晚雲。背著人類的貪婪和無知，獨自在宇宙中對著種族的身影神傷：愈暗，火樹的靈魂便愈加不知所措。

原刊《南洋商報·南洋文藝》，一九八八、九、二十六
《青年日報》，一九九二、三、二十三

故園與憂鬱的深林

諸神所遺忘的故園

故園的歷史，在暮色與夜色之間自成一個系統性的完美整體。

黃昏去後，歷史的記憶是一陣陣湧自故園的藍色潮汐，沈浮在民族與文化的距離之間。面對祖先的舊日故園，我們的憂鬱來自青雲亭憂傷的側影。

青雲亭獨自立在古城的一角。作為南方華人的歷史故園，其實是一座記憶重得恰巧叫海外華人掉淚的歷史遺骸。康熙十二年，南渡的中國人來到當時的國際港口，在馬六甲上岸，就在三寶山麓前創建了這座南洋第一寺廟。我們的童年，就暗藏在這座中國人在南方的第一所小寺廟裡。先祖們飄泊的身影，背負著反清復明的沈重心事，懷抱海外孤臣孽子的秋憤，在此處烙下飄泊南洋的第一道灼痕，結結實實刻在馬來半島的土地上。

十七世紀時候，有個隨團出使到中國謀求通商的法國使者弗羅吉，在他的航海日記裡，記下東方航程中所見到的第一座華人廟宇。當弗羅吉踏入青雲亭狹小的門檻時，廟內憂傷的色彩竟讓他誤以為青雲亭是華人流亡海外的收容所。不遠處，華爾摩沙堡壘前的海潮聲一陣陣傳來。弗羅吉只感到廟裡的華人「以一種很悲傷的聲調在唸經祈禱」。這種東方特有的聲調是諸神被逐出故鄉後的聲響，一種歌聲的變奏，申訴著南渡人充滿孤淒的故史舊夢。

直到今日，在充滿魔鬼與諸神的南方世界，青雲亭早已成為南渡人的精神故鄉。青雲亭的世界，卻仍是一個被諸神所遺棄的殿堂。我在一個有星光的薄夜，摸索著歷史的微光向它靠近，回頭看見身後泛起一片被諸神刻意遺忘了的星光。

燃燒的記憶

閉臥篷窗的年代過去了，海欲奔騰樹欲飛的童年繁夢空自沈在心底。那一晚，我看著夜色逐漸將晚燈一盞盞喚起，在晚餐的桌上想起香妃麻城裡多年不見的老祖父。

香妃故城，記憶中一座充滿神祕神話的小鎮，是囚禁和解放老祖父的靈魂的第二個故鄉。在某種意義上，此城已延伸為精神上一種屬於青雲亭模式的文化故鄉，不是神聖便是墮落。

我那被天使放逐的故園，有一條麻河靜靜流過，幻覺中總感到一種奔飛如雲的水勢，深印如手心上的生命線，有點狂傲地，騷動起我童年的心思。

我幾乎忘了祖父落地生根的那間半高腳大屋。庭院前依稀是一條黑水河，越河不遠便是盛密整齊的膠林。在那換葉季節，火，以魔鬼的撩姿把藍天青雲和大地黑水劃得陣線分明，風一揚，紅黃碧橙的膠葉顯得樹樹烽火，三幾片三幾片飄入空中墜入河水。我站在高高的河堤上四處盼顧，童稚的身影微映水面，在深凹的溝澗緩緩波動，分辨不出河水流動的去向，也辨別不出歲月在流動中的悲歡。

在祖父到來之前，香妃城在十六世紀初葉，曾被馬六甲王朝的末代帝王作為反攻馬六甲城的後方基地，曾經稱霸東南亞的王朝末裔，帶著他的王妃在此度過哀傷的流亡歲月。數世紀以來，香妃麻城就立在麻河與海峽的交接處，等待祖父的到來。一旦踏上此岸，期待回鄉對於祖父來說，是一場過於感傷的等待。

回首祖父的大半生，以及父母親的童年和少年歲月，都紛紛流落在港灣裡，讓充滿雨水和山泉的麻河帶到萬頃波紋的海峽。老一輩們那雨衫風笠的心事，盡讓大海的飄泊者沿著國際航線帶到世界各港。

在靈魂深情的愛撫中，每一段人生往事，每一種靈魂的追尋，慢慢在它們老來的記憶中淹沒。

在窗外閃著星光的晚上，我攤開地圖，細心搜索我家族在南方尋找樂土的遷徙線。仔細推到祖父從北方大陸飄向南方群島的身影及其心情；同時探尋父親在半島四方尋夢的路線圖。發現祖父和父親選擇建鄉的土地雖東西兩隔，卻有河脈相牽，一時驚喜交集。當年年輕的父親帶著妻兒走過半個半島，從植滿膠木的西海岸投奔到雨淘浪湧的東海岸，雖不曾跋涉絕峭峽谷或什麼懸岸大江，更稱不上書劍飄零，卻也算是一首靈魂飛耀的史詩。

在年輕力壯、令人渾身打顫的大地上，父親擊打生命的巨鼓，經歷了政治動亂、種族暴動和世界經濟大蕭條大興盛的局勢。我的遙遠的童年，隨父親南遷北徙，那時候，我幼稚的心靈或許曾經盼望，這世界和故園的關係會是極其神聖而明朗。記憶裡閃動著銀光的青雲和煙花的火樹，感到了老一輩在南方老去的心情。

遙遠的記憶，在那段神聖的無所謂邪惡和純潔的童年，隨夫飄泊在外的母親常帶著我回到麻城探望外婆。在麻橋還未興建的那個年代，我們登上比舢板稍大的渡輪橫渡麻河，六十年代的童年，麻河的天空是純粹的天空，裝得下我所有的夢想和幻覺。每次渡河，我總是一句話也不說，凜凜昂視遠岸。沿河的野棕櫚野椰木野叢林，隨波浪搖晃。

六十年代的童年，是諸神下凡探望我的年代。上一代的飄泊，以及成長後的孤獨感，在命運中獲得了靈魂的撫慰。那些年代的疏林淡雲，山城野水，慢慢將伊們的形影變成龐然巨物，向我幼小的心靈逼來，從此佔據我空曠的心野。

當年我伸出小手任黑水從掌上蠕動滑過，靜靜歲月逆流。幾番雨水，幾番狼藉。在我背後，一群大人在辦理喪事，一群沈默的女人手索彩紙，日夜圍著一座塔不停的繞圈，不時傳來女人的哭泣聲，我立在黑水河堤上，遠遠回頭看著女人們繞著圈子，晝夜不息。

在樓上的欄杆前往下凝望，我感到有些無聊。死去的人，也許將看見荒荒的枯木生長在他們的身上。而在世的人只有用古老相傳的方法，一心想把死者從地獄拉回陽光普照的天堂。直到儀式完成以後，大人們才把一切焚化成灰，讓晚風飄向黑水盡頭。

長大後，明白了人類只有在經歷了死亡的凝視，才稍能知道喪禮對於生命的意義。而人類也只有在離開家鄉故園以後，才會發現棄鄉所要付出的勇氣。明白到祖父那一代人在離鄉的路途上體驗了極端的複雜滋味，似乎知道了那個法國使者在青雲亭中所耳聞的哀音。

人類離開了故鄉，知道了故鄉對於人生的意義，因而才找到了故鄉。薄絮秋雲的日子，我伸出雙手，黑色而芳香的河水向我淌來，一座曾被喚為香妃之城的故園向我撞來。某種被割離的往事從青雲亭的側影裡逃逸出來。在我眼裡，海外中國人獨一無二的望鄉情結，化為林上的火燄，不論殘疾與否，既不涉及邪惡，也不涉及令人怠倦的仇恨。

憂鬱的深林

故鄉，在人們戀眷之餘，往往也會令一些遠離故鄉後再也回不去的人們，嚐到一種神話式的憂鬱。

種族血統中最重的記憶，是一種鄉情重於權勢的記憶。比如十六世紀初葉馬來民族的末代英雄，就曾數度在香妃城的深林裡對著故園的山影殘喘痛哭，伺機做著重建馬六甲王朝的繁華大夢。而十七世紀中葉，明末清初的大明子弟流亡南洋亦不忘反清復明；二十世紀的猶太人，幾近納粹滅族後亦不忘復國。

渴望回到祖先最初建國的土地，意味著魔鬼和諸神的交戰。馬六甲王朝建國不過二百年，卻也帶著熱淚渴望有朝一日趕走歐洲殖民主義的侵略者；更遑論建國已上數千年，數千年來以黃河為依歸、以中原為天下之尊的炎黃子弟了。

自從人類的祖先離開故鄉的大地，人類便開始懂得憂鬱的滋味。

走出星光下的青雲亭，我力圖想像大明遺民復國無望轉而建鄉南土的心情。血統的國度，失去的鄉土寬可萬里，美可千種，悲可千種。逝去的故宮故土，江湖四疊，惹得華勒沙當選波蘭新總統時說了這樣一句話：「一想到你們中國的情況，我就要痛哭！」

黃河盡頭乍驚的青雲，曾為所有因為大好江山心折神傷的靈魂鑲嵌閃閃的金邊。在人們黯然認命的年代裡，徒然令人們有謫仙不得的失意。千島零散的南方，祖父選擇馬來半島做為餘生的歸宿。注定了我童年的命運，和命運中所有的夢想。在舊大陸南下數千里的海上，我幼小的心靈曾把四夷八蠻的海岸線當作家鄉的港灣。老祖父豪邁硬朗的笑聲迎風而起。這份壯情難免有點苦澀。群葉亂舞之際，成了我在瀹暮中思念故園的一種依憑。

心靈如此的脆弱。就在思念之中，我確信我回到了故園，而且平靜地嗅到了榴槤花開的醉人芳香。

隨著年華的衰老，祖父在南中國海和印度洋之間的馬來半島上愈加憂鬱起來。他們都是謫仙而不得的巨靈。在他們的心頭，往事的藍潮涵藏無數魔鬼無數神靈湧過歷史。世間，留下老祖父獨自襟江面海，在當年落根的南方故里清度晚歲。古樸斑駁的麻城，曾聆聽過祖父和末代民族英雄發自內心的悲嘯，也知曉我蘊藏在內心裡的痴稚心事。

直到我離鄉到首都吉隆坡求學後，這心事才以一種透視種族歧視和種族虛偽的形式擊打生命的巨鼓。滅亡的終必滅亡，魔鬼歸魔鬼，神佛歸神佛。《憤怒的葡萄》的作者斯坦貝克說過：

「生命畢竟是盲的。人可以暫時沈迷，但長久的陶醉不是沈淪，就是死亡。」而族種，尤其不能沈迷在祖先的光榮裡。

我在藍潮季節中告別了古紅色的老海港。老埠港經過幾個世紀的政治爭奪，華爾摩沙城門佈滿季候風羈奔的憂傷。馬六甲王朝、葡萄牙、荷蘭、大不列顛和日本的大東亞共榮圈，以及馬來亞獨立的往事，一一刻在城門的石牆上。

我們藍潮翻湧的記憶起自憂鬱的林子深處，關於香妃城的祖父、關於古城的妳，以及故鄉的種族心事，曾經都是雪白如白雪的菩提紗，隨年華的飛逝逐一灼上魔鬼與諸神對立的記憶。縱橫交錯的菩提葉，密筋極其細膩極其動人，貫穿故園山川，貫穿火樹青雲，貫穿遙遠的童年。

燒空盡赤的往事把菩提紗燃成一園蒼壯的膠林，排空攫拿，撐開金色的花金色的雲，啪啪嗶嗶成熟爆裂的膠果如卵子精子射向人間，射向繁夢，把古紅的葉銀白的樹幹藍色的海潮憂鬱的林子，一併和南方的中國人染成一幅野獸主義的油畫，濃淡密疏，直燒向我記憶的深林裡去。

原刊《南洋商報・南洋文藝》，一九八八、九、二十六
《青年日報》，一九九三、二、二十六

殘餘

■弱智者的自我對話模式

分裂的語言

海岸在家鄉很遠的地方。岸邊有光明的海潮狂湧，在海岸交接之處悲壯地湧起、破裂、墜落，連潮聲都鬼影幢幢。所有的浪潮，都無須語言；陽光，也無須說話。

我從遙遠的荒域來到人間，體驗到生存的哀傷——是降世，而不是出生，這是我來到人間的方式。生死相銜的歲月，書寫著痴狂的慾望和分裂的語言。生存的喜悅，隨降世隱匿在我空白的處女記憶中：說出我缺席的人生，在充滿華麗與淒凌的幻覺世界裡，我過著一種悲歡莫名的魔幻寫實生活。

生活的景象，滲融了罪惡和童年的花香。但是，我無須對文化道德的敗壞負起任何責任。現實生活的欺詐和社會形態的異化，污染不了我單純的心靈。在這方面，人們面對的是意識世界，而我則是面對嬰孩的潛意識世界，以極其單純的快樂原則做為精神指導。這是一個不按語言文法、道德規範和邏輯心理運作的美好世界。意識世界所標榜的道德和高尚的文化，都被虛偽的世人用來掩飾罪惡與污穢。這一點，我已閱讀透徹。

我閱讀世界的思維模式，無人能曉。所以我沈默。我無須言語，就能表達我的悲歡；而我的哀傷，也是令人難以捉摸的，起碼，旁人難以體會。歲月照舊滲透著神聖的痛苦與寂寞，他人無法洞悉，連母親也不能。旁人只能猜測——有時候是盡力，有時則是漫不經心。

如今我隔著大海、隔著語言的鴻溝捕捉歷史和人們的心情。在這樣的對話形式中，我也只有用語言去捕捉自已和世界的關係，將它描摹成一種理論。通過語言，我們雖能認識自己了解世界，進而詮釋內在宇宙和外在宇宙的關係，並從中理解自我的慾望；然而，這樣卻也使人們迷失在象徵符號的世界裡，無法自拔。

倘若隔著語言的鴻溝去感受世界，大概無法了解單純直接感知世界的樂趣。在語言中，各人所了解的形容詞、動詞、甚至名詞，都各有差異。一陣雨、一陣風、一輪月色，對於花草飛禽百獸，都是詩的一種形式；所有的書寫和話語，都沒完沒了。

語言是我們的記憶，正是記憶的母語，把我們帶入隱喻的象徵世界。我們被鎖在語言之鏈之中，任憑擺弄。貧乏的詞彙，足以局限我們的記憶，因此，我在這裡雖用語言去描摹自己的感觀，亦僅止於一二而已。

站在今日後現代的文化景觀來說，如果生命本身是一齣被語言架構而成的野臺戲，被摧毀的智力便是我僅有的觀眾。我的人生劇碼，總是草草了結，像極了荒山野外一齣草率破落的、無人問津的野臺戲。

人生的大海空曠而悲烈，其實是無須言語的。不論是好是壞，人們都不免掙扎在死亡和慾望的邊緣，做起歇斯底里的夢，扮演著諸神百獸的角色，把千變的慾望視為自己一生的主人。

在他人的眼中，我的人生恐怕是一座無人問顧的殘堡，一處荒涼之極的廢墟；淒涼之處，鬼影幢幢。說的真實一點，我的現實生活乃與夢幻同生共死，蒼白欲絕。我也無須諱言我對此中情境的無力感，我孤獨欲絕的舞姿，就講述了我沈默的一生。

這太平盛世，對於他人或許並不美妙；對於我，則是命運的一種哄騙、一種猥瑣的愛撫。

無價的人生和雨聲

正是慾望的神祕光影和語言的思維讓我們感到人生的弔詭。那些失落了純真和接近死亡的人們，藉此找到滿足生命的藉口。物質的昇華，讓那些毫無歷史感的人生增添了一些慾望，我卻志不在此。我單純的世界容不下複雜的病態和危機。我滿足於簡單無華的世界。這世界的源起，本來就樸素優雅。

今天，世人將他們自己歸為正常人，把我劃分為異常人。事實到底誰是誰非，倒沒有人願意追究。人們強制用智障一詞去稱呼我，視我為弱智、低能，卻未意識到他們本身的智慧也極之貧乏，甚至愚笨無明。在作為靈魂的內心宇宙也好、外在現實的知識也好，智慧本身就是一種痛苦：古老的大地大海是痛苦的化身，赤道的星星亦是痛苦的標誌，告示宇宙成長與衰老的歷程。

痛苦，本身便是一種無明，一種殘缺。我們就在剝奪與奴役、支配與佔有中施虐或被虐，在痛苦和狂歡中奉獻一生。

很久，沒有與四哥共用簡單的晚餐了。餐後，我照例會獨自到街上閒逛。回來後便上樓躲入長方形的單人房。樓下客廳傳來孟德爾頌的E小調小提琴協奏曲，琴聲如一支支古老的羽箭，從變態的命運那裡射出，大玩基因的遊戲，使你成為你，使我成為我。

我們都是命運的俘虜，浮光掠影之中，逃不出我們自己，我們都得自食其果，並從中學習毫無怨言的一種快樂。這一點，我總是做得比別人好些。

我從文化景觀遽速變化的世界重回我的潛意識，視野頓時變得神祕異常。我仍舊有一些煩惱，有一點思念的心情。

雨季的東海岸，那些深夜，我躺在小鎮的建築群中，常對著黑夜想起北方的四哥和睡在鄰房的小弟。患了癲癇症的小弟和我有著同樣殘缺的命運，如同失去一輩子陽光的人，心事迅速催促淚水湧上眼眶的邊緣，掙破緊閉的睫毛滑落：開始是緩慢的，緩緩流到臉頰旁的懸崖才急速落下，彷若經歷了一生憂患，才滴上耳根，接著在另一邊重複了一次。淚水帶著癲狂冷漠的心緒，在幻景無常的雨季裡，重複著我空洞無物的慾望景觀。

我們都有著相同的淚水。淚水的滑落，有如純潔無辜的慾望自肉體的一端滑落，留下難以磨滅的滋味。我們從中走過了年少，有如詩人或屠夫一般使自身成為「奇異的理性大混亂的觀察者」，藉此完成理想化的人格，以掩飾內在近於殘餘的心靈。

前次我離家的夜晚，正逢季候風雨吹襲東海岸的年底。雨水，天不知地不覺的落下，以不為人知的心情打在黑暗的大地。童年的果園樹木，依舊保有童年的色彩，我們未曾失去；失去的，只是我們童年的心情。

美好的童年心情，在年復一年的雨季中給沖淡了，千滴萬聲，以無價可標的一種藝術形式，把我鞭打得聲嘶力竭。

事隔半年，隔海的雨聲再度懲罰大地。熱帶的暴雨，打在南方的街道，我感到中年的人生已有些異樣和變化。我的姐姐們為了減輕我的寂寞、改善我單調的生活，常來接我，帶我離開小鎮，到不同的環境走走。這些年來往返數千公里的旅途，我也算走遍了半個馬來半島。如今，我也走到了中年，我力圖卸下繁瑣的舊夢，重新揣度人生中曲折迂迴的訊息。

春來，赤道的落花依舊，夏天，也有白色和紅色的花開滿一樹。我的日子如常，星子如常地召喚地球。殘餘的命運與繁華的誘惑，仍舊是天父戲弄人間的一種寓言模式；然而我的人生，真豈是一場自由而無價的夢幻嗎？

《香港文學》一一九期，一九九四、十一月

祝福的弔詭

斯芬克司的死訊

一開始，人類似乎就毫不珍惜祝福的獲得。詛咒的痛苦和焦慮飄浮在呼吸之間。人們說應該祝福他人，但是在他們沒有被祝福之前絕不祝福。

據說，在斯芬克司跳崖自殺之前，人類並不懂得自我祝福的意義及其偉大。古希臘的神話中，人面獅身的斯芬克司始終是智慧的象徵。斯芬克司終年坐在忒拜王國城外的山崖上，無視於金色的陽光、蔚藍的雨水、碧綠的群山和疏落的堡壘、農舍、破茅屋，用謬斯所傳播的謎語不斷詢問路過的旅行者：什麼動物只發一種聲音，早上用四只腳走路，中午用兩只腳走路？晚上用三只腳走路？而用腳最多的時候正是體魄最弱、走路最慢的時候？

無數旅行者死在這千古之謎中，一直到俄狄浦斯來到忒拜國才解開。這個以人本身為謎底的謎題被解開後，百獸狂舞，斯芬克司羞愧得跳崖自殺。後來的哲學家認為，斯芬克司之死象徵著人類開始自我覺醒。人作為主體的自我意識被肯定後，人類抑制不住內心的狂喜和自傲，宣佈斯芬克司的死亡。

人類解除了智慧之神的詛咒，懂得了祝福牛鬼蛇神的大千世界。那些遠古時代被祝福過的金色陽光、藍雨、群山一直活到今天，直到我繞過花園、菜圃、果林、樓房，走入野花野草蔓生的野外小徑時，還感受得到這種祝福的溫暖。

人類和百獸雖然無數次錯過祝福的時代，然而，祝福的黃金世紀畢竟也曾無數次降臨人間。一九六三年十月二十四日，我帶著魔鬼和靈魂的祝福誕生於馬來半島森美蘭州的芙蓉鎮，重新思考斯芬克司的後現代謎題。在後殖民時代的歲月裡，認識到心靈被殖民的真相。

荒野的氣息湧上我的視野，慾望，以荒野的形式填滿了社會的空虛，而我們的生命本體，則成為哲學上的一種墳墓。我們都在斯芬克司的死訊中成了掘墓人，在不同的年紀，以不同的心情挖掘自己的世界。

生命的宴席，以豐盛的景觀迎接我的出生。時近黃昏，時光如玫瑰般的柔軟芳香，飄著紫羅蘭和常春花的歡愉。生命的盛宴等著我來用。我如斯生於人間：理想與挫折，現實與虛無，性愛與情愛，自由與壓抑，將是我一生的驛站。我將在現實中觀察、尋找及安頓自己的靈魂，明白了對人生的思索和掙扎其實就是對生命困境的反思。

從小，我和文化特性極不相同的馬來人、印度人和孟加里人一起成長，體會到要獲得他人的祝福必先祝福他人的道理。

來自南方的祝福

我走出南洋的街頭，走出熱帶雨林的雨季和寂寞的樓閣壁窗，才了解真誠的虛偽和虛偽的祝福之間的微妙關係。

走出南洋之後，人生依稀弔詭十足。然而，東方的生活哲學總是化腐朽為神奇，將傳奇的色彩填補在時代的空虛之中。

離開海外華人聚居的城鎮以後，我反而懷念南方街頭的景致。從鄉鎮到大城，城內到城外，殘留的風情尚有英國殖民地的氣息。我嘗試以歐洲人的心情去回想南方的每一道街每一條小巷。特殊的香味在黃昏時候飄送而過，聚合了古印度流傳下來的咖哩料理味和中國古老的補藥香味。

由一道街步入另一後巷，印度人的居處傳出刺鼻的印度傳統香味，華人的廳堂則散發禮佛的檀香。由一個東方古國到另一個東方古國，有一種極容易追憶的氣息和色彩。這段成長過程中，多元化的民族習俗和生活經驗，讓南方人看清了民族文化對於心靈的影響，不分詛咒，不分祝福。很使我懷想老一輩們記憶中的戰前舊時代，以及所有在舊時代失落夢幻、失落故國故土的思鄉人。

時代供給人類的條件是平等而淒迷的。那些格外熟悉的城邑鄉景，彷彿是前世遺留下的古代詩畫。一幀擺放無處的古畫，街道上的南方記憶，殘破的空白處已無法再填補。破畫竟成了南方人的心事。

曾經淪為葡萄牙、荷蘭和英國殖民地的馬來半島，在世界大戰以前，曾是歐洲貴族流連忘返的歡樂地帶。原始的海灣，潔白的沙灘，幽靜的海島，碧綠的高原，熱帶女郎，廉價勞工，貴族地位，香檳，名車，樓房，高薪，應有盡有。美好的舊時代，各式的俱樂部在港埠、城市和各處名勝成立。每個歐洲青年在新臨的土地上，旅遊壯偉的赤道國度，突然發現他們在一夜之間都變成高貴的君主貴族，構成南方傳奇色彩的東方新貴。這些殖民地主很快學會制定一套法制維護和吸吮殖民地的血液，以調養他們高貴的氣質。臨走前留給東方的禮物，竟是他們所詛咒的民族主義和文化沙文主義。

美好的舊時代及其歡樂，一直到五十年代還殘留此許醉人的芬芳色彩。《東方之窗》的作者奧曼尼，年近五十時為殖民地政府進行一項漁業研究計畫而來到赤道南方，及時趕上美好舊時代的尾巴。追憶起初抵星馬的情景時，奧曼尼以哀矜的心去懷念那段南方的美好歲月：

> 那是一九五二年的六月，荷蘭巨輪從遙遠的東非洲排浪推海將我帶到東方。大雨傾注。從灰濛濛的雨紗中，我在海上投給東方最初的一瞥。一座小島在下降的雨絲中飄搖。東方，就在海上等待我的到來。

東方被無數季候風雨變換了色調，抒情淡於浪漫，浪漫淡於粗獷。烈陽銷聲匿跡後，孤獨伴隨著懷舊的夜色染上久居異鄉的臉龐。人們衣裝入時，在以前曾經是荒叢林野的山坡上擺設宴會。相思木和聖誕樹的園林，大理石的圓形桌椅，華麗堂皇的樓燈，還有寬敞的閣樓。人們摟腰挽肩踏出房車走入庭園。野林河岸被闢成豪華花園，尤其在雨後的深暮點上幾盞明燈，更顯得迷離得飄渺，男男女女高聲無懼的歡笑。在負荷過重的夜色中，暫且忘掉故鄉的荒涼。

馬來亞獨立後，許多英國人帶著大量的豪華記憶和錢財回到故鄉，過其豪華的貴族生活。另一方面在馬來亞又牢牢控制著廣大的園丘和工廠。在秋天的宴會裡，他們總要對家鄉人笑談東方的趣事和南方的熱帶美女。

英國殖民政府的撤退，象徵著馬來民族權力的興起。上流社會不久即由少數馬來皇家貴族、華人和印度人所接替。掀開另一段支離破碎的輝煌時代。舊時代的輝煌燦爛終於隨著戰爭的結束慢慢幻滅。紳士帽悲壯地被人們擱下，任由光輝絢爛的歲月來來去去。在南洋，東方圓錐形的竹帽也漸漸被南方的拓荒人掛在廳房的壁上，靜靜懷念或者淡忘當年主人的汗水。經濟逐步起飛的社會，發展出包羅萬象的生活面貌，人們開始迷戀繁華、醉生夢死。高貴華麗的上流社會掩蓋掉社會內部的腐敗和荒唐。輝煌而又寒酸、喧囂而又寂靜的景象，毫不掩飾地宣告一個充滿種族危機的新時代的來臨。

新的時代，需要新的祝福。

祝福的哲學

戰爭帶來毀滅的命運，也帶來希望的雨水。新時代的冷雨滑過廟宇的檐角滴下，滴入異國的土地。

南方的土地，曾經無私地迎接遠來的客人。南來的人在此建立廟宇寺殿，以供奉渡海而來的神祇，和自身的心靈。這些廟宇的建築結構、技術和美學理念源自遙遠的古老東方，飄洋過海結結實實植根在南方的泥土。人歡人泣，雨滴雨歇，反覆無常的社會無意識地自我延續。舊時代抑或新時代，異族抑或本族，有時候又似乎沒有什麼分別了。

人類無法一生堅強到底，時代也無法永遠光明燦爛。祝福，也是如此。殖民者在馬來半島的黃金世紀隨著舊時代的結束而消失。不幸的是，歐洲貴族撤走以後，華人和印度人的文化遺產竟成為半島的獻祭品，或多或少是落地生根的代價。

對於搞政治的人，種族問題永遠不會變成哲學問題。

做為種族政治下的犧牲品，飄泊他鄉的華人和印度人慢慢發展出獨一無二的心理建構，好不容易才接受了南方的故鄉的事實。幸福或是毀滅，種族都是非常的思鄉，非常哲學地易於思索，易於孤獨。

生活在受排擠、受歧視的新時代裡，離鄉的民族為離開故土而付出了代價。這代價就是無土可歸。

許多年後，文化和民族的心結形成這一代無法言表的魔鬼情結。人類能承受多大的痛苦，魔鬼就賜予多大的痛苦；民族思念有多少的祝福，魔鬼就毀滅多少的祝福。

南方的街頭，一度被殖民者和馬來民族稱為外來移民的中國人和印度人，嘗試摸索一個能夠被世界所理解的形式，來表達內心的祝福及其魔鬼情結。久居半島以後，這些外來移民赤裸裸被棄置在史詩的街道上，各自以極為動人的方式將個人幸福獻給了嶄新的時代。毫不畏懼、絕不羞愧地把熱淚流在這片大地上，千迴百轉之後，卻任隨疏離的靈魂在矛盾的國度裡迷失了方向。文化的飄零者，立在世界雨林的邊緣地帶，異化為內在痛苦的大地。

經過一兩代的觀察和沈思之後，當初徬徨在建鄉和尋鄉之間的南渡人，調養出會說漂亮英語的新一代。西裝領帶、洋酒洋煙、甚至手杖和紳士帽都學上了手。這選擇是宇宙進化的選擇。老一輩粉碎了文化意識的母體，讓新一代在新世界、新時代中獲得新生。所有民族的掙扎、文化的牽扯，希望就此從這一代一刀兩斷。

民族文化記憶的喪失，以極其弔詭的模式入侵馬來半島。各族人口之中，華人不但徹頭徹底接受西方文明，而且開始被馬來文明所同化。不管這些華人說的是那一種語言，用那一種文化體系作為思考方式，香蕉人的靈魂一如黃皮白肉的水果，各自堅信自己是理智的、合理的、完美的。

適者生存的東方古訓，老早教會中國人如何在堅苦卓絕中創造神話式的歷史，化腐朽為神奇。這就構成了化腐朽為神奇的現代傳奇。善變的民族，終於在絕境中找到了生存的哲學。

我們將在各自的話語中找到種族認同的危機訊息。文化情感固然神聖，現實生活亦不可低估。在尋找身分認同的問題上，邊陲文化人的心理掙扎很是相當的複雜。軟弱的人性，在情慾的高潮中安撫了文化失落的焦慮。

現代的構圖，很有一種弔詭的意味。因為，人的誕生，就是魔鬼和靈魂的誕生。中國人聽不懂中國話，黑人遺忘了祖先的文明，阿拉伯人西裝畢挺跪在聖母之前，種種現象說明了種族情結是上帝的魔鬼。種族能承受多少魔鬼的痛苦，上帝就賦予多少的痛苦。人的心能承受多少詛咒的重量，上帝就賦予多少祝福的重量。詛咒和祝福，自有各自對立與協調的意義。

祝福的哲學有多深奧，詛咒的歷史就有多長。

《自由時報》，一九九二、三、三

山河飛花猶墜

追思

林花紛飛，天雨凋零，彷彿我終於墜入沈寂的時光隧道，往後退到光緒三十四年蔣中正赴日留學期間那些歘歘垂雨的子夜；退到光緒二十年孫中山創設興中會時那段血淚翻飛的世紀；最後再退到道光三十年，中國第一位留學生容閎進入耶魯大學時，那個令巨神失落靈魂的動亂時代。

那世紀，正當西歐諸國逐一擺脫貧窮的命運，遠東大陸的古老帝國正由繁華滑向墮落。深邃陰森的時代給中國人帶來前所未有的哀惶情懷。靈魂被壓逼成一座座孤島，飄浮在歷史的海洋。從島嶼到島嶼，中國人拋頭顱灑熱血，顛簸過憂患重重的一生。

留學與革命的濫觴

一八四七年冬天，十九歲的年輕容閎登上泊在黃埔港的「女獵人」號，經過九十八天驚濤駭浪的航程，登岸紐約市，城燈紛繁。盛春時節，從靠港的海上望向美洲大陸；美洲大陸第一次映入中國留學生黑眼瞳的視網膜上，真正的異國風情，異香撲鼻，東方的靈魂一時間淌滿溫暖的淚水。

一八五四年，即咸豐四年容閎畢業於耶魯大學，成為中國首位留學生。在《我的中、美生活》一書中，容閎回憶起一八五五年春天回到闊別十五年的中國大陸，在廣州正好目睹回國後第一件令他毛骨悚然的事件：為了平息廣東人民的起義運動，總督葉名琛不分良莠屠殺了七萬五千人。即使是法國大革命時期，也沒有如此令人心寒的屠殺事件。容閎一時感慨萬千。

如果短促的生命無法獲得一點一滴幸福的慰藉，對於千百年來死在暴政下的人民來說，再優越的文化和壯麗的山河也只有顯得特別弔詭。容閎坐在光明的長窗外，心中的壕溝和海岸一片蒼涼。中國人活著、皺著患難的臉紋，小心翼翼的跪在祖先的神壇前。

鴉片敗役以來，千古恃才傲物的中國人在一夜之間嚐盡喪權辱國的滋味。歷史在世紀末的暮色裡撫摸中國的傷口。晚風峭，尊嚴如絮。

如果從一八五〇年容閎進入耶魯大學算起，中國留學海外足足已有一百四十餘年。一個世紀半的西洋夢，還未曾完全甦醒。回顧晚清三大民族運動，幾乎都和留學生扯得上關係。其中尤以革命運動最為刻骨銘心，有如太陽昇自民族的心房。無數留學生在革命運動中發出荒涼的巨吼，迷失在瘋狂的夢境裡追求強大、科學和平等。

美國總統甘迺迪說過：「我不相信我們中間會有人願意把我們的地位讓給別人和別的世代。」一八九四年，孫中山創立興中會，為的就是要把中國在世界的地位和身分找回來，為中國現代革命史立下蒼涼的里程碑。

狂亂而又恍惚不安的年代裡，中國留學生大量參與革命運動，顫抖著，準備為東方塑立一個合理的烏托邦。革命成了生命的信仰；說嚴重點，革命已成為中國留學生的一種生活方式。

這些身陷囹圄的留學生嘗試讓其他民族相信，中國是東方的巨神。這巨神，匍匐在革命的聖殿中揣測中國的憂傷。

雙重的驛站：留學與流亡

光緒二十四年，戊戌政變失敗，鄰國的日本，無可避免濫觴成中國人流亡和留學的驛站。天渺渺，中國留學生和流亡人站在日本的海岸線上，聽得到彼岸千古巨龍的呼喚。失落國權的巨神開始了四處飄泊的生活，用僅剩的自尊為自己禱告。這些留學海外的中國人用他們僅有的血，唱出祖先流傳下來的歌曲。

在眾多留日學生中，鄒容和陳天華可說是其中最令人動容的悲劇性人物。他們是早凋的巨神，草草化作民族的守護神。

中國的悲痛，千載寂寥。

世紀交替之際，中國人被西方逼出他們在宇宙中的地位和身分。天地昏黝，為了重建中國的尊嚴和身分，中國人正義的吶喊把太陽和宇宙萬星都叫到眼前來觀看偉大的重建工程。留學生首先帶領了革命的風潮。

鄒容在一九〇二年春天，在排滿意識飽漲的年代踏入東京的街道。鄒容的結拜兄弟章太炎，大力提倡復仇思想，嚴分滿漢，提醒中國人不要再做奴隸世家：二百餘年的奴隸生活已經夠長，已到了必須了斷的時候。那一年的三月，正逢章太炎和秦鼎彝等人在東京發起「支那亡國二百四十二年紀念會」，春天的江戶用排外思想和民族主義為鄒容欣然洗塵。

到了日本第二年，鄒容一怒之下剪掉留日監督姚文甫的髮辮。黯黯長絲，滿地橫斜。這條滿洲人贈送給中國漢族的髮辮曾在美洲被洋人譏為愚蠢的豬尾巴。早年移美華僑在美洲各大沿海城市，這條中國人的尾巴曾被美國白人當街拉辮子當豬跨，用火當鞭炮燒——為華人移民海外的歲月留下一道傷口。

這一條血辮子的仇恨，暗隨海水到天涯。在落後、貧窮與怨恨的命運下，中國人終於毅然剪掉辮子，悲痛地燃起革命運動的火炬。在自我掙扎中，中華民族的巨神孤獨地追尋著自己尊嚴的靈魂。

在西方，列寧的青銅猴子雕像坐在達爾文的《物種起源》一書上，對著人類的骷髏沈思。而在另一方面，禮義廉恥的中國人也在沈思，沈思民族的命運。在留學生群中，民族重生的意志就在封建廢墟中矗立。

由於新視野的啟發，加上民族主義的撥動，幾經思索，鄒容以他十八歲蒼白的手寫下《革命軍》一書，頓時震動清朝的耳鼓。清政府不但逮捕了為《革命軍》一書寫序的章太炎，封閉了最初發表《革命軍》的《蘇報》，也把鄒容逮捕入獄。兩年後，鄒容在獄中黯然逝世。

正義之士往往都死在牢獄之中。泰戈爾說過：人類的歷史很忍耐地等著被侮辱者的勝利。然而中國人對外對內的戰爭似乎都不曾真正勝利過。在光明尚未完全呈現的世紀裡，中國的靈魂並不是燃燒的太陽，而是喪失了尊嚴的巨神。

鄒容離日返華的那一年，陳天華跟著也到了日本。陳天華在日期間，也在大中華意識裡迷失了。一九〇五年，日本「取締清國留日學生」事件中，陳天華在悲憤之餘獨自走到東京大森海岸，躍海自盡，以示不滿。這些死於壯年的中國子弟，使齷齪的世界顯得高貴起來。

大中華民族主義思想，教中國人嘗盡榮枯的滋味。禮義廉恥的民族，必須以怎樣的智慧和勇氣去面對荒誕的命運呢？在通往地獄或天國的路上，在尊榮與恥辱的命運中，生與死，創造與幻滅都同樣弔詭、同樣哀傷。

荒涼的世紀，許多中國人不是死得太早，就是死得太淒烈。當年那些留學海外的愛國主義者，如今再沒有幾個人來哀悼。畢竟，世界上眾多的諸民族魂，有三分之一是中國魂，其中又有三分之一死在戰亂與貧窮之中，磬聲梵聲，聲聲夢覺。

赤裸裸的世紀

葉紛紛，古祠荒殿。

民族主義和帝國主義把中國魂摔成碎片而後已。那些遙遠的革命的心事和留學記憶，多少年後一一門荒苑靜，任其焚化為淒清的飲泣。

月冷千山，荒涼的世紀帶著血腥的氣息走過黃河的國度。當海外中國留學生勇於進行趕韃子、反帝國、興國邦的革命活動之時，海外的滿州籍留學生也設法鞏固他們在中原所享有的榮華富貴，懷著感恩情懷發表《滅漢種策》，提倡結合滿清和列強的帝國力量去滅絕漢人。其中〈滅學生〉一策中，建議清政府永禁自費留學，以全面達到愚民政策的效果。而那些已經留學海外的漢人應予永遠流放，不得回國，歸國者處死。

在非理性的種族鬥爭的年代裡，這種出於迷狂的思想，特別令世紀末的中國人感到悲痛和恍惚。

所謂一墨大千，一點塵劫。當初留學風潮興起之際，傳統教育在中國境內亦正遭受被唾棄的邊緣。此外，傳統讀書人的虛偽，以及對於功名的追求，也已到了匪夷所思的地步。那時候流行的諺語是「去到考場放個屁，也替祖宗爭口氣」。

早年受過傳統教育的陳獨秀，就曾經強烈抨擊八股科舉的虛偽腐敗。三十年代中期，陳獨秀在獄中寫自傳提到一八九七年他初次離鄉到南京鄉試，看到一個一絲不掛的大胖子，頭盤大辮子，腳踏破鞋，手捧試卷走在如火燃燒的長巷裡，只見「上下大小腦袋」左右搖晃，唸到得意處拍起大腿大叫道：「今科必中！」這個胖子使陳獨秀聯想到一旦這般人物得了志，國家和人民將要如何的遭殃。此外，從考生應考後趕去嫖妓的現象看來，其腐敗虛偽的程度也足以令人心驚肉跳的了。

亂世的鼓聲穿過千樹，醒覺的心靈在陳獨秀體內如亂麻千結。這位中國共產黨的創始人，最後終於踏上集虛無主義、共產主義及民族主義於一身的悲劇性人生。後世的中國史學家和社會學家感嘆中國人有太多的苦難。事實上，中國的苦難有一半是長期貪婪、懦弱、自大、封閉的中國人集體潛意識的結果。

在渺小和偉大中，人類逐步走過苦澀的歲月。對於誕生與死亡在傳統文化中的中國人，到二十世紀末才懂得扶著理性的拐杖看清人性的本質，勇敢地粉碎了民族主義與排外主義的束縛。

山河墜花

《左傳》有句話說：「非我族類，其心必異。」可見炎黃子孫自古就有深沈的排外情結。有排外，就有入侵者。現代政治學家廖光生在《排外與中國政治》中指出：「一部中國近代史，就是一部帝國主義侵胡史，又是一部中國人的禦外史。」中國人對外情緒由排外而媚外，從抗拒西學到留學海外，這兩種矛盾而微妙的心理，使中國傳統的靈魂與封建的肉體遭到煉獄般的折磨。中國的巨神遂迷失在失根與尋根之間，無法自拔。

另一方面，西方的知識論與科學觀啟發了中國某方面的情結，進而使中國知識分子正視了生命、政治和宇宙的陰暗面。表面上，政治機會主義者將中國百年來的積弱歸咎於帝國主義，事實卻是千瘡百孔的封建體制還未能具備足夠的智慧去回應新世界的挑戰。從清朝到中共政權鎖國封關的政策看來，歷史再度證明了：隔離與孤絕是人世間最大的痛苦之源。

山河飛花猶墜，不算凋零，然而一開始，中國歷史似乎就在一個錯誤的位置上開拓烏托邦的春天。在民主和科學的新價值體系前，古老的中國魂頑強地枯萎，裸裎一種毫無價值的仇恨心理：怨恨與悲愴，像鬼蝙蝠倒懸的身影，夢遊一般搖晃在中國人焦慮的夢魘中。懷著三分懼外，三分排外，三分媚外的複雜情緒，拼命想要平衡民族優越感和自卑情結。

百年後，天藍月瑩，滿樹芳香，中國人的革命歲月已成雲煙往事，然而中國爭湧留學海外的現象卻燃燒成駭人的烈火。今日中國人的留學夢，早做出了文化病來。如今在海外接受文化洗禮的現代留學生，若回顧百年前留學教育所負擔的崇高使命，以及無與倫比的高貴愛國情操，今日的誨澀心態，無疑令人迷惘。

雨漫漫，亂影翻窗，百年歲月，滴水足以穿石，但是中華民族今天不但不能全面建立東方的學術權威，甚至連文學強權也失落了。東方的太陽落下大西洋之後，亞細亞的海岸就未曾歡騰和榮耀。在夜幕沈重的雨夜，風絮滿華，蒲公英的夢想和民族存亡的危機都是耐人尋味的。

《青年日報》，一九九三、一、十五

秋，我來到福爾摩沙

■致恩師鄭良樹

十年一夢淒涼，似西湖燕去，吳館巢荒。
重來萬感，依前喚酒銀缸。
溪雨急，岸花狂，
趁殘鴉飛過蒼茫。
故人樓上，憑誰指與，芳草斜陽。

——吳文英〈夜合花〉

秋暮聲中，我終於來到福爾摩沙海島，踏著二十九年前您初次踏過的泥土，記憶的巨幕千千若雨若絲，攤展一如蒲提葉的密筋。在夜晚完全降臨以前，我離開桃園中正機場，碧暮，晚風撩撥起登陸客的萬端心緒，人影動、衣影動，燈火急速燒亮這座水島都市。天涯遠，無聲的是鄉影。二十五年來我所熟知的一個世界突然遠在天邊，代替的是暮色中的一片城景，似乎一場大夢醒來，周遭的人情物景竟皆徹底改變，諸多往事盡成雲煙。暗鄉魂，在陌生的天地間，感到年輕的生命其實並不能撫慰因野心、因別國而激起的憂寂情緒。

抵達政治大學的那個夜晚，颱風來襲，細細麻麻的愁緒來襲，海上島上一片雨，英倫式的秋夜雨，風纏人倦。第二天辦理入學註冊手續時，在《中國時報》上看到您的老師——臺靜農老先生獲得第十二屆時報國內區的推薦獎，我懷著幾近謙卑的心，望著我的姓名和臺老先生並列一欄，款款的心緒竟憑此凝愁。

從流離戰亂中重歸簡樸閑逸的讀書人，我深信臺先生那一代人對於善與惡、高貴和庸俗、英勇和懦弱都會有幾近透徹的體會。身為中國的知識分子，四十年代以來，無疑是一段傷情的歲月。臺先生那一代人經歷了慘澹的時期之後，接踵而來的是光榮的日子，安逸應該是可以說得過去的。曾經在戰火的黑淵中受壓迫的生命，其靈魂必洋溢著人性的溫情。命運的浪潮，曾經狠狠衝擊過四、五十年代的中國知識分子，淪陷、貧困、失望和憂患的惡夢重重打擊了他們的理想和靈魂，導致了局部麻痺、局部無依的心態。曾經英勇剛毅、曾經痛哭當歌的年輕學者，陷在既疲憊又緊張的動亂歲月中默然生活，荒廢了筆、埋葬了靈思和血氣是可以了解的。國家失陷的沈痛宛如烈火焚心。早在春秋戰國時代，《詩經．黍離》篇就曾描述過一個亡國的靈魂：「行邁靡靡，中心搖搖，知我者謂我心憂，不知我者，謂我何求。」流落海外的失國人誰沒有鬱結含蘊的傷痛。憂深恨遠，您身寄香港年餘，個中滋味亦不堪嗟嘆。

若說戰後的日子是喪亂無告的，便更能體解民初那代人的苦境。古老的東方社會在墮落的邊緣，國家民族面臨空前的大危機，還有知識良心的衝突、文化價值的取決、道德責任的關切情懷，幾乎集人世間的一切重任於一身的讀書人，苦，當然是不堪言喻的。當年，在舊上海的年輕歲月裡，臺先生身為魯迅的學生，曾致力協助魯迅搞文學團體推動新文學思潮。三十五年秋，他離開舊世界舊風情的老上海，渡海來到臺灣大學，數十年的教書生涯，臺先生雖然創作漸稀，學術論文亦難得一見，但到底他對新文學運動的提倡和維護，正如楊牧先生所強調的：實已為新一代的年輕寫作者開闢了一條坦蕩大道。

談起臺老先生，您該有一段時日未和他聚敘一堂了。一九八二年夏天，由於美國猶他州家譜學會之邀，您到香港和臺北出席國際家譜會議，當時曾和臺先生、毛子水教授、孔德成教授及屈萬里教授等師歡聚。之後，我推測您可能再無因緣和臺先生等聚首。

在《中央之國》一書裡，您提起臺先生的一手好字和一些生活喜好，使我覺得我這一代的年輕人早失去您們那一代人豪邁的氣魄，以及氣吞山河的胸襟，尤其是豪飲。豪飲是中國傳統文人的一大特質，豪飲之間顯露出俠氣的豪情，而不是現代酒鬼的貪婪本色。我可以想像高粱酒當前的時候，身患高血壓的臺先生如何以「一杯就夠了……再來一杯就可以了……再來一杯也無妨罷……這次最後一杯了……真是最後一杯了……再一杯就不可以再來了……」等藉口一杯接一杯的暢飲。他含煙吐霧的酒後適情也是不難想像的。若是晴陽之春，弄煙可以解失國之情：「煙氣瀰漫了這矮而狹小的房間，與陽光互相輝映，頓使我回到過去的夢境與寥廓的遠天，心是像狂風中的波上的小舟一樣，蕩漾得不能自安。」

一九六五年秋天，您考入臺大研究所。二十餘年後，您的學生孤身他寄，臺北市景已完全改變了。那段遙遠清清的歲月，對您們那代人來說，真個徒留回憶。今夕斜陽又晚，多少舊事又要晃過您的記憶。

念此際，座落在馬來半島東海岸的故鄉在東北季候風雨中，白浪橫天。初到政大的那幾個日子，萬雨吹淚的清晨和傍晚，離鄉人踽踽獨行，寂寂寡歡的天地，相思的風細細密密撲打著亭亭青木。每當燈火黃昏，千里萬里，新事舊情，一塊兒踉踉蹌蹌，鋃鐺跌墜。

多雨多水霧的馬來半島，打從去年夏天您趕赴香港中文大學執教的那一天起，我即開始了漫長的等待，今秋終於來到福爾摩沙，彷若千古的期待，在一個風高之晨，把心中的巨舟向南中國海的東北盡頭奔赴，福爾摩沙，又已是另一個秋天了。

去年您離國前曾吩咐我赴臺途中先到香港與您小聚。可惜此行太過匆促，加上研究所已經開學，未能過境拜訪，深覺遺憾。山居沙田，煙樹蒼蒼，八仙嶺岸外該又是起風起霧的日子。潮陣、霧陣，正是看山看海的黃金歲月。十月一日我過境香港，降臨前看見濛濛秋雨中的一座城顏，一邊是湛湛千畝碧波，一邊是房樓點點，群山和雲煙則化為一景，遙秋漫山疏雨。有海水湧到的地方就有華人。從機窗外望，那座華人建設的現代城，有種動人心弦的風采。而您的風采，想來比往年更加豪朗了。

往年在馬來亞大學斑黛谷裡，在極靜寂的晨光中，聽您論述古人的智慧和古代的悲壯。赤道陽光和風雨伴我度過三年的大學生活。那些年，您提醒我們，生命要勇於立命。那些年，我常在講堂裡妄想聖樸莊嚴的古代，心中的火焰隨年華的增長而加劇燃燒；在多元種族社會中無依的夢裡，燒掉一座又一座古老的大森林。那些年，陽光好亮，高樓和茂密的青龍木列在琉璃窗外，白花花的天和地。如今我在清冷如故的晨光中聽學，想起馬大校園，想起故鄉，無花的秋，望不見海洋，教人想不起南半球和北半球交接處的海峽和熱帶漁村。浪層，千古白龍拍打亂岩，飛濺白茫茫的碎龍可以是一岸的墜淚一季墜花。南洋故鄉，蒼鬱鬱的棕櫚林和膠園，向靠海岸土栽植；向山之麓，向城鎮，向沒有歸向的年華處伸延，我們，在熱帶的民族沙文主義中度過一些失眠的夜晚。您的一代相繼老去，另一些離國他去；我的一代茁壯，另一些則被當地土著和西方文明給徹底同化了，連自己的姓名也不能以方塊塗出一個樣來。

在成長的試煉中，我的童年曾經體驗過死亡的烈焰。一九六九年馬來西亞那一次種族流血暴亂，一轉眼進入了二十週年。一道又一道的街巷給燒毀，夜夜夢魘伸展。二十年中沒有人敢提起這一個深深痛過，而今依然痛楚如新的傷口：每個人都假裝已經淡忘，每個華人都失意。沒有歸向的年華，大馬華裔和其它區域的華裔一樣，都被二十世紀蹂躪了的古老理想還活生生長在我們的心頭。生命，顯然是愈加孤寂了。虛妄的二十世紀，大馬華人社會的經濟權和文化權隨著政治權的崩潰，一九六九年五一三事件過後，再度迅速失勢。去年您遠赴香港，除了學術因素外，大馬多元種族、多元宗教、多元語言和多元文化社會中的各種明爭暗鬥，想是促使您離開大馬的原因之一。畢竟，下一代的前途是堪慮的。

生命本來就不是偉大的果實。在政治、經濟和文化的主權爭奪戰中，我們在多種形式的壓迫下終於成長，對社會環境的各種變異，自然極為敏感，感受卻分外無奈。在這種時代背景下，我們在成長的歷程裡不免妄想要求某些合理與荒謬的東西。

我們，都是失落了一些什麼的一代。

自從第一次世界大戰之後，失落的一代在鄉野和繁城中出生、長大、死亡。第二次世界大戰的爆發讓現代人更深切的親身體會了憤怒和絕望的恐懼。失落的一代在二十世紀的幻滅意識中狂放地追尋生命的真理和人性的溫情。我們，畢竟是荒謬年代中的生客，無視於整個紅塵人間的怪誕。大革命後的人類創造了所謂現代幸福和科技文明，卻也加劇了失落的徨恐。舊世界的幻滅和科技的急速發展，導致更多年輕人追求虛無主義和物質享受，千年黃河哭過的黃土，戰亂的數度連續使更多的中國人紛紛離開古大陸。有海水潮聲的岸邊，就有華人。一個世紀就快過盡，當年離開古大陸的花族，似乎還在找尋安全的港口。稱心之邦豈能如願。在冷熱無常的熱帶氣候中，東南亞華社沈靜的哀憤和頂天立地的愁緒竟無以宣洩。在風起雲湧的年華中，我和我的一代人不時追問，追問下一代的民族情意結究竟要歸向那一個方向？

臺灣的大學生無疑是非常幸福的，他們大部分生活在校園的保護網內，可以相當無憂的過其學生生涯。有一天我收到中華醫專一位教授的信，他在信中感嘆現代學生升旗時不願意開口唱國歌，他告訴他們：「如果有一天再沒有機會唱國歌的時候，你們都會後悔莫及！」

午夜已過，一陣雨沙沙落下，細雨微愁的木柵地帶以生疏的景致引我踏上大大小小的街巷。遠方赤道，有人跪下為我們祈禱，有人含淚為我們祝福。無聲的是，相思微愁。冷溼的異鄉秋季，我走長長的河堤路上課。醉夢溪的河堤，風淅淅，沒有星光的晚上我回到住所。一路上，生活的勇氣和生命的希望都在那樣的時刻真真實實的壓落下來。九月十月，心若搖籃雨瀟瀟，人去千里，岸花浩渺。南中國海的潮聲夜夜從小窗外傳來。福爾摩沙，北回歸線上的藍天沒有一片屬於我，而我生命中的大花園還遠在遙不可及的前方。

《中國時報》，一九八九、十二、十六

憂傷在分水嶺上

憂鬱的夕陽

說起來，我曾經也是一條降河洄游的山泉，帶著冒險的靈魂和塵世的渴望一心奔往浩瀚的大海。

一九八二年十八歲，我初來首都的時候，正是季候風開始向西南方吹襲得最狂烈的六月。那年，我也在和今天一樣的夕暮中，從山脈腳下往西南攀馳，懷帶一種極似溪水初出山林的憧憬處境，期望有朝一日登高眺望中央山脈的分水嶺線。

在蒼翠紫藍染遍的峰脈界上，生平第一次在離家三百餘公里的山景中，凝望重回西海岸的第一輪血紅夕陽。童年的西海岸記憶，受到了青春時期浪漫主義的召喚，一些被扭曲的生活體驗在封閉的宇宙內被解放，追求偉大和永恆的衝動在憂鬱與懦弱的靈魂中甦醒，霸權主義的理想和願望，從消極的守候者反過來成為主動的觀察者。然而，這些恐怕也只是個憂傷的生命觀察者而已。

我胸膛裡火熱的心，在遙遠的晚雲裡燃燒、碰撞；那血一般憂鬱的夕陽、那深具霸權主義氣質的理想，在我深邃的內心產生歷史性的荒唐而又真實的憂傷情境。

種族的相逢

巴士穿過雲頂山腳下的昏暗隧道，在中央山脈的背脊上翻馳。只有加叻東西大道在鬱鬱菁菁的峻嶺間迴旋東去。橫臥三百五十萬年以上的第三紀地質層，北接喜馬拉雅主脈，南通印度尼西亞群峰，山色水影一路盤踞起伏。在夏季的原鄉，我是一股嚮往南海的水。

窗外的熱帶雨林原是一座平靜而深具道德理念的綠色烏托邦。自由競爭的野獸飛禽，懷著駭人的想像力各自追尋族群的理想生活型態及其真理。生存在於牠們似乎用不著分辨宇宙的真偽、或者逃避荒謬理論。數千世紀與世無爭無罪的原始林，各自在自己立根的土地上，充分發揮自由的幻想和創造的能力。在大自然中自由地往下紮根往上展枝、開花、結果。

每次往返學院與家園，我必定留意大道旁的一片松林，佔地有好幾個山坡。我注意它，不外是我懷疑那片松木林是人工種植的。在種類繁多的熱帶雨林裡，那片幾乎清一色的松木顯得分外刺眼，心中一時湧起難言的感觸。

這座針葉林的栽培，肯定要犧牲不少在自然競爭條件下成功茁壯的古木。自然生態被外來運動所破壞、或者被逼改變生態結構，自然必付出巨大的代價。同樣的，人類社會中自由競爭的法規如果慘遭政治性或社會性的更改和摧毀，被剝削的某一方所遭受的犧牲便值得同情。從適者生存、基本人權或者任何自然競爭的規律來說，自然自由因了某種外來力量，特別是政治團體的強大力量而面臨崩潰的情勢下，選擇空間受壓制及生存條件受威脅的族群，便不能一味和現實中的非理性力量妥協。力求突破是必須的。在力圖粉碎政治力量和社會壓力的歷程中，如果遭受失敗，兩股矛盾勢力碰撞之下，原本就屬於受壓抑的族群，必將進一步面臨理想解體的危機。

從東西歷代的歷史現實來看，嚴峻和複雜的命運在某種程度上，可視為取代海外華人自我超越的一項挑戰。在大馬，當年華教精神領袖林連玉為求爭取華文被列為大馬官方語言之一，導致公民權慘遭政府剝奪的歷史悲情便是最好的例子。

歷史悲痛尚未完全被大馬華人遺忘之際，華人社會於是退一步設法籌建獨立華文大學，以維護大馬華文教育水平和文化傳統的薪傳，進一步又被聯邦最高法院判決違反國家憲法。大馬的華文獨立大學終告悲壯地胎死腹中。這種極度壓抑的文化困境，不僅是大馬社會文化發展的瓶頸，也是全球人類最痛苦、最危險、最脆弱的一種族群負疚感。

林連玉事件以後，大馬華人社會在文化傳統上的憂傷是無法言釋的。胡適晚年時候，在民族分裂中歷驗過沈重的精神挫折後，以較消極悲觀的心態提出：「容忍比自由重要」的課題。楊牧曾經對此加以訓責，而且極力提倡了多元社會形態的重要性和必要性。他說：「容忍是很重要，可是自由更重要。容忍是比許多別的東西重要，然而容忍在任何可歌可泣可憐可恥的情況下，都不會比自由重要。」

這句話，深入當年壓抑的心靈，對我起著一種告別式的撫慰。

野地的墓碣文

越過山木林，朝東、略略偏北，背著馬六甲海峽，每一分一秒，時光的墓碑正引我歸向家鄉的庭院。靈魂在時空的變化中起了某種神祕的感動，一種想要急於清除一切心事的情緒，在體內某個部分擴大，在情緒慢慢回復到像謎一般模糊不清時，我但願自己是一溪流往南海的泉水，內心流著宇宙的憧憬、溢滿海岸的風流。

將近傍晚的時候，我無意間摘下眼鏡，天空正飄起細細的雨絲，幾滴冷雨濺撲到臉上，在措手不及中，雨陣立刻以萬馬奔騰的狂姿洶湧捲來。那輛沒有空調又相當老舊的巴士，不得已只好躲進狂雨裡，把陽光隔在群山之外。窗外迷迷濛濛的山景，裝飾起夢幻的雨紗。這一幕蘊含某種淨化力量的悲劇意境，在靈魂深處只是浪子與歸人的心靈禁區，或者更貼切些，是宇宙與人類的原始墓碣文。

風雨，像政治勢力一樣更尖更利了。

蒂蒂旺莎山脈的蜿蜒雨幕中，我留住了一幅薄暮風雨圖。在一片雨林秋深處，在大地豎起一座古人佚名的墓碣文：

假如你想要作為永恆的形象，
死亡就是生活的完美境界。
假如你想找永恆的形象，
只有把自己的形象轉變成虛無。

天地歲時的蘆花

遠方的處女野林在窗外掠過，山族人的破房舍、香蕉園、修路的工程站及雨林中聳立的老枯木，都在車窗外成為眼前的過客。

黃燦燦的金森林在一抹斜陽的山風裡輕輕搖曳。一種我稱為蘆葦的野草，滿山滿谷，在金黃的斜陽下閃爍著金黃的舞姿。這是人類潛意識中追求和諧空間的一種表現。那些開著或半凋的野蘆花，一直是那些年少歲時極度思念的花景，在大地的斜坡間一次又一次的接我回家迎我進城。

再下去，風景是很藍很野蠻的天空蒼宇，藍綠色起伏不定的地平線，以及巍峨無告的大地。那時，我正在馬大修讀最後一年的文學士課程，在大學即將畢業的年華裡，以當年葉亞來勇闖吉隆坡的年紀，朝吉隆坡的方向急速顛簸前進。

一路上，我感到現實主義的命運賦予葉亞來和我的靈魂過重的痛苦。在年月不斷從我身邊流過的日子裡，葉亞來的歷史在歷史描寫中逐漸失落了地位和身分。我猛然抬頭，卻發現遠方的山色天色綺麗得像極了我家海岸線上的南海，浩瀚壯瀾，一如心中激昂的灰土地。無告無依的大地山川，比古老的銀河還要深沈，比逝去的夢還要陌生。

逐漸幽藍的向晚天，我用藍調的眼神在豐滿以及乾癟的飄雲上書滿王安石險峭的詩句：

坐感歲時歌慷慨

起看天地色淒涼

原刊《南洋商報·南風》，一九八八、七、三十一

《中時晚報》，一九九二、十二、十二

諸神的黄昏

■一種海外人的自我論述

中國的黄昏

對情有所鍾的海外中國人而言，飄泊的命運是注定的。生活在二十世紀，中國的歷史，曾在海外人的內心深處暴裂，亂紅飛花在中國的窗外翻撲，光影崚嶒。一些不可能發生的事，逐一都發生了。

這弔詭的命運在大海與大陸之間飄飄渺渺，如花似玉；以一種充分弔詭人心的形式，在文化認同與政治危機的迷思裡令我墜入追尋的深淵中，無可自拔。經過這些年來，我才開始提起勇氣自我解剖。

不論是港臺或是其他各地的海外人，歸根祖國的想望，如今已變成類似神話的一種破碎的夢想；嘲弄的意義甚於慰藉。

繁華與寂寞難以劃清界線的世紀末，多元化的頹廢色彩，以新的模式誘惑人心，而一度曾經令中國人心醉的民族主義的狂潮，也在夕陽中漸漸平息。我依靠著他鄉向晚的暮色，期待一個美好的夜晚，一如宙斯懷念滿天星光的天堂。

臺北木柵四年，景美溪流域的暮色淩亂如故。海峽兩岸的晚雲依舊光怪陸離；在此民族主義的夕陽下，仍有一些情有所鍾的中國人依舊感到飄泊不安，耿耿於身分的得失。

中國的黃昏裡，我看見小花，一小朵一小朵在風中飄泊四海，如此孤獨地墜入暮色。所有離開了中國大陸的中國人，都是飄泊的諸神，世世代代在母體以外的世界尋找生命樂土，如此寂寞，寂寞中充滿探險的情趣。偌大的異國天空，微小如斯的小花和諸神，如斯孤寂地在江江湖湖之外等待命運的轉變。

那些仿若小花飄飄欲墜的海外中國人，在睡夢裡飄過故國的山川，也飄過海外的千島，浮沈在諸神廝殺過的黃昏裡。而在現實世界中，他們則是一個自我放逐的邊緣人，往往被排擠在社會的邊緣，在精神層次上被殖民化了，在心理結構上則自成一種畸形的族群。

在現實世界中，海外人都承受著精神的痛苦。事實上，自古以來，放逐的精神處境就不斷允許荒誕劇一再發生在民族舞臺和人生劇場上。我已習以為常。文化的壓抑交織著生命的焦慮，這處境反而助我擺脫了民族迷思的神話。處在巔覆與重構的時代裡，我允許自己在中國社會的核心外被疏離、被邊陲化，絲毫沒有任何怨言；就算有，也已化為歷史灰燼，在人生歷程裡愈飄愈遠，化煙化雨，無所牽掛。

在精神上，臺北的日子流逝得快；現實裡，卻特別緩慢。北臺灣的歲月，精神生活滲透著由鄉愁偽裝而成的空虛。然而，曾幾何時，思鄉的語言已無法再次言說自體；思鄉已失去原有的意義，故鄉亦失了形體，徒具象徵的符號，意義已被架空。

在一種類似思鄉的情境中，他者與自體各自流淚，破碎的歷史和深邃的歲月安然從我身邊流過，快速，平靜而徹底。命運之神與生命之子在我流逝的季節中播種；客與主、光與影、幻想與知性，以及相思與鄉愁構成了我的世界。開花，枯朽，生生不息，體驗了他者的憂鬱，同時嚐到了自體的疏離。

走在中國的黃昏裡，大中國的民族主義情結已被我所放逐，我帶著我的影子走出了黃昏中的迷宮，也擺脫了中國的迷思。如今我面對一個蒼白而純靜的宇宙。

對於未來，雖然仍有太多家鄉的記憶和無法預知結局的追尋模糊了我的視野，卻也因此擴充了靈魂的深度。對命運，我毫無怨情。這種釋然，一度使我喜悅異常，連連失眠，許多人生瑣事滲透其中，令我流淚滿臉，即喜即悲，無從解釋，亦不想追究。

晚風中的諸神

靜夜裡，指南宮的燈火在山腰上編織著民族的秋夢。諸神在晚風中飄泊流浪，懷著不為人知的心事伴我觀星。星，成千上萬地飄泊宇宙，雍容閃亮，傲視人間。

冬天，我仍舊頻頻失眠，河岸上偶有冷霧，風一吹，便漫山漫夜翻湧，化星化雨。每天，地球照常有五千萬人死亡；每平方公里的森林至少有兩千五百萬種昆蟲相繼死去，懷著淒涼的心事轉世投生。她們在飄著冷霧的暗夜裡寂寞地與世長逝，草草結束了飄泊的命運，安然告別充滿種族歧視的人間，虛無回歸虛無。

在離鄉背井的迷惘中，我力圖填補生命的空虛，在失落中證實存在的虛無。我欣然承續了祖先離鄉背井的生活方式，在他們的傳統中找到自己的記憶。西風吹過的日子裡，我樂於流落在夢幻與史實之間，倍感生命的奧祕與奇妙，一些充滿邏輯矛盾的思緒，不時觸動內心裡隱密的神經；在日常生活中反射成無以名狀的孤寂情懷，一種頗為複雜的精神狀態。

在海外人的眼裡，萬物生靈原就是飄泊的族群，不但萬物沒有家鄉，連諸神亦無家可歸，她們隨中國人遷徙海外，千里煙波，四海飄零。自天玄地黃以來，諸神萬物就和海外人一樣，從未停止過飄泊的生活：上帝已被逐出伊甸園，佛陀自願流放於婆娑世界，隨苦難的人們飄洋過海，四處為家，陪伴我證明自己的光明與無明。雖然經歷無數歲月的沖刷，這種失落家園和尋找家園的感觸仍然如此扣人心弦。

我常對著平靜的湖水坐在夜色裡，指南山下的燈火如斯寂寞，寂寞中充滿了飄泊的諸神。景美溪的夜景，映入患了飛蚊症的視網膜，留下各種疏離的印象；一些介乎思鄉與民族主義之間的心情隱藏其中，若隱若現。

我看著河水緩緩流過政治大學校園南側，兩岸的林野景致老早消失在繁華的夜色裡。水流順著長堤略略蜿蜒地穿過木柵地帶，再也流不回三百年前的拓荒歲月。早年渡海來臺的唐山人，也已從歷史的記憶中消逝。木柵，這防禦性極強的名稱，正好真實地反映出當時中國人飄洋過海的無助與徬徨。

據考，現今道南橋北畔，以及木柵舊街的周圍地帶即為當年的木柵莊舊地。至於木柵屏障毀於何年，則已無可考證，唯獨木柵之名猶存至今。回想當年康熙中葉時候，泉州人在貧苦交逼下渡海謀生，大概是懷著既悲壯又哀戚的心情踏入內湖溪一帶荒埔，開始永無止境的追尋。在本島原住民的威脅下，這些早期的海外人不得不在居所四周打鐵寮結木垣，築起屏障自衛，並自稱為木柵人。在島上，在故鄉以外，他們以思鄉的語言重新自我定位，對故鄉和祖國重新解釋，亦重新建構。在思鄉與忘鄉之間進行最後的選擇。重建故鄉的工程，堪稱驚濤裂岸，山川動搖。在颱風年年來襲中，諸神，飄泊在人們的內心底。

飄泊的諸神以行動自我論述，建立了讓後代遵循的傳統：故鄉脫離了文化母體，獲得了新的生命與定義。原鄉人一詞，在臺灣本省族群和早期移民南洋的唐山人的隔代記憶中，最後淪為陌生的符號，民族寓言遂在支離破碎的歷史中成為廢墟。

短短數載的臺北之旅，我目睹半世紀前被毛澤東逐出樂園的流放者自我異化的面目。從永無止境的流亡到由邊陲顛覆中心的神話雖已逐漸淡化，卻也深入情有所鍾的人們心中。世間的樂園皆已破碎，海外人的悲劇注定悲慘不堪，反而令人感到有些麻木。

當早期移民海外的中國人經過三百餘年的追尋，好不容易從流放的夢魘中醒來以後，新一代的海外人則被擠出權力爭奪的遊戲之外。我的眼神猶帶歷史的創傷，其他人則各以不同的儀式表達各自的感觀。破碎的歷史課程在我的眼前：新一代的海外人和孤島上的外省族群始終緬懷著失去的樂園，且在夢中回到了故土。民族的夢有著變幻不定的聲音和景觀，匆匆裝飾了我、和海外諸神的心情。

雨，年復一年落在臺灣，我計畫著離去的行程，絲毫沒有一點留戀的情緒，計畫著，離開一座令人感傷的城市，直到這天終於來臨。

《世界日報・世界副刊》，一九九四、八、二十八

三民叢刊書目

㉔臺灣文學風貌　李瑞騰著
㉕干儛集　黃翰荻著
㉖作家與作品　謝冰瑩著
㉗冰瑩書信　謝冰瑩著
㉘冰瑩遊記　謝冰瑩著
㉙冰瑩憶往　謝冰瑩著
㉚冰瑩懷舊　謝冰瑩著
㉛與世界文壇對話　鄭樹森著
㉜捉狂下的興嘆　南方朔著
㉝猶記風吹水上鱗
　・錢穆與現代中國學術　余英時著
㉞形象與言語
　・西方現代藝術評論文集　李明明著
㉟紅學論集　潘重規著
㊱憂鬱與狂熱　孫瑋芒著
㊲黃昏過客　沙　究著
㊳帶詩蹺課去　徐望雲著
㊴走出銅像國　龔鵬程著

㊵伴我半世紀的那把琴　鄧昌國著
㊶深層思考與思考深層
　・轉型期國際政治的觀察　劉必榮著
㊷瞬　間　周志文著
㊸兩岸迷宮遊戲　楊　渡著
㊹德國問題與歐洲秩序　彭滂沱著
㊺文學關懷　李瑞騰著
㊻未能忘情　劉紹銘著
㊼發展路上艱難多　孫　震著
㊽胡適叢論　周質平著
㊾水與水神
　・中國的民俗與人文　王孝廉著
㊿由英雄的人到人的泯滅
　・法國當代文學論集　金恆杰著
(51)重商主義的窘境　賴建誠著
(52)中國文化與現代變遷　余英時著
(53)橡溪雜拾　思　果著
(54)統一後的德國　郭恆鈺主編

⑧⑤ 訪草（第一卷）

陳冠學 著

本書是作者於田園生活中所見所感之作，內有田園畫，有家居圖，有專寫田園聲光、哲理的卷軸。喜愛大自然田園清新景象的讀者，將可從中獲得一份未曾預期的驚喜與滿足；另有一小部分有關人性與人生哲理的文字，則會句句印入您的心底。

⑧⑥ 藍色的斷想

・孤獨者隨想錄

A・B・C全卷

陳冠學 著

本書是作者暫離大自然和田園，帶著深沈的憂鬱面對人世之作。一路上你將有許多領略與感觸，時或有天光爆破的驚喜；但多數時候，你的心頭將披著一襲輕愁，甚或覆著一領悲情。這是悲觀哲學，卻是被熱情、關心與希望融化了的悲觀哲學。

⑧⑦ 追不回的永恆

彭歌 著

本書是《聯合報》副刊上「三三草」專欄的結集。作者以其犀利的筆鋒，對種種社會現象痛下針砭，冀望這些警世的短文，能如暮鼓晨鐘般，在這變亂紛乘的時代，起著振聾發聵的作用。

⑧⑧ 紫水晶戒指

小民 著

俗世間的珍寶，有謂璀燦的鑽石碧玉，有謂顯榮的列鼎封侯。其實生活就是人生最美的寶物，不假外求。非常喜愛紫色的小民女士，以她一貫親切、自然的文筆，輯選出這本小品，好比美麗的紫色禮物，要獻給愛好文學也愛好生活的您。

⑧⑨心路的嬉逐

劉延湘　著

本書筆調清新幽默，論理深刻而又能落實於生活踐履。走一趟作者精心安排的「心路」之旅，您將莞爾一笑，心情頓時開朗。而您也將發現，原以為只是一條山間小路，結果卻是風景優美，鳥語花香的舒坦大道。

⑨⓪情書外一章

韓　秀　著

情與愛是人類謳歌不盡的永恆主題，它為空虛貧乏的現代生活加添了無數的色彩。本書記錄下了作者在日常生活中感受到的親情、愛情、友情及故園情，在書中點滴的情感交流裏，在這些溫馨的文字中，我們是否也能試著尋回一些早已失去的東西。

⑨①情到深處

簡　宛　著

本書是作者旅美二十五年後的第二十五本結集。身為一個教育家，作者以其溫婉親切的筆調，寫出篇篇充滿溫情的佳構，不惟感動人心，亦復激勵人性。將愛、生活與學習確實的體驗，真正感受到人生的有情，生命也因此生意盎然。

⑨②父女對話

陳冠學　著

一位老父與五歲幼女徜徉在山林之間，山林蓊鬱，山泉甘洌，這裏自有一份孤獨的甘美。本書是記述作者父女在人世僻靜的一個角落，過著遺世獨立生活的文字畫。舉世滔滔，這應是一面明鏡，堪供讀者對照。

㊈③ 陳冲前傳

嚴歌苓 著

在好萊塢市場，多少人一夜成名直步青雲，又有多少人一朝雲中跌落從此絕跡銀海。身為一個中國人，陳冲是經過多少的奮鬥與波折，身為一個聰慧多感的女子，她又是經過多少的心路激盪，才能處於這洶湧波滔中。本書將為您娓娓道出陳冲的故事。

㊈④ 面壁笑人類

祖 慰 著

本書是有「怪味小說派」之稱的大陸作家祖慰，在巴黎面壁五年悟得的佳構。他的散文神遊八荒，情貫萬里，將理性的思惟和非理性的激情雜揉一起。讀其作品既能吸收大量的科普知識，又可汲取其飄逸文風的美感享受。

㊈⑤ 不老的詩心

夏鐵肩 著

夏先生一生從事文化工作，大半心力都用在鼓勵培植有潛能的青年人，助他們走上文學貢獻之路。而他本身亦創作出不少的長短佳文。本書收錄計有：詩詞小品、散文、方塊評論等。作者一顆不老的詩心，洋溢在篇篇佳構中。

㊈⑥ 雲霧之國

合山 究 著

使中國風土之特殊性獨具一格的，與其說是天地的廣大，不如說是因塵埃、雲煙等而為之朦朦朧朧的自然空間吧！精氣、神仙、老莊、龍、山水畫、奇書等，其產生是有如何玄妙的根源啊！就以「雲霧」為起點，讓我們一起走進這美麗幻夢般的世界。

⑰ 北京城不是一天造成的

喜樂 著

打從距今七百五十多年前開始，北京城走進歷史的繁華紛亂。現在，且輕輕走進史冊中尋常百姓的那頁，一盞清茶、幾盤小點，看純中國的插畫、尋純中國的足跡。由博學多聞的喜樂先生做嚮導，就讓你我在古意盎然中，細聆歲月的故事。

⑱ 兩城憶往

楊孔鑫 著

霧裡的倫敦、浪漫的巴黎，除此之外，這兩城你可還留有其他印象。本書是作者派駐歐洲新聞工作二十多年的記錄。透過作者敏銳的筆觸，且讓讀者徜徉在花都、霧城的政經社會、文化藝術、風土人情以及歷史背景中。

⑲ 詩情與俠骨

莊因 著

一顆明慧的善心與真摯的情感，經過俠骨詩情的鑄煉，將生活上的人情世事，轉化為最優美動人的文句，呈現出自然明朗灑脫的風格。文學對於作者而言，不僅是興趣，更是他的生命，但他不泥古而創新，在其文章中俯首可拾古典與現代的完美融合。

⑳ 文化脈動

張錯 著

「我是一個文化悲觀者，因為我個人一直堅持某種希臘式的古典禮範，而這種文學或文化古典禮範，已日漸有如夫子當年春秋戰國的禮崩樂壞。」作者就是以這顆悲憫的心，用詩人敏銳的筆觸，深刻而熱切的批判著臺灣的文化怪象。

⑩桑樹下

繆天華　著

本書是作者在斗室外桑樹蔭的綠窗下寫就的小品散文。作者試圖在記憶的深處，尋回那些感人甚深的、發人深省的，或者趣味濃郁的人文逸事，不惟激勵讀者高遠的志趣，亦能遠離消沈、絕望的深淵。

⑩牛頓來訪

石家興　著

本書為作者三十多年來從事科學工作的心情寫照，包括思想、報導、論述、親情、遊記等等。文中處處流露出作者對科學的執著與熱愛，及超越科學之外的人文情懷，篇篇清新雋永，理中含情，情中有理，為科學與文學的結合，作了一番完美的見證。

⑩深情回眸

鮑曉暉　著

作者生長在一個顛沛流離的時代，雖然歷經千辛萬苦，但行文於字裏行間，卻不見怨天尤人；有的只是對以往和艱苦環境奮鬥的懷念及對現今生活的珍惜，以及世間人事物的觀照及關懷。做為一本懷舊之作，或是清新的生活小品，本書皆為上乘之作。

⑩新詩補給站

渡　也　著

你寫過新詩嗎？你知道如何寫一首具有詩味的新詩？本書是由甫獲得「創世紀四十周年創作獎」的詩人兼詩評論家渡也先生，深入而精闢的剖析一首新詩的形成過程，指導初學者從如何造簡單句到如何寫出一首詩，是一本值得新詩愛好者注意的書。

⑩⑤ 鳳凰遊

李元洛 著

一生從事古典與現代詩論研究的大陸學者李元洛先生，如何在放下嚴肅的評論之筆，轉而用詩人細膩的筆觸，摹寫山水大地的記行，以及人生轉蓬的寄悵，書中句句是箴語、處處有真情，值得您細品。

⑩⑥ 文學人語

高大鵬 著

忙碌的社會分散了人們的注意力、淡化了人們對身旁人事物的感情，任由冷漠充填在你我四周……而本書的作者以感性的筆觸，表達了自己對身旁人事物的真心關懷，以平實的文字與讀者分享所遇所感，無疑是給每個冷漠的心靈甘霖般的滋潤。

⑩⑦ 養狗政治學

鄭赤琰 著

身處地理、政治環境特殊的香港，作者藉由動物的百態來反諷社會上種種光怪陸離的政治現象，在其輕鬆幽默的筆調背後，同時亦蘊含了嚴肅的意義。這一則則的政治寓言，讀之不僅令人莞爾一笑，更具有發人深省的作用，批判中帶有著深切的期盼。

⑩⑧ 烟 塵

姜 穆 著

作者是一位出生於貴州的苗族人，卻意外的捲入戰爭。在臺娶妻生子後，所抒發對戰亂、種族及親人的真誠關懷。內容深沈、筆觸清新，充分顯露在生活的烈焰煎熬下，早已視一切如浮雲，淡泊名利，將其一生的激越昂揚盡付千里烟塵中。

⑩⁹河　宴

鍾怡雯　著

人間繁華的請柬處處，不如赴一場難得的野宴。聽一回水的演奏、看一場山的表演，再來細細品味鍾怡雯為您端出來的山野豐盛清淡的饗宴——極盡可口的綠、十分道地的藍，以及不加調味料的白。

⑪⁰滬上春秋

章念馳　著

章太炎，這位中國近代史上的思想家、政治家，曾因領導戊戌變法失敗而流亡海外。他雖是浙江餘姚人，卻有大半輩子的歲月是在上海度過。本書是由章太炎的嫡孫章念馳先生，從家族的口述和史料中，完整的敘述章太炎的這段滬上春秋。

⑪¹愛盧談心事

黃永武　著

每個人心中都有一枝彩筆，然而在趕遠路、忙上班的歲月裏，枕頭上的日升月降中，像拋來擲去的跳丸，彩筆就這樣褪去了顏色……本書作者在辭去沈重的教職和繁雜的行政工作後，重拾心中的彩筆，為您宣說一篇篇的文學心事。

⑪²吹不散的人影

高大鵬　著

時代替換的快速，不知替換了多少人生舞臺上出現剎那的面孔；而人類，偏又是最健忘的族群。本書中所收錄的文章，均是作者用客觀的筆，為曾替人類社會或文化默默辛勤耕耘的「園丁」們，做最真實的文字記錄。

113 草鞋權貴

嚴歌苓 著

曾經叱吒風雲的老將軍，是程家大院的最高權威，九個承繼他刁鑽聰明的兒女，則個個心懷鬼胎……一個來自鄉下的伶俐女孩，被命運的安排，走入這權貴世家。威權的代溝、情份的激盪、所有內心的驕傲與傷痛，這會是怎樣的衝突，怎樣的一生？

114 是我們改變了世界

張放 著

從事文學藝術的工作者是「人類靈魂的工程師」。如果作家不能提高廣大讀者的精神生活品質，而僅為娛樂人心、滿足人們的好奇和刺激，那麼與馬戲團的小丑或兜售春藥的小販何異？故而作者不禁要問：是我們改變了世界，還是世界改變了我和你？

115 夢裡有隻小小船

夏小舟 著

日本人參加婚禮愛穿黑色、日本料理味輕單調、日本人性格分ABCD、還有情書居然可以賣……於日本教書的大陸作家夏小舟，在本書除了告訴你作者旅日的見聞趣事外，也且隨她乘坐那夢裡的小小船，航行向那魂縈夢遷的故國灣港中。

116 狂歡與破碎

林幸謙 著

你可曾聽過溯河魚的傳統？憑著當初離開河源的記憶，激勵著牠們回到了河川盡頭的故鄉。寧願冒著生命的危險，也不願成為溫暖海洋中的異鄉客。本書作者由溯河魚的傳統，引入海外華人的悲調，一種狂歡與失落、破碎而複雜的心靈面貌。

⑪⑦ 哲學思考漫步

劉述先 著

同樣的環遊世界旅行，企業家看到的是廣大的市場和商機；觀光客沈迷的是風景名勝和購物；文人墨客則歌詠人類史蹟與造物的奧祕。而哲學家呢？本書作者以其敏銳的邏輯思考，在具體的形象世界中悠遊漫步。期待您經由本書而拓寬自己的視野。

⑪⑧ 地鼠與玫瑰

水晶 著

地鼠營巢於地下，專喜啃噛花草植物的根莖。而玫瑰是酷愛陽光的美人，有潔癖，不能忍受穢物……本書作者從事寫作近四十年來，筆墨蘸盡世間人情冷暖，猶然孜孜不倦的寫作。揮灑於字裡行間的，是一種識盡愁滋味後卻道天涼好個秋的豁達心境。

⑪⑨ 紅樓鐘聲

王熙元 著

文學博士王熙元教授，多年來一直不能忘情於散文的寫作。他的散文清新而感性，談生活點滴，筆端真情流露；論人生哲理，則深入淺出，發人深省。此外剖析文學之美，或回憶個人成長、求學的心路歷程，亦多令人有所啟發，值得一讀。

⑫⓪ 寒冬聽天方夜譚

保真 著

本書為「青副」專欄「靜夜鐘聲」的結集。作者將其對生命與同胞的熱愛、執著，用感慨深邃的筆調，表現於一篇篇的短文中，告訴我們現今的臺灣與中國，需要我們付出什麼樣的關懷。在這些簡短的文字中，希望也能燃起我們一絲對民族的熱情。

⑫① 儒林新誌

周質平 著

本書是旅美普林斯頓大學周質平教授，將其多年在國內外的華文報章上所發表的四十多篇論述雜文結集成冊。書中呈顯出所謂海外學人的千般樣態，嘲諷中不失幽默，值得您細心體會。

⑫② 流水無歸程

白 樺 著

大陸知名作家白樺繼《哀莫大於心未死》之後又一本長篇小說。他的書取材是當代的，是改革開放後大陸所面臨的經濟文化與人慾的衝擊。書中的人物如高幹、富商、少女、情婦、歌星等，在金錢的誘惑下，一一呈顯出深沈黑暗而扭曲的人性面。

⑫③ 偷窺天國

劉紹銘 著

善人走完了人生路途上天國，會幸福到什麼程度？天國的幸福，會不會只是塵世快樂的延續？在本書作者引領之下偷窺天國的結果，是否會發覺天國的無趣？永恆實在可怕，幸福和快樂如果遙遙無盡期，一樣會變為無聊、乏味。天國，是否就在當下。

⑫④ 倒淌河

嚴歌苓 著

屢獲各大報文學首獎的嚴歌苓，繼《陳冲前傳》、《草鞋權貴》後又一本小說新著。內容包括十個短篇及一部中篇《倒淌河》。全書無論在寫景、敘事或對話，都極老練辛辣，辣得幾乎教人流出淚來。

⑫⑤尋覓畫家步履

陳其茂　著

出國旅行，是許多人心神嚮往的事。而世界各著名的美術、博物館，更是文人雅士們流連佇足之所。與其走馬看花、對大師們的作品僅留浮光掠影，淺嘗輒止；不如隨著畫家陳其茂教授的引領，在其敏銳且情感深致的筆觸下，一起尋覓畫家們的步履。

國立中央圖書館出版品預行編目資料

狂歡與破碎：邊陲人生與顚覆書寫／
林幸謙著.-- 初版.-- 臺北市：
三民，民84
面；　公分.--(三民叢刊；116)
ISBN 957-14-2247-9 (平裝)

855　　84007222

——邊陲人生與顚覆書寫

著作人　林幸謙
發行人　劉振强
著作財產權人　三民書局股份有限公司
臺北市復興北路三八六號
發行所　三民書局股份有限公司
地　址／臺北市復興北路三八六號
郵　撥／〇〇〇九九九八一五號
印刷所　三民書局股份有限公司
門市部　復北店／臺北市復興北路三八六號
重南店／臺北市重慶南路一段六十一號
初　版　中華民國八十四年八月
編　號　S 85300
基本定價　肆　元
行政院新聞局登記證局版臺業字第〇二〇〇號

ISBN 957-14-2247-9 (平裝)